我為愛而生，我為愛而寫
文字裡度過多少春夏秋冬
文字裡留下多少青春浪漫
人世間雖然沒有天長地久
故事裡火花燃燒愛也依舊

瓊瑤

瓊瑤經典作品全集

⑥⑤

握三下，我愛你

翩然起舞的歲月

繁花盛開日，春光燦爛時

我生於戰亂，長於憂患。我瞭解人事時，正是抗戰尾期，我和兩個弟弟，跟著父母，從湖南家鄉，一路「逃難」到四川。六歲時，別的孩子可能正在捉迷藏，玩遊戲，我卻赤著傷痕累累的雙腳，走在湘桂鐵路上。眼見路邊受傷的軍人，被拋棄在那兒流血至死，也目睹難民爭先恐後，要從擠滿了人的難民火車外，從車窗爬進車內，車內的人，為了防止有人湧入，竟然拔刀砍在車窗外的難民手臂上。我們也曾遭遇日軍，差點把母親搶走，還曾骨肉分離，導致父母帶著我投河自盡……這些慘痛的經驗，有的我寫在《我的故事》裡，有的深藏在我的內心裡。在那兵荒馬亂的時代，我已經嘗盡顛沛流離之苦，也看盡人性的善良面和醜陋面。這使我早熟而敏感，堅強也脆弱。

抗戰勝利後，我又跟著父母，住過重慶、上海，最後因內戰，又回到湖南衡陽，然後到廣州，一九四九年，到了臺灣。那年我十一歲，童年結束。父親在師範大學教書，收入微薄。我和弟妹們，開始了另一段艱苦的生活。可喜的是，這段生活裡，沒有血腥，沒有別離，沒有遷徙，沒有朝不保夕的恐懼。我也在這時，瘋狂的吞嚥著讓我著迷的「文字」。中國的《西遊記》《三國演義》《水滸傳》……都是這時看的。同時，也迷上了唐詩宋詞，母親在家務忙完後，會教我唐詩，我在抗戰時期，就陸續跟著母親學的唐詩，這時，成為十一、二歲時的主要嗜好。

十四歲，我讀國二時，又鑽進翻譯小說的世界。那年暑假，在父親安排下，我整天待在師大圖書館，帶著便當去，從早上圖書館開門，看到圖書館下班，看遍所有翻譯小說，直到圖書館長對我說：「我沒有書可以借給妳看了！這些遠遠超過妳年齡的書，妳都通通看完了！」

愛看書的我，愛文字的我，也很早就開始寫作。早期的作品是幼稚的，模仿意味也很重。但是，我投稿的運氣還不錯，十四歲就陸續有作品在報章雜誌上發表，成為家裡唯一有「收入」的孩子。這鼓勵了我，尤其，那小小稿費，對我有大大的用處，我買書，看書，還愛上了電影。電影和寫作也是密不可分的，很早，我就知道，我這一生可能什麼事業都沒有，但是，我會成為一個「作者」！

這個願望，在我的成長過程裡，逐漸實現。我的成長，一直是坎坷的，我的心靈，經常是破碎的，我的遭遇，幾乎都是戲劇化的。我的初戀，後來成為我第一部小說《窗外》，發表在當時的《皇冠雜誌》，那時，我幫《皇冠雜誌》已經寫了兩年的短篇和中篇小說，和發行人平鑫濤也通過兩年信。我完全沒有料到，我這部《窗外》會改變我一生的命運，我和這位出版人，也會結下不解的淵源。我會在以後的人生裡，陸續幫他寫出六十五本書，而且和他結為夫妻。

這世界上有千千萬萬的人，每個人都有自己的一本小說，或是好幾本小說。我的人生也一樣。幫皇冠寫稿在一九六一年，《窗外》出版在一九六三年。也在那年，我第一次見到鑫濤，後來，他告訴我，他的一生貧苦，立志要成功，所以工作得像一頭牛，「牛」不知道什麼詩情畫意，更不知道人生裡有「轟轟烈烈的愛情」。直到他見到我，這頭「牛」突然發現了他的「織女」，顛覆了他的生命。**至於我這「織女」，從此也在他的安排下，用文字紡織出一部又一部的小說**。

很少有人能在有生之年，寫出六十五本書，十五部電影劇本，二十五部電視劇本（共有一千多集，每集劇本大概是一萬三千字，雖有助理幫助，仍然大部分出自我手。算算我寫了多少字？）我卻做到了！對我而言，寫作從來不容易，只是我沒有到處敲鑼打鼓，告訴大家我寫作時的痛苦和艱難。「投入」是我最重要的事，我早期的作品，因為受到童年、少年、青年時期的影響，大多是悲劇。**寫一部小說，我沒有自我，工作的時候，只有小說裡的人物。我化為女主角，化為男主角，化為各種配角。寫到悲傷處，也把自己寫得「春蠶到死絲方盡」**。

寫作，就沒有時間見人，沒有時間應酬和玩樂。我也不喜歡接受採訪和宣傳。於是，我發現大家對我的認識，是：「被平鑫濤呵護備至的，溫室裡的花朵。一個不食人間煙火的女子！」我聽了，笑笑而已。如何告訴別人，假若你不一直坐在書桌前寫作，你就不可能寫出那麼多作品！當你日夜寫作時，確實常常「不食人間煙火」，因為寫到不能停，會忘了吃飯！**我一直不是「溫室裡的花朵」，我是「書房裡的癡人」！因為我堅信人間有愛，我為情而寫，為愛而寫，寫盡各種人生悲歡，也寫到「蠟炬成灰淚始乾」**。

當兩岸交流之後，我才發現大陸早已有了我的小說，因為沒有授權，出版得十分混亂。一九八九年，我開始整理我的「全集」，分別授權給大陸的出版社。臺灣方面，仍然是鑫濤主導著我的「全部作品」。愛不需要簽約，不需要授權，我和他之間也沒有簽約和授權。從那年開始，我的小說，分別有「繁體字版」（臺灣）和「簡體字版」（大陸）之分。因為大陸有十三億人口，我的讀者甚多，這更加鼓勵了我的寫作興趣，我繼續寫作，繼續做一個「文字的織女」。

時光匆匆，我從少女時期，一直寫作到老年。鑫濤晚年多病，出版社也很早就移交給他的兒女。我照顧鑫濤，變成生活的重心，儘管如此，我也沒有停止寫作。我的書一部一部的增加，直到出版了六十五部書，還有許多散落在外的隨筆和作品，不曾收入全集。當鑫濤失智失能又大中風後，我的心情跌落谷底。鑫濤靠插管延長生命之後，我幾乎崩潰。然後，我又發現，我的六十五部繁體字版小說，早已不知何時開始，大部分的書，都陸續絕版了！簡體字版，也不盡如人意，盜版猖獗，網路上更是零亂。

我的筆下，充滿了青春、浪漫、離奇、真情……的各種故事，這些故事曾經絞盡我的腦汁，費盡我的時間，寫得我心力交瘁。我的六十五部書，每一部都有如我親生的兒女，從孕育到生產到長大，是多少朝朝暮暮和歲歲年年！到了此時，我才恍然大悟，我可以為了愛，犧牲一切，受盡委屈，奉獻所有，無需授權。卻不能讓我這些兒女，憑空消失！我必須振作起來，讓這六十幾部書獲得重生！這是我的使命。

所以，今年開始，我的全集經過重新整理，在各大出版社爭取之下，最後繁體版「花落城邦」，交由春光出版。城邦文化集團春光出版的書，都出得非常精緻和考究，深得我心。說來奇怪，我愛花和大自然，我的書名，有《金盞花》《幸運草》《菟絲花》《煙雨濛濛》《幾度夕陽紅》……等，和「春光出版」似有因緣。對於我，像是繁花再次的綻放。這套新的經典全集，非常浩大，經過討論，我們決定「分批出版」，第一批十二本是由我精選的「影劇精華版」，然後，我們會陸續把六十多本出全。**看小說和戲劇不同，文字有文字的魅力，有讀者的想像力。希望我的讀者們，能夠閱讀、收藏、珍惜我這套好不容易「浴火重生」的書，它們都是經過千淬百煉、嘔心瀝血而生的精華！那樣，我這一生，才沒有遺憾！**

瓊瑤　寫於可園

二〇一七年十一月十日

目錄

第一輯——玎瑲集

可憐的小青

小青是個十歲的小女孩，長得很美麗，但是很瘦。她的父親在一個工廠裡做工，每月拿很少的工錢，她的母親在家裡忙著做家事，還要做衣服給小青穿。小青本來在一個小學裡讀書，因為聽不懂同學的話，因此個個同學都欺負她，但她卻非常用功，因此老師很喜歡她。後來她的父親失業了，她就不能繼續讀書了。

她失了學以後，心裡非常難過，日夜不寧，因此得了病。她的母親非常著急，想要去請醫生但是沒有錢。後來小青的父親，向人借了幾萬塊錢，請了一個醫生來。那醫生匆匆地開了一張藥方，就要五萬元，小青的母親就給了他五萬元，那醫生拿了錢就走。小青的父親拿了藥方去買了藥回來，給小青吃了，就漸漸地好了。

但是她的家也就更窮了，所以她的病剛剛好，母親就要她幫人家做事，小青做事很忠實，所以主人很愛她，一個月給她十萬元工錢，小青完全交給母親。她這樣地做了幾個月，因為過勞身體更不健康了，有時會突然昏倒在地上。但是她不能休息！她咬著牙忍受著一切的痛苦，不停的工作，終於又生了病，這次病很厲害，又沒有錢再請醫生了，這樣的過了三天，小青就死了。

唉！這樣好的一個孩子，她一點過錯也沒有，為什麼會死呢？

寫於一九四七年

後記

這是我生平寫的第一篇小說，那年我九歲，住在上海。這篇小文章非常幼稚，只是兒童作品，談不上任何技巧。因為我從小在戰亂中成長，沒有唸過小學，也沒受過正規教育，父親看了我這篇不成熟的作品，居然悄悄幫我投稿到上海《大公報》（用我的本名陳喆）。一九四七年十二月六日，這篇作品刊登在《大公報》第九版（兒童版），是我生平第一篇上報的作品，也開啟了我對寫作的興趣。作品中提到的幣制，是當時飛貶的金元券，十萬元只是小數字。

一九八九年，我在我的第一版自傳中，提到這篇作品，不料，我的讀者牧人和曾波，竟然千辛萬苦，幫我找到了這張舊報紙。

今年，我重新整理我這一生的作品，到目前為止，有六十七本書。這本《握三下，我愛你》有個副標題「翩然起舞的歲月」，它紀錄了我那「文字起舞」的過程。這篇好不容易回到我手中的作品，實在沒有資格收錄在內。但是，作為一個考據資料，我把它加入了。

最重要的，是為了紀念我已經去世的父親，他居然會注意到我這篇文字！是多麼深的父愛，才會悄悄幫我投稿呢？再有，是為了感謝周牧人和曾波，跨越了七十年，幫我找到這篇作品！所以，我把它放進這本書裡了。

重讀這篇九歲作品，我驚奇的發現，在我那麼小小的年紀，已經懂得對這個世界提出懷疑，提出控訴了！這篇小作品，最重要的一句話就是：「**唉！這樣好的一個孩子，她一點過錯也沒有，為什麼會死呢？**」我想，當初感動我爸，幫我去投稿的，也是這句話吧！那時，我在戰亂中，親眼看過死亡，也幾乎死亡。我一定認為死亡是人生最大的悲哀，甚至是一種「懲罰」吧?!

瓊瑤

二〇一八年八月二十三日

巧克力伯伯

今天是巧克力伯伯四十五歲的生日，我們買了兩盒巧克力做壽禮。

那時候，我九歲，麒麟和我是龍鳳胎，也是九歲，小弟七歲，小妹才一歲。我們住在上海一座西式的大樓裡，是爸爸的學校配給我們的宿舍。我們住在四樓，只有一間房間，全家六口都擠在這房間裡生活。我們四個孩子，沒有什麼娛樂。每天，除了妹妹，我們三個大孩子最喜歡爬在窗臺上，把臉貼著窗玻璃，對大街上張望著，只是為了看看「我們的」巧克力伯伯來了沒有？

❖

巧克力伯伯身高六尺，皮膚黑得活像巧克力，這就是我們喊他作巧克力伯伯最大的原因。他有一頭像雞窩一樣的頭髮，每一根都豎在那兒，好像負有任務要在他頭上當衛兵似的。他的鬍子和頭髮一樣，布滿了他整個臉，使他的頭看起來像一個受了驚的刺蝟。他的眼睛卻非常亮，從他那些茅草堆裡像探照燈般射出奇異的光彩來。

他經常穿著一件油汙得看不出本來面目的風衣，帶一雙已變成黑色的白手套，乘一輛摩托車，風馳電掣的來到我們大樓的大門前，然後一路喧囂著爬上樓梯，乒乒乓乓的跑到我們家門口，衝開了大門，發出一聲巨大的聲音：

「啊哈！」

然後隨手抓起一個最靠近他的孩子，高高的扔到天花板上，跟隨著是我們的尖叫聲，媽媽緊張的驚呼聲，和他哈哈大笑的聲音混成一片。所以，每次巧克力伯伯一來，總會帶來一陣驚天動地的大騷動。

媽媽常對爸爸說：

「假如巧克力再扔孩子，我就不許他進門！」

爸爸總是聳聳肩膀說：

「別嚴重，他不會摔傷他們的，他是練過武功的，一個奇人！」說著，爸爸會搖著頭，晃著腦袋，無限欣賞的重覆一句：「一個奇人！」

❖

對我們來說，巧克力伯伯扔我們上天花板的舉動，是非常富有刺激性的，私下裡，我們常以被巧克力伯伯扔的次數多而自豪。因此，每當巧克力伯伯一來，我們總儘快搶先站到他身邊去，以便被他扔起來。

另外，我們對巧克力伯伯最感興趣的是他那寬大的風衣口袋，在那大口袋裡，他經常會變魔術似的變出各種不同的食物來，有時是一塊蛋糕，有時是糖炒栗子、有時是水果糖，還有時是一些稀奇古怪的叫不出名目來的特別食品。

有次，當他把食物塞進我們三個嘴裡（他動作很快，我們動作也很快，都要搶著吃，才有第二塊進口）。**我一咬之下，發現嘴裡的東西是「活的」，還會動，我害怕之下，張開嘴，那「食物」竟然爬出了我的嘴**。我尖叫出聲，媽媽同時尖叫出聲，對我們三個喊著：

「吐出來！趕快吐出來！」

我的是已經「爬」出來了，麒麟和小弟居然「卡滋卡滋」的把那「活食物」給吃進肚裡去了，根本無法吐出來。巧克力伯伯在那兒很有力的喊著：

「這是最營養的食物，幾個孩子面黃肌瘦，根本營養不良，我特地去買了這個東西，給他們補一補身子！這玩意，我吃了一輩子，也沒有中毒，還孔武有力！」他彎著胳膊，拉起風衣袖子，露出手臂上的肌肉給媽媽看。

「不許！不許！不許！」媽媽一疊連聲的喊，把我們三個都拉到她身後去保護著，對巧克力伯伯瞪大了眼說：「你的血統和他們不同！你可以吃蟲子，他們不行！」

至今，我不知道那天巧克力伯伯給我們吃的是什麼東西。而且，媽媽也從那天開始，嚴密注意著巧克力伯伯的口袋。一看到他要給我們東西吃，就叫著說：

「不許！不許！你那些寶貝東西還是留著自己吃吧，他們沒你那麼好的抵抗力！」

巧克力伯伯看看媽媽，咧開一張大嘴，嘻嘻哈哈的說：

「就是因為他們沒有抵抗力，我才要訓練他們的抵抗力！」

媽媽很固執，巧克力伯伯輸了。以後，他口袋裡的食物，都要媽媽先檢查過，才會進入我們嘴裡。這真是我們的悲劇，因為，媽媽常常說這個髒了，那個不新鮮了，這個看來有疑，那個黑黑的絕不能吃！我們對巧克力伯伯口袋中的驚喜，逐漸被剝奪。除非，巧克力伯伯趁媽媽不注意，突然塞進我們嘴裡一些東西，才會帶給我們意外的喜悅。

巧克力伯伯沒有結婚，媽常說：

「天下要是有女孩子願意嫁給巧克力才有鬼呢！」

巧克力伯伯自己也常斬釘斷鐵的說：

「天下的女人全是男人的絆腳石，我巧克力是一輩子不會結婚的，只有最沒頭腦的男人，才會找一個女人來拴住他！」

媽常被他這幾句話氣得發昏，認為他是個毫無禮貌的野蠻人。但是，那年冬天，這野蠻人居然被一個少女的微笑所收服了。

❖

事情是這樣，冬天的時候，爸爸在南京的一個異母妹妹來投靠了我們，我這小姑姑當時只有十八歲，長得嬌小玲瓏，一顰一笑都極惹人憐愛，再加上那種含羞脈脈的韻致，輕言細語的溫柔……使人人都不自禁的喜愛她。爸爸那些光棍朋友們給她取了一個綽號，稱她作「小豌豆苗」。小豌豆苗姑姑住到我們家來不到一個月，我們家立即充滿了川流不息的男士們，連最疏遠的朋友，也開始向我們家送禮了。

巧克力伯伯仍然是家中的常客，但他變得比以前稍稍安靜了一些，只是依然忍不住要扔扔我們。一天，當他把我扔到半空中再接住的時候，看到我那容易受驚的小姑姑嚇得臉色蒼白，他就微笑著走過去想安慰安慰她，但我那膽怯的小姑姑以為這野蠻人要來扔她了，嚇得尖叫了一聲，慌忙就溜到浴室裡去躲起來了。事後，我們笑得前俯後仰，而巧克力伯伯卻抓著自己的頭髮狠狠的發了一陣呆。

然後，巧克力伯伯開始有些變化，他依舊很殷勤的來我家，他的鬍子剪短了，白手套洗乾淨了，他會對豌豆苗姑姑講故事，講他在印度當教授的各種奇遇。原來巧克力伯伯是有印度血統的，怪不得皮膚黝黑。那時的上海，對於印度人並不尊敬，即使他很有學問又是教授。豌豆苗姑姑會很專心的聽他說故事，總是微笑著，沒有很大的反應。

這樣拖了半年多，時局有點緊張，學校裡的教授們開始有了異動，有的辭職了，有的離開上海了，空氣裡瀰漫著不安的氣息。我看到爸媽和豌豆苗姑姑神色都不對，知道戰爭的陰影又來了，這次不是日本人，是我們自己人，國共的內戰逼近了！每人都在選擇自己的方向。

這天，巧克力伯伯又到我們家來，居然沒有穿他那件變色的風衣，穿著一身很整齊的服裝，這簡直是件不可思議的事。然後，他竟斯斯文文的在椅子裡坐了二十分鐘，這更是從來沒有的事。過了一會兒，他從那上衣口袋裡摸出了一張摺疊得很整齊的信箋來，慎重的交給媽媽，要媽媽轉交給豌豆苗姑姑，當我們都驚異的瞪大了眼睛時，他只輕輕的說了一句：

「我明天來討回信！」

說完，就一轉身走了。等巧克力伯伯走了之後，我們立即圍著豌豆苗姑姑，把那信箋打開，只看到上面工工整整的寫了兩句話：

「我很喜歡妳，妳願意和我結婚嗎？」

豌豆苗姑姑看完後，立刻漲紅了臉，別開頭去，囁囁嚅嚅的說：

「這算什麼意思呀？」

「我想，他是在向妳求婚，而且是誠心誠意的在向妳求婚，妳怎麼回答他呢？」爸爸問。

「哈，簡直是癩蛤蟆想吃天鵝肉！小妹，千萬別答應他，妳要是嫁給這樣一個野蠻人，一定要吃苦的！」媽媽說：「他連活蟲子都吃！」

豌豆苗姑姑垂著頭，羞答答的一句話都不說。第二天，巧克力伯伯果然來了，豌豆苗姑姑躲在屋子帘幔後面，死也不肯出來，巧克力伯伯坐在沙發椅子裡，從來沒有那麼緊張過，不住的用手拉頭髮，一面可憐巴巴的問媽：

「她答應了沒有？」

「沒有！」媽媽說，一面又揶揄的問：「怎麼，你也要喪失你的頭腦了嗎？」

巧克力伯伯眨眨眼睛，用手握緊了沙發椅子的扶手，指頭都深陷進椅套裡面去，半天都沒有說話。過了好久，他才突然從椅子裡站起來，嘴唇微微的顫抖著，臉上的肌肉都繃緊了，低低的說了句：

「我走了！」

巧克力伯伯剛轉身，豌豆苗姑姑已輕輕的、迅速的從簾子後面溜了出來，羞紅著臉，半垂著眼瞼，對巧克力伯伯說：

「我……答應你了！」

「真的？」巧克力伯伯對著豌豆苗姑姑衝了過去，一把抓住了豌豆苗姑姑的腰，大有要把她向天花板上扔的趨勢，豌豆苗姑姑又嚇白了臉，驚慌的望著巧克力伯伯，巧克力伯伯一接觸了豌豆苗姑姑的眼光，就立刻放鬆了手，退到兩、三呎以外的地方，兩隻手在褲子上不安的擦著，一面說了聲：

「對不起！」

說完，一轉身就向房間外面跑，媽在後面揚長著聲喊：

「你到哪裡去呀？」

「買船票，去臺灣！」巧克力伯伯說著，已看不見影子了。至於豌豆苗姑姑要不要跟他去臺灣，他想也沒想。

❖

現在，巧克力伯伯和豌豆苗姑姑已經結婚十年了，我們家移居臺灣比他們晚一年，一九四九年來的。豌豆苗姑姑和巧克力伯伯已經有了很好的工作，生活得很幸福，我從沒有看過比他們更恩愛的夫妻。但巧克力伯伯的改變也很大，他的衣飾整潔了，他的口袋裡再也變不出食物了，而且，由於有一次，他把他們的第一個小巧克力向天花板上扔去，而把豌豆苗姑姑嚇得昏倒之後，他也不再扔任何孩子了。

我喜歡現在的巧克力伯伯，但我也懷念過去的巧克力伯伯。

寫作時間不詳

玉無瑕

「玉無瑕」是一隻小貓，有一對湛藍的大眼睛和一身黑白的長毛，可能是波斯種，也可能是印度種，關於這問題，在我們家裡一直是一個辯論的題目。

玉無瑕的來歷是奇異的。在一個晴天的下午，年方四歲的小妹悄悄的溜到廚房門口，懷裡抱著這隻蠕動著的小動物，對正在做飯的媽說：

「媽媽，我撿到牠的，我可以養牠嗎？」

那是一九五二年。我們全家從家鄉湖南遷居臺灣的第三年。住的是父親學校分配的教員宿舍，不到二十坪的日式房子。我們兄弟姊妹四個，沒有玩具，沒有美食，生活非常清苦。還好，那時的臺灣，人口稀少，街巷鄰居都很和善。街上幾乎沒有汽車，大家安步當車或是騎腳踏車。我們住在青田街的巷子裡，妹妹和我們的遊戲場所，就是那條巷子！

媽驚異的望著小妹懷裡的那個小東西，牠比一個白老鼠大不了多少，眼睛還沒有張開，有著短短的耳朵和尾巴，不安的用牠那小小的紅鼻子在小妹手腕上到處嗅著。

「啊，妳哪裡去弄來的？」媽問。

「我在巷子裡撿到的，牠很冷，一直發抖，我可以養牠嗎？媽媽？」小妹擔心的望著媽，緊緊的抱著她的小貓。

「這麼一點大，一定帶不大的！我看算了吧！」

「帶得大的，我餵牠牛奶！」小妹堅持著，把小貓抱得更緊了，好像生恐別人會搶走了似的。「我把我的給牠喝，我可以不喝牛奶！」

「妳的給牠喝？妳的營養就不夠了！我們養不起這隻小貓！」母親嚴肅的說。

小妹癟著嘴，眼睛裡盛滿了淚，我趕緊接口：

「我的牛奶分給牠一半！我長大了，不需要天天喝牛奶了！」

「我的也分給牠一半！」大弟跟著我說！

「還有我的！」小弟也跟著說。

母親看著我們四個，再看著滿眼發光的小妹，終於點了頭。

❖

就這樣，玉無瑕留在我們家裡了，起初，牠只是一個沒有人注意的醜東西，每天，只有小妹記得餵牠東西吃，我和兩個弟弟都認為牠活不過一星期，像奇蹟一般，這奄奄一息的小傢伙，居然有著頑強的生命力，一星期之後，我們發現牠竟能在小妹給牠做的窩裡搖搖擺擺的走起路來，眼睛也常常張開了，小妹所有的注意力都集中在這小貓上。一天，她興奮的來找我說：

「姊姊，小貓的眼睛是綠的，好亮啊！」

小妹永遠分不清「綠」和「藍」。從此，我們常常聽到她對她的小朋友們驕傲的說她有一隻「綠」眼睛的小貓，這隻「綠」眼睛的小貓也在我們這整個巷子裡出了名。

小貓慢慢的長大了，而且出奇的漂亮，軟而亮的白毛鬆鬆的披在身上，一對又大又藍的眼睛老是骨碌碌的轉著，全家對牠都開始鍾愛了起來，一天，當牠蜷伏在走廊上曬太陽的時候，爸脫口而出的讚美了一聲：

「啊！牠真白得像一塊玉一樣！牠還沒有名字，就叫『玉無瑕』吧！」

我想，只有我那歷史系的教授爸爸，才會給一隻小貓取名字叫「玉無瑕」。總之，「玉無瑕」的名字就這樣傳開了！

小妹對玉無瑕的感情是難以形容的，不論吃飯或睡覺，她總要抱著玉無瑕，她給牠洗澡，餵牠吃東西，在牠脖子上打蝴蝶結，每天晚上，她把玉無瑕放在床上，然後把她所知道的故事一個一個的講給玉無瑕聽，甚至於撫摸著牠的脊背，哼著催眠曲哄牠睡覺，久而久之，玉無瑕成為小妹一刻也不能離開的小伴侶。

暑假之後，小妹進了幼稚園，上學的第一天，由於和玉無瑕分開了幾小時而傷心萬分，一回家就緊緊的抱住玉無瑕，向牠道了半天歉。第二天早上，當小妹上學以後，我們突然發現玉無瑕失蹤了。這可是一件大事，如果給小妹知道玉無瑕不見了，一定會吵翻了天，我和兩個弟弟、媽、爸找遍了床底下，櫃子裡、沙發下，連玉無瑕的影子都沒有找到，就在大家找玉無瑕找得人翻馬仰的時候，幼稚園裡的老師帶著小妹回來了，尷尬的對爸說：

「陳教授，我實在沒有辦法讓她放棄她那隻小貓，她把牠抱在懷裡死也不放！使全體孩子都不肯上課了！」

我們一看，小妹正眼淚汪汪的抱著玉無瑕，用畏怯的、戰戰兢兢的神情望著爸說：

「我不可以帶玉無瑕去上學嗎？爸爸？牠不會咬人的呢！」

原來，小妹把玉無瑕藏在裙子裡帶到學校裡去了，這件事使我們足足的笑了一星期。

❖

不久，玉無瑕病了，起先只是不想飲食，漸漸的，竟連動也懶得動了，小妹堅持說牠是「傷風」了，強迫牠吃咳嗽藥水，這只有使玉無瑕的病勢更重，我和大弟把牠抱到獸醫那兒，小妹又堅持不要給牠打針，因為她自己最怕打針，可是，獸醫還是給牠打了一針。抱回來後，牠的情況更壞了，小妹守在牠的旁邊，一步都不肯離開，要媽哄著騙著才肯去吃飯。到了晚上，玉無瑕似乎好得多了，竟搖搖擺擺的站起來喝了幾口小妹給牠沖的牛奶，小妹高興得要命，又灌了牠一次咳嗽藥水，哼著催眠曲哄牠睡覺。

夜深的時候，我們發現小妹蜷伏在沙發裡，睡著了！玉無瑕在她的懷中，滿嘴都是咳嗽藥水的糖漿，硬了，死了！

我們到很遠的郊外，埋了玉無瑕的屍首。媽媽把小妹抱到床上，一致決定第二天不告訴小妹，只說玉無瑕的病已經好了，跑到外面去玩，不知道為什麼沒有回來。小妹信任了我們的話，可是，從此，不論颳風下雨，小妹總在窗口守著，帶著固定不移的信念，等待著她的玉無瑕倦遊歸來。這種固執的、不變的等待使爸和媽都心疼了，常常，在夜深的時候，把小妹從窗口抱到床上去，溫柔的說：

「睡吧！寶貝，明天，玉無瑕就會回來了！」

當然，玉無瑕始終沒有回來。

❖

那是一個颱風之夜，窗外下著傾盆大雨，小妹已經睡了，但並沒有睡著，睜著一對大大的眼睛望著玻璃窗上的雨水，臉色顯得沉重而憂愁。過了一會兒，她忽然從床上坐了起來，歪著頭，靜靜的傾聽，然後猛然掀開棉被，跳到地下來說：

「玉無瑕回來了！」

同時，我們也都聽到一個清晰的、抓爬的聲音。小妹迅速的跑到門口，打開了大門，立即，我們看到一個骯髒的、渾身濕漉漉的小貓猶疑的走了進來。當然，那並不是玉無瑕，只是一隻無家可歸的野貓而已。但，小妹卻興奮的把牠一把抱了起來，嘴裡喃喃的安慰著：

「你餓了吧！玉無瑕，你多髒呀！」

不顧家人的反對，小妹拌了一碗飯餵牠（那時可沒貓食），又用一塊毛巾給牠擦去了身上的泥水，然後，小妹詫異的張大了眼睛，呆呆的望著這隻野貓，因為，這隻貓並非全白的，在牠的頭頂上，有一塊心形的黑斑。爸媽和我們，都不知該向小妹如何解釋。大家面面相覷，不知所措。這時，卻聽到小妹溫柔的、滿足的、長長的嘆了一口氣說：

「玉無瑕老了，頭髮都黑了。人老的時候頭髮就白了，貓老了頭髮就黑了，是不是？爸爸？」她抬頭天真的看著爸爸。

我想笑，但笑不出來，爸卻對小妹嚴肅的點點頭，表示著贊同。媽站在一邊，嘴角帶著個無比溫柔的微笑，看著小妹和她懷裡那隻新來的流浪貓。

就這樣，玉無瑕又生活在我們的家裡了，只是我們常想，牠的名字是不是要更改呢？總不能改成「玉有瑕」吧？對小妹來說，這完全不是問題，她滿足的養著這隻玉無瑕，養了十幾年。在她讀初三的時候，才突然問爸說：

「為什麼你要給一隻有黑斑的貓，取名叫『玉無瑕』呢？」她早就忘了前面那隻玉無瑕了！四歲多的記憶，已經沉睡在時間的軌跡裡。

「這……」爸抓著頭髮，又抓耳朵，再抓鼻子，清清喉嚨說：「天下所有的玉，都是有瑕的，無瑕的玉找不到，有些玉石專家，就會拿有瑕疵的玉，來欺騙別人！咱們家的『玉無瑕』，就因為頭上的黑斑太明顯，『有瑕』反而變成牠的優點，所以就叫『玉無瑕』了！」

爸這篇似是而非的答案，聽得媽一直暗暗搖頭。我和弟弟們差點噴飯。但是，我那聰明過人的小妹，居然沒有異議的照單全收了。

❖

這隻玉無瑕，是我家養流浪貓的開始，以後，兄弟姊妹包括爸媽，都會撿回家或是留下無家可歸的野貓。我家那日式宿舍，成了流浪貓穿堂越戶的所在。爸在寫通史或改考卷時，他坐在書桌前，膝上永遠蜷縮著一隻流浪貓。在那日式房子裡，我家最多的時候，養了十七隻流浪貓！只是，再也沒有一隻，有那麼好聽的名字了！

寫作時期不詳

我的父親大人

一直想寫一篇我的父親，可是，每次執筆，都覺得我那爸爸大人，實在太難寫了。可是，不論多麼難寫，我都希望能寫出他的特色！在我這本書裡，他更是一位不能缺席的人物！

他是一個精通歷史的知名教授，又寫了一部鉅著《中華通史》，還有《秦漢史話》和《三國史話》。是個標準的讀書人，他的一生，都和書本有關，在他年輕時，中學畢業就一面讀大學，一面教小學。大學畢業後，開始教中學，然後在大學當助教，接著教大學。他這一生，除了教書，沒有做過別的事業。他自己說：「我就是個教書匠而已。」

可是，這個教書匠很厲害，他一面當教授，一面寫歷史。在我中學時代，他已經是位「名教授」。除了上面兩件事，他還「演講」。在師大的大禮堂，每週講一次歷史故事。那個時代，連電視都沒有，人們沒有娛樂。我爸的「歷史故事」，居然講得轟轟動動。每次講多久，隨他高興，常常一講就四小時。因為每周只講一次，禮堂前面，老早就開始排隊，座無虛席。有次去的人太多，禮堂的玻璃門還沒開，大家怕沒位子坐，居然把禮堂的玻璃門都擠破了。由此可見，父親受歡迎的程度。

他教書、寫歷史、演講之外，還特別喜歡和學生交朋友。我家那日式宿舍，不到二十坪大，他經常把學生帶回家，家裡紙門一拆，打通兩間房間，坐滿了學生（好在是榻榻米，大家都席地而坐）。他和學生們講笑話，說故事，什麼東方朔、曹操、呂布、諸葛亮……征服了一票大學生。房子裡充滿笑聲，大家笑得嘻嘻哈哈，常常笑得忘形，滾了一地。我一定悄悄的坐在房間一隅，享受著這一片笑聲。覺得我爸，實在太「可愛」了！我真佩服他！

❖

我想，我的父親在基本上，是個非常樂觀而幽默的人。但是，他生於憂患，經過了中國最動亂的時代。為了這個國家，他飽經風霜，嘗盡了悲歡離合。所以，他也有很嚴肅的一面。他這一生，有四件「最愛」。它們的順序是這樣的：一、國。二、家。三、歷史。四、圍棋。父親對這四件「最愛」的熱情，是從來不變的。他愛國，常常會為了國事，在那兒「先天下之憂而憂」。每當這時，他那樂觀的部分就不見了。從小，我就聽到他經常為了憂國憂民，長吁短嘆，徹夜不寐，也常常為了國家大事，和朋友們辯論得面紅耳赤。如果有誰，牴觸了他的「愛國觀」，那是翻天覆地的大事，他立即會翻臉不認人，從此斷交。

我把父親的第二愛列為「家」。其實，這個家很廣義，表示包括我母親，和我們四個兄弟姊妹。事實上，我直到現在，都常常和弟妹們分析，覺得父親在整個家庭中，最愛的是我的母親。父親對母親的這份感情，實在很難用筆墨來形容。他尊敬她，需要她，依戀她，縱容她。有時，我認為母親像父親的宗教和信仰，只有宗教和信仰，才能讓一個人這樣熱誠和不變。母親在五十歲以後，十分多病，纏綿病榻長達二十幾年。這二十幾年間，經常出入醫院。每當母親住院，父親一定朝夕相伴，從不缺席。母親在七十四歲時，終於走完了她的一生。父親把母親的遺像掛在房中，每天早晚二次，在母親的遺像前燃香祝禱，一直到他自己倒下之前，天天如此。

父親的專業「歷史」，我已經把它排到第三位。他寫書的時候非常認真，句斟字酌，一絲不苟。歷史是不能出錯的，為了寫這部《中華通史》，他的參考書籍堆滿了整個書房。所有的典故、出處，他都會詳細注明。書中的表格、地圖，他也不假手別人，一定親自細心的描繪。至於出版時的一校，二校，三校，四校……他也是自己去做，生怕別人出錯。他還非常固執，現在出書，沒有人在姓名旁邊畫線，他一定要每個人名、地名、國名……旁邊都畫線。這畫線的工作，簡直繁重到極點。我看到父親這樣做學問，就對自己的寫作感到慚愧。父親寫中國五千年來的英雄豪傑，歷代興亡，我卻寫一些世間兒女的小情小愛。和父親相比，我的作品真的只是「小說」。

父親唯一的嗜好，是下圍棋。他對圍棋的執著熱愛，從來不會因為任何事情而中止。我前面說過，他對母親是寵愛備至的，只有為了下圍棋，他屢次讓母親生氣。父親下了一輩子的圍棋，不論我們在多麼艱難困苦的環境中，他都能找到棋友，都能下得不亦樂乎。為了下圍棋，忘了回家吃晚餐，忘了對母親的承諾，忘了重要的工作……這是經常發生的事。我最難忘的，是常常半夜三更的溜下床，給遲歸的父親開門。因為母親三令五申，過了時間，就不許父親回家，也不許任何人給父親應門。冬夜苦寒，父親常常被關在門外，都是我冒著被母親懲罰的危險，去給父親應門。

❖

父親就是這樣一個人，為了他的四個「最愛」，鞠躬盡瘁。他一心一意地愛中國，一心一意地愛母親，一心一意地愛歷史，一心一意地愛圍棋。這四件事，把他的生活填得滿滿的，使他活得忙碌，也活得充實。他一生的苦與樂，都與這四件事是分不開的。但是，在生活中的父親，卻是一個標準的「生活白癡」，這樣寫父親好像有點不敬，可是，他的的確確就是那樣，如果你不信，我可以寫幾件父親在生活中的趣事。我發誓，完全沒有誇張，百分之百的真實。而且，父親每次發生的事，我們都覺得不可思議。他自己，卻完全可以幽默以對，一笑了之。

父親不喜歡穿西裝，不管到了什麼朝代，他一定要穿他的中式長衫。夏天是薄長衫，冬天就是長棉袍。這樣的服裝，他穿了一輩子。我最小的印象。就是我們在上海的時候。冬天特別冷，有一天，我跟著父親去上學，父親穿著他那身已經很破爛的棉袍，兩手分別插在另一手的袖子裡，帶著我一面走，一面談談笑笑。那時，我大概九歲，正是父親幫我把〈可憐的小青〉投給《大公報》那段時期。走著走著，我們看到街邊有一群孩子在玩球，孩子們不怕冷，奔跑著踢那顆球，搶那顆球，丟那顆球，玩得嘻嘻哈哈。我的爸爸大人看出興趣，站在旁邊旁觀，也不管我冷得發抖。這樣，那顆球忽然被踢到我父親的腳下，父親舉起腳來，對著那顆球，就一腳狠狠踢去。孩子們蜂擁著前來搶球，可是，說來奇怪，那顆球不見了！孩子們到處找，我那爸爸大人和我，也跟著找，就是找不著。

「球！球！球！」孩子們嚷著，到處找球。那顆球顯然不便宜。

「球不會丟！」父親說：「它只會滾！四面八方找去！」父親指揮著。

孩子們四面八方找球，父親怎會把球踢得消失無蹤呢？帶著歉意，也找了半天，怎樣都找不到。我還要趕去上學，不能再等了。父親就吩咐他們繼續找球，帶著我向前走開了。我們走著走著，已經遠離了那群孩子，我聽到父親的棉袍，一直發出「呼嚕呼嚕」的響聲，走了好久，還是那樣，我問他怎麼了？他說：

「棉袍怎麼一直打我的腳？」

棉袍會打腳？我非常驚訝，蹲下身子，我翻開父親的棉袍一看，哎呀，不得了！原來父親棉袍有棉內襯，下襬破了個洞，裡面穩穩當當的裝著那顆球！我驚喊著說：

「爸！你把那些孩子的球偷走了！」

「哎呀！」父親喊，回頭就走。「趕快還給他們去！」

我們折回了現場，哪兒還有孩子，那群孩子早已不知去向了。父親把球拿出來，對著街邊一丟，嘆口氣說：

「誰有福氣，就給誰吧！我這不是偷，只是球也怕冷，要鑽進棉袍躲冷，我也沒辦法！」

我想著那些找球的孩子，大概怎樣也沒想到這顆球的去向，就笑得彎了腰，快要岔氣了。

❖

當父親已經是名教授的時候，他依舊是「生活白癡」！母親對父親的糊塗，經常又生氣又困惑。他在師大當教授的時候，也發生了很多生活上的趣事。記得，有一天，他到學校去開校務會議，回來的時候，往沙發椅子裡一坐，把頭靠在椅背上，閉攏了眼睛，左右的搖擺著他的頭，呻吟的說：

「哦，我不舒服，我生病了，只要一睜開眼睛就頭暈！」

母親有點緊張，看到父親臉色發白，認為他一定中暑了，我和弟弟妹妹們手忙腳亂的弄了一碗清水，一個醬油碟子來，母親解開了父親的衣領，用醬油碟子一個勁兒的給父親「刮痧」，刮了半天，父親睜開了眼睛，馬上又閉起來說：

「哦，不行，我還是不能睜開眼睛！」

我對父親的臉仔細的看了一看，覺得他臉上有點不對勁，終於，我問：

「爸，你把誰的眼鏡戴回來了？」

父親恍然大悟的取下眼鏡，頭暈立即不治而癒。原來他錯把同事的眼鏡戴了回來，自己的眼鏡卻留在學校裡了，而那個同事的眼鏡比他的深了兩百多度！

另一次，母親給父親買了一件新雨衣，那時的雨衣是土黃色，像風衣一樣，很貴的。父親得意洋洋的穿了去參加一個朋友的婚禮，回來之後，卻對母親說：

「妳買的這件雨衣買得不對，我穿太小了一點，而且是舊的，會透水，一場大雨，把我裡面的長衫都弄濕了！」

母親趕快去檢查那件雨衣，一看之下，氣得瞪大了眼睛，原來父親把自己的新雨衣，留在餐廳，把別人的一件又舊又破的雨衣穿了回來，不但如此，那件破雨衣居然還是件女性雨衣！

關於父親這一類的糊塗事，簡直數不勝數，母親常嘆息著說，她一定前世造了孽，這輩子才嫁給父親這個「糊塗蟲」！母親用了幾十年的時間，希望能把父親的「糊塗」毛病治好，但，父親卻始終依然如故。

有一天，我的一位堂叔，是父親的遠親，輩分算起來是他的堂弟，到我們家來看他，剛好家裡還有別的客人，父親就把他介紹給那位客人：

「這是舍侄某某人！」

老天！原來我的父親大人，根本弄不清楚那位堂叔的身分！我那堂叔也不好意思更正，只得很尷尬的，瞪著眼睛坐了下來。父親一眼看到他帶了個包裝考究的禮盒來，立即誤認為是他送的「禮」，馬上對他說：

「瞧你！這麼客氣幹嘛？還帶東西來做什麼？」

說著，就拿過了那個盒子，順手交給了正在倒茶的我。我看到那位堂叔張大了嘴，瞪大了眼睛，一臉哭笑不得的樣子，就知道父親一定弄錯了，但也不知怎麼辦才好，只得拿著盒子到臥室裡去找母親。打開盒子一看，是一件粉紅色的上等衣料。原來這位堂叔是個現役軍人，最近交了一位女朋友，軍人薪水很少，不知道他積蓄了多久，才能買下這麼一件名貴的衣料！母親立刻分析，這是堂叔預備送給那位女朋友的，卻給我父親當作禮物「攔截」了下來！母親很聰明，立刻吩咐我在送客的時候，設法把這件衣料還給堂叔。於是，當堂叔告辭的時候，我就叫小妹拿了盒子出去說：

「叔叔！你的東西忘了帶！」

誰知，我那位親愛的爸爸，卻對小妹說：

「這是他送我們的，妳真糊塗！」

於是，我那位倒楣的堂叔，只得留下了他的衣料，垂頭喪氣的走了！後來，母親跟父親分析了半天，責怪他把堂弟變成姪兒不說，還搶了人家的衣料！老爸大概也覺得不對，笑著說：

「他怎麼不說話呢？我糊塗，他不糊塗呀！這下子，不是變成兩個糊塗人嗎？」然後，父親對自己下了個評語：

「我是『大智若愚』！」

「哼！」母親接口：「你明明就是『大愚若智』！」

我們四兄弟姊妹，又笑得東倒西歪了。

❖

父親除了糊塗之外，在生活上，也常有驚人之舉。他是個很固執的人，如果開口說話，不能被打斷，那對他是大不敬，一定要讓他把話講完。還有，他是個演講家，應該口若懸河才對。但是，如果你打斷他的話，他就會變成結巴。結巴沒關係，話還是要說完。有次，父親很難得，帶著我們兄弟姊妹四個去看電影。電影！在那個時代，是多麼奢侈的事，多麼興奮的事！我們四個，全部圍繞著父親，跳跳蹦蹦的走向電影院。一路上猜測著電影的內容，快樂得不得了！

到了電影院門口，才發現賣票口大排長龍，人山人海，父親帶著我們排在後面，我們急得不得了，就怕買不到票。那時，限制一人只能買四張票，我和爸爸兩人排隊，因為我們要買五張票。隊伍慢慢前進，我跟著爸爸，好不容易，總算排到爸爸了。父親慢吞吞的給了錢，對裡面忙碌的賣票小姐說：

「請妳給我四張票！請妳給我不……」

「快一點！」

賣票小姐打斷了爸爸，低頭開票，一面說：「後面還在排隊！」

那賣票小姐動作很快，收了錢，就把四張票塞進我爸手裡，可是，我爸話還沒說完呀！這是不行的，我眼看著他握著票和找的零錢，開始結巴了：

「請妳給我不要……不要……不……」

「後面！後面！」賣票小姐喊。我要擠上前去，父親大人攔住我，繼續對那賣票小姐說：「給我不要……不要……不……」

我無法上前，後面一個大高個，伸手就進了賣票口，買走了四張票，我爸還攔在我前面，對那賣票小姐說：

「不要……不要……太前面的！」

嘩啦一聲，賣票口關起來了！票賣完了，我們差一張，沒有買到票。我氣得盯著父親說：

「票已經在你手裡了，為什麼你還要跟她說『不要太前面』？」

「啊？我話沒說完呀！」父親看著手裡的票，生氣了。「第一排！我說了不要太前面，她還給我第一排！」

「有第一排已經不錯了！」我說：「現在的問題是，誰不看？因為票不夠！」

「這樣吧！」父親笑著，想出方法來了：「第一排太前面，我不要看，你們四個去看吧！」

「那……」我趕緊問：「你怎麼辦？」

「我去棋社下兩盤棋，你們千萬不要告訴媽媽，等到電影散場，我也回家了！」他對著我們笑，一股「因禍得福」的樣子。

「不行！」我當機立斷：「電影我不看了！爸爸大人，你還是帶他們三個看電影吧！要不然，今晚我不能睡覺，必須為你守門，媽媽也會大發脾氣！這個厲害關係，我還有分析能力！」

所以，那場電影我沒看，所以，我對我父親的「話要說完」印象深刻！

❖

父親是個書生，一襲長衫，一副眼鏡，很有徐志摩的味道。他的為人，也特別有儒家的氣質，不論碰到什麼事，他都是慢吞吞，不疾不徐，對人謙恭有禮。有次，我和妹妹跟他一起出門，我們很窮，交通工具只有一樣，就是搭公車。但是，公車非常擠，排隊的人也不守規矩，只要車子一來，大家就蜂擁到公車門前，爭先恐後的擠上車，車上有車掌小姐，看到人數擠滿了，就拉上車門，吹哨子，司機立刻開車。有時，如果車子太擠，這站又沒人下車，車子會過站不停，揚長而去。所以，搭公車也是學問，必須在車子一停，就衝到車門前，等到車門一開，裡面的擠著下車，外面的擠著上車。

那天，父親帶著我們姊妹兩個，他規規矩矩的排著隊，車子一來，大家都擠到車子門口，他不慌不忙的還站在原地，像教書一樣的說：

「大家不要擠，排隊排隊！」

沒有人聽他的指揮，全體擠了過去，我和妹妹正想衝鋒陷陣，卻被父親兩手拉住，很權威的說：

「做人要守規矩！排隊！排隊！」

「爸！」我那妹妹脾氣不好，大聲說：「只有你一個人要排隊！你看誰排隊了？趕快衝呀！」

「不能衝！不能衝！」父親機會教育：「女孩子要優嫻貞靜！」

「什麼優嫻貞靜？上車要緊！」妹妹大喊。

我們還在爭執中，只聽到車門一關，哨子一響，車子已揚長而去。

車牌下，我們和陸續又擠來搭車的人，站在那兒，父親眼看車子已去，納悶的說：

「怎麼大家都不排隊？怎麼車子不等人？這樣擠來擠去，太沒規矩！」

「爸爸！」我家小妹氣勢凌人的說：「等到下一輛公車到了，你跟著我行動！」

「現在，我們排在前面了，沒關係！」爸爸從容的說。

第二輛公車來了，小妹拉著我的手，我們姊妹倆一陣衝刺，就搶先上了車，其他乘客，也爭先恐後的擠上來，我伸頭去看車外，我那爸爸大人，正在禮讓一位白髮長者，自己退在後面，車子非常擠，白髮長者上了車，車門立刻拉上了，我聽到父親在車外大喊：

「還有一個人！還有一個人！」

車掌小姐可不管那個人，哨子一吹，車子衝了出去。我和妹妹，都伸長了頭，看著我們那親愛的爸爸，在那兒跌腳大嘆：

「還有一個人，還有我這個人呢！」

我和妹妹面面相覷，不知道該哭還是該笑。

❖

父親的生活趣事，可以寫一本書，這兒就不再多寫。時光匆匆，父親教了一輩子書，老了，退休了。母親去世後，父親依舊在校對他的《中國通史》，依舊下圍棋。但是，他開始想念他的家鄉了！想念他住了很久的北平。一九九三年春天，父親下定決心，要回大陸探親，並返北京一行。那年他已八十四歲，離開他從小生長的北京，已經很多很多年了。他少年離鄉，再來時已是白髮蕭蕭，當然百感交集。返臺後寫了一首長詩〈燕京行〉以抒懷，其中有這樣幾句，我看了最為感動：

六十年前家何在？曾在銀錠橋邊住，
北海什剎瓊島蔭，常時都是流連處！
新巢初築雙燕子，飛去飛來朝朝暮，
朝暮瞬間白髮新，最悲再到五龍亭，
五龍亭上滿游屐，誰識衰翁斷腸情？

看了父親的詩，就可以知道，父親雖然是個歷史學家，卻不是一個食古不化的學究，而是個非常重感情的性情中人。

父親的青少年時期，都在北京度過。在那兒讀大學，在那兒和母親相識相愛而結婚（上面那首詩中，所寫的『新巢初築雙燕子，飛去飛來朝朝暮』指的就是和母親的新婚）。父親深愛北京，常說北京是他的第二故鄉。七七事變，把父親一生的命運都轉變了。他離開北京，毀家赴難，從此，就開始了一段顛沛流離的生活。我和弟弟們都出生在抗戰時期，只有妹妹是生在勝利第二年。小時候，我們跟著父母逃難，從湖南一路走到四川，幾次三番，都面對生死關頭。父親不肯停留在淪陷區，因此，我們一家大大小小，餐風飲露，經常過著衣不敝体，三餐不濟的日子。我從沒有看過父母手上有結婚戒指。原來，就在我們家已經山窮水盡的時候，趕上抗戰時的「獻金運動」，父母沒有任何東西可獻，雙雙脫下結婚戒指，投進了獻金箱。父親的愛國，由這件小事就可想而知。

抗戰勝利後，我們家輾轉遷徙，由重慶到上海，由上海到衡陽，由衡陽到廣州，由廣州到臺灣，這才開始過著比較穩定的生活。父親的一生，就在他的四個最愛中度過，就在他的著述和他的迷糊中度過。他的老年，因為除了小妹定居美國，我和兩個弟弟都在臺灣，隨侍左右，他也生活得很知足。他八十五歲那年，還寫了一首詩，應該是他生活跟心情的寫照：

蓬瀛八五攬揆口，喜見兒孫齊舉觴，
劫後餘生老尚健，庭間蘭卉亦芬芳。
傳家清白承先緒，教子修文守義方，
種樹前人今已去，綠蔭留得滿華堂。

父親在二〇〇二年七月三十日，九十四歲的時候，因為小中風跌倒，腦出血而去世。他送到醫院時就失去了意識，十六天之後，在睡眠中走了。他走的時候，我在他身邊，一直握住他的手，護士們還在幫他做人工呼吸，可是，他的手從還有餘溫，很快就變冷了。我阻止了護士的動作，仆伏在父親的耳邊說：

「爸爸，媽媽已經等你很多年了！如果還能相聚，少下一點圍棋，多陪陪媽媽！至於弟弟妹妹，我會照顧的！你安心的走吧！我愛你……你不知道有多深！我崇拜你，你也不知道有多深！你的著作，你的為人，你的敬業，包括你的糊塗，都是我永遠永遠的記憶！」我一面說，一面拭去我面頰上的淚水。心裡想起孔子的話，也是父親常常搖頭晃腦，感慨著說的話：

「泰山其頹乎？梁木其壞乎？哲人其萎乎？」

哲人其萎，著作長存！親愛的爸爸，安息吧！

二〇一八年八月十五日
重新寫於臺北可園

阿唐和他的笛子

如果有人問我會不會彈鋼琴，我不會。

如果有人問我會不會拉小提琴，我不會。

如果有人問我會不會彈吉他，我不會。

如果有人問我會不會奏琵琶、古箏、三弦等樂器，我都不會。

但，如果有人問我會不會吹笛子？我會十分猶豫的回答：「會一點點。」

會吹「一點點」笛子，似乎沒有任何值得炫耀或驕傲的地方，可是，卻有誰知道，我的笛子後面，藏著一個怎樣的故事？

❖

一九四七年冬天，我的實際年齡還沒有滿十歲。

在上海度過了兩年多的都市生活，這年，由於上海處於國共戰事緊張的邊緣，我們舉家回到了故鄉湖南。

一個在繁華的城市裡生活了兩年多的女孩，驟然來到一個最淳樸、最單純的鄉間，誰也不難想到我有多麼的不習慣。而且，從服裝、態度、言語……各方面，我都變成了那鄉間最特殊的女孩子。

我和「蘭馨園」的距離是在一開始就發生了的。「蘭馨園」這名字聽起來像個小花園，實際上，它卻是個擁有幾十間屋子，好幾個三合院和四合院組成的「建築群」。這「建築群」據說是我曾祖父的祖父最初建立的，當時有個風水先生看中了這塊地，說是「宜子宜孫」。於是，我那位祖宗也不管這地方距離最近的衡陽城還有整整兩百里路，就大興土木起來。「蘭馨園」本來並沒有這麼多的建築，但，我曾祖父的父親和我曾祖父，以至於到我祖父這一輩，都陸續增建，陸續翻修，因此，這「蘭馨園」就越變越大，終於成為了我所看到「建築群」。

「蘭馨國」是屬於我們整個陳家的，從我曾祖父的祖父初建「蘭馨園」起，陳家就沒有分過家。當初那位「風水先生」確實看得不錯，陳家是個多子多孫的家庭，繁衍到我這一代，「蘭馨園」已有數百個人，五代同堂，簡直是人才濟濟。雖然都是一家人，但，你可能花上好幾個月的時間，還弄不清楚那些人與人間的親屬關係。

那時，我的曾祖父已經去世，我的祖父是「陳家」的長子，在我祖父下面，卻有七個弟弟，換言之，我有七個「叔祖父」。「蘭馨園」的歷代子弟中，都有出外闖天下的，我祖父也曾離家二十年之久，但最後，葉落歸根，一個個又都回到老家來。而「蘭馨園」還有許多嫁到外姓去的女性，由於守寡，或婆媳不合，或夫妻不睦，而又攜子帶女回到「蘭馨園」來的，因此，「蘭馨園」中也不乏別姓的子弟。

就這樣，我這個自幼生長在小家庭中的女孩子，就猛然間一下子捲進了一個最複雜的環境裡。

初抵「蘭馨園」，父親母親帶著我和弟妹拜見長輩，從祖父、叔祖父開始，到叔父、姑媽輩。要命，我一生沒見過那麼多的長輩！偏偏陳家還守著「古禮」，見到長輩必須下跪磕頭。父親雖受新式教育，卻不肯「廢禮」。老天！這下我可慘了！跪下，磕頭，跪下，磕頭、跪下，磕頭，足足三天，我和弟妹們簡直成了小磕頭蟲了。弟妹尚小，每磕一次頭還有不少糖果可收，就照磕不誤。我已稍解人事，又自幼心高氣傲，像母親說的「倔強得像根大木樁子，彎一彎都彎不動。」如今，這根大木樁子，成了可憐兮兮的小磕頭蟲，這還成！不到一天，我就大提抗議了。

「幹嘛見了每個人我都要磕頭？我給他磕一個頭，他也不會多長一塊肉！」

我的祖父聽了，眼睛瞪得比銅鈴還大，彷彿我發表了天下最大的謬論！氣得他鬍子都飛了起來，怪叫著說：

「什麼話?!見了長輩不磕頭?!妳還是書香門第出身的孩子，連『禮』都不懂，妳父母教了妳些什麼？」

這一下，連父母都有了不是。我雖然還想繼續「抗辯」，卻被母親死命拖住，蒙住了嘴不許說話。當晚，我被父母狠狠的訓了一頓，又再三「曉以大義」，總算讓我弄清楚了一件事：此「頭」是絕對不能不「磕」。

好吧！我整整磕了三天的頭。

第四天，我見到了阿唐。阿唐，很難看到那麼漂亮的年輕人，高大、文雅，濃眉下有對深邃的眸子，帶著抹不太屬於鄉間的「憂鬱」。對我而言，我只知道他和我所見過的那些「長輩」完全不同，他沒有那些長輩們的氣燄，也沒有那些長輩們的架子，他顯得親切而溫和。

不過，管他怎麼親切，管他怎麼溫和，我總是要磕頭的，「禮」不能「廢」也。我已經屈下膝去，準備磕頭了，卻被站在一邊的堂姑拉住了。

「等等，小瓊不能給阿唐磕頭，算算輩分，阿唐是小瓊三叔祖的女兒的外孫，跟著他媽住在我們家的。所以，他媽只能算小瓊的表姊，阿唐嘛，他還要叫小瓊一聲表姨才對呢！」

我張大了眼睛，對阿唐和我的那份親屬關係，我是怎樣也弄不清楚的，唯一讓我明白的事，是面前這個又高又大的「大人」，竟是我的「小輩」。

「那麼，」我對堂姑說：「阿唐比我小一輩了？」

「不錯，不錯。」堂姑笑瞇瞇的說

哈！多麼難得的機會！我的眉毛高高的挑了起來，往廳上的一張太師椅上一坐，我板著臉，一本正經的對阿唐說：

「阿唐，過來，跪下磕頭！」

阿唐怔了，側著頭，懷疑的望著我，我高高的昂著下巴，驕傲的挺著胸，只等他那一「頭」。磕過這麼多的頭，現在也輪到我來收收本了。

「別胡鬧，小瓊！」媽出面來阻撓我了。「人家阿唐是十八歲的大人了，還給妳這個小孩子磕頭？別不害臊了，還不從椅子下來！」

「不成，不成，」我理由十足的說：「輩分不論年齡，而且，禮不可廢也，我們是書香門第嘛！」

從沒看過媽那麼尷尬，她想罵我，卻又忍不住要笑。堂姑有些兒不知所措，她看看阿唐，又看看我，強詞奪理的說：

「阿唐姓唐，是唐家人，嚴格說起來，不是我們陳家人，這個『禮』嘛，我看也可以免了！」

眼看這個『頭』要飛了，我氣極起來：

「不成，不成，我磕了那麼多的頭，從沒管過人家是不是姓陳，現在我是長輩，他就要給我磕頭！」

阿唐凝視著我，挺著胸，他有份高傲，也有份從容，在我們討論時不說話，到這時才慢吞吞的開了口：

「我給妳磕頭，妳又有什麼好處呢？」

「哈！」我怪叫：「這就是我說的嘛，我說過這話，爺爺罵我不懂規矩，媽媽爸爸教訓了我一個晚上，現在，你比我大了八歲，竟然也敢講這種不懂規矩的話！」

阿唐退後了一步，他的臉色變了，濃眉在眉心打了個結，說：

「對不起，我不給妳磕頭！」他乾乾脆脆的說：「我從不給小孩子磕頭，現在這種新舊交替的教育，把小孩子都教成了怪物！我不磕這個頭，了不起捲舖蓋回唐家莊去當農夫，有什麼大不了?!」

他轉身就往門外走，忽然間，一個聲音厲聲喊：

「阿唐，站住！」

阿唐站住了，我回頭一看，是祖父從內屋走出來，他顯然已聽到了整個「磕頭風波」。他嚴肅的瞪視著阿唐，說：

「我白白給你讀了高中，還要送你去讀大學，你連大丈夫能屈能伸都不懂！何況，小瓊說得有理，她是比你大了一輩嘛，以前八十歲的老臣子還要跪拜三歲的小皇帝呢！你不許走！回來，給小瓊磕頭！」

阿唐的氣焰頓時消弭無蹤。我這時才知道祖父在整個「蘭馨園」的威望與尊嚴。阿唐折回了我的面前，他的臉色那樣蒼白，他的神情那樣蕭索，他注視著我的眼神那樣充滿了敵意，使我想立即溜下那張太師椅，逃之夭夭，我也不想接受他那個『頭』了。但是，來不及了，他已經插燭似的跪在我的面前，恭恭敬敬的磕下頭去。

這是我生平接受的第一個『頭』。

「磕頭」事件是過去了。奇怪的是，那一整天我都並不愉快，也沒有預料中的驕傲感，反而有點兒犯罪的感覺，使我對於一般長輩喜歡接受「磕頭」更加大惑不解起來。

那天夜裡，我第一次聽到笛子的聲音。

接連兩天晚上，我都聽到有人吹笛子，聲音悠悠揚揚，裊裊漾漾，我從小不通音律，對這笛子的聲音，卻發出一種特殊的感情。它那樣清幽，那樣抑揚，像是人間最美的聲音。

第四晚，我依循著那笛聲，走到了後邊院落的短籬邊，在那兒，有一株矮松，有幾排冬青，有數枝修竹，有一塊大山字石，有滿園明月……在那假山石上，阿唐正坐在那兒，靜靜的吹著他的笛子。

我沒有料到吹笛子的是阿唐，想溜，阿唐卻已經發現了我。他放下笛子，看著我問：

「妳來做什麼？」

「聽你吹笛子。」我傻傻的說。

「妳懂得音樂？」

「我什麼都不懂，只知道你吹得好聽。」

「謝謝妳的讚美，『阿姨』。」他嘲謔的說，特別強調了「阿姨」兩個字。

我怯怯的挨了過去，十歲，畢竟是個孩子呢！我掩飾不住對那笛子的喜愛和對阿唐的好感。

「你怎麼能吹得這麼好！」我讚嘆的說，用手指輕觸著那支笛子，嘆了口氣。「我從沒聽過這麼好聽的曲子，真的！」

他的眼睛閃亮了一下，注視了我好一會兒。

「為什麼那天一定要我對妳磕頭？」他問。

「因為……」我忽然害羞起來。

「因為妳是個調皮驕傲的小壞蛋！」他接著說。

「哈，你不可以罵你的阿姨！」我說，接著，卻忍不住笑了起來，因為，我在他的聲音裡已經聽出了諒解與友誼，孩子對於友誼是十分敏感的，而我又是個特別敏感的孩子。

「哈，阿姨！」他的眼裡充滿了笑謔。「好一個娃娃阿姨！」說完，他也大笑了起來，把我攬進了他的懷裡，他爽朗的說：「別做阿姨，讓我們做朋友吧！」

於是，我和阿唐做了朋友。

❖

有好長的一段時間，我成為了阿唐的跟班，我刻不離身的跟著他，聽他講故事，聽他吹笛子，讓他帶著我在那鄉間的山前、山後跑，到池塘裡釣魚，到山谷裡採香菌。那生活是快樂而愜意的。奇怪，在整個的「蘭馨園」，不乏和我年齡相若的孩子，而唯一能和我成為朋友的，卻是比我大了八歲、小了一輩、給我磕過一個頭的阿唐。

沒多久，我就發現那支笛子是阿唐的命根，他把它藏在懷裡，從不隨便亂放。我問他睡覺時是不是也帶在身上睡，他一本正經的說：

「那怎麼可以?!壓壞了怎麼辦？我把它放在枕頭邊上睡。」

從沒見過那樣愛笛子的人。有一天，我對他說：

「你教我吹笛子好嗎？」

「好呀！」他欣然同意：「妳可以用我的笛子學，但是不能弄壞了。」

他把笛子交給我，不厭其煩的告訴我每一個洞的用意，告訴我手指的運用和吹奏時力量的大小。我把玩著那支笛子，發現那笛子是用一種有斑點的細竹雕刻而成，笛子本身由於成年累月的摩挲而變得光滑無比。我玩著玩著，一時頑皮心起，假裝失手，差點把笛子掉在山石上。阿唐的臉霎時變得雪白，他一把搶過笛子，聲音都顫抖了：

「小瓊，妳當心！」他大喊著。

自從我們成為「朋友」後，他從不肯叫我「阿姨」的。

「你幹什麼這樣緊張？」我輕輕的聳聳肩。「竹子滿山都是，這支摔壞了，頂多再砍根竹子雕一個，有什麼了不起呢？」

「妳懂什麼？」阿唐蹙著眉，嚴肅的說：「世界上有無數的笛子，但是我這支笛子，卻僅有一支。」

「又怎麼樣呢？」我說：「反正笛子都一樣。」

「不一樣。」他低沉的說：「完全不一樣。」搖搖頭，他憐惜的撫摸著那支笛子，眼睛深邃而淒涼。「妳不懂，妳太小，妳只是個小孩子。」

「我懂，」我最恨他叫我小孩子。「你對這支笛子有感情。」

他倏然回頭望著我。

「妳真的懂。」他感嘆的說。

天知道，我懂個鬼！我只是順口說說而已。你能要求一個九歲半的孩子懂多少呢？事實上，我連「感情」兩字的意思，也還糊裡糊塗呢！

「我告訴妳關於這笛子的故事吧，我從沒有對任何人說這件事。」他說，在山邊的石頭上坐了下來。那時，我們是在「蘭馨園」後面的山上，這山是我和阿唐最喜歡來的地方，尤其是我們正停留的那個所在，是個山崖，有參天的松柏，有大塊的巨石，阿唐喜歡坐在那巨石上，眺望山下的平原和青蔥的田野。他說，那是他常常「獨自沉思」和「吹笛」的所在。

我挨在他身邊坐了下來。

「你告訴我，我決不告訴別人。」我熱心的說，聽到有「故事」可聽，我的興趣就全來了。

「這不是一個很好聽的故事，既不複雜，也不曲折。」阿唐幽幽的說，把那笛子橫放在他的膝上，用雙手緊緊的握著，他的眼睛定定的望著山下的原野。「這支笛子是用一種特殊的竹子雕出來的，那種竹子名叫湘妃竹。在湖南，湘妃竹很多，但是，像這種紫紅色的湘妃竹卻非常難找。」

「我懂了，」我插嘴：「這是支很貴重的笛子。」

「它真正的貴重還不在竹子的本身。」阿唐繼續說：「它本來不屬於我，而是我一個最要好的朋友阿吉的。阿吉是個天才，妳一生也遇不見第二個的那種天才。如果妳覺得我的笛子吹得好，那妳該聽聽阿吉的，他吹起來才是真正的神仙之音，我的笛子，完全是他教出來的。」他頓了頓，嘆口氣。「阿吉來自長樂（湖南鄉間某小鎮），在衡陽和我同念一個中學，他家中貧寒，父母卻望子成龍，送他來衡陽讀書。這笛子是他手製的，他愛如珍寶，刻不離身。我和他認識之後，感情好得不得了，我們結拜為兄弟，形影不離。他教會我吹笛子之後，我買了一支普通的笛子，常和他一起吹。他對我那支笛子非常不滿意，認為質地太差，影響音韻。而他那支笛子，是取材於他家鄉的後山上。於是，他發誓放暑假回家鄉時，要幫我雕一支最好的笛子。但是，每年他放假回家，都太忙了，他要幫家裡做事賺錢，要耕田，要做工，要賺他的學費……他沒有時間去找這種稀有的竹子，他也找過幾次，卻都找不到中意的。這樣，到他高二那年暑假，他回家前告訴我，這次，他一定要幫我帶了笛子來，我也再三叮囑他，不能再失信了，於是，他回去了。」

他停住了，咬住嘴唇，他有好長一段時間的沉默，我不耐的推了他，追著問：

「怎樣了？開學時他帶了笛子來嗎？」

阿唐用手捧住了頭。

「開學了，阿吉沒有到學校裡來，一星期，兩星期，一個月過去了，他始終沒到學校裡來。我寫信去長樂給他，信件如石沉大海，妳知道，鄉間的信件是常常遺失的。這樣，我終於忍耐不住了，請了一個星期的假，我到長樂去找他。」

他再度停止，臉色蒼白，而眼睛深幽。

「怎樣？你找到了他？」我急急的問：「是嗎？」

「是的，我找到了他，」他的聲音艱澀而古怪。「他已經死去了兩個月，我看到的是他的墳墓。他父親告訴我，他是在深山裡被毒蛇咬死的，為什麼他會到深山裡去。這世界上恐怕只有我一個人知道：他要去找那種竹子。總之，他們發現他被咬傷，抬回家時，他已經奄奄一息了，他的遺言很少，卻再三叮囑他父親，若有姓唐的來時，把他刻不離身的那支笛子送給他。」

「那支笛子——」我遲疑的望著他。「就是這支了？」

「是的，就是這支。」他的眼光從遙遠的田野間收了回來，淒涼的落在那支笛子上。他的手指愛撫的從那笛子上輕輕的撫摸過去，臉上布滿一片迷茫的淒惶。一時間，我沒有說話，我被他那神色所震懾住了。對一個孩子來說，他那故事的本身，遠趕不上阿唐那寥落淒慘的神態更能感動我。我雖小，卻很能體會他那深切的悲哀。不知道自己能為他做些什麼，我只能對他呆呆的發起怔來。

好一會兒，我們就那樣默不作聲的坐著。終於，阿唐忽然醒覺過來，他拍拍我的肩，振作了一下，大聲說：

「好了，小瓊，我們幹什麼要說這些煩惱的事呢？事情都已經過去了。來吧，妳不是要我教妳吹笛子嗎？讓我們馬上開始吧！」

從這一天之後，他再也沒有重提那個笛子的故事，只是熱衷的教我吹笛子，我也很熱心的學過一陣。但是，唉！孩子畢竟是孩子，而且，我還是個最沒有耐性、沒有恆心、沒有毅力的孩子。不到兩星期，我就厭倦了那支笛子，不止厭倦了那支笛子，我也厭倦了阿唐，厭倦了「蘭馨園」，和整個鄉間那份單純的生活。

我想念上海的都市生活，想念上海的學校，也忘了在上海時，我曾經怎樣被同學霸凌過。總之，我對鄉下的日子厭煩了！對那些小樹林，小房間，小四合院統統厭煩了。那陣子，我的個性喜怒無常。我知道阿唐喜歡我，像溺愛一個小妹妹般縱容我。我也知道我輩分比他大，他必須處處讓我三分。於是，不知從何時開始，阿唐成為我洩憤與捉弄的對象。當我的壞脾氣發作時，我欺侮他，要他當眾叫我阿姨，要他幫我做一切辦不到的事情，要他磕頭下跪，要他這樣，要他那樣……他處處容忍我，他處處遷就我，他處處依順我。他總是嘆著氣說：

「誰叫她是個娃娃阿姨呢！」

唉，人類的劣根性是不能縱容的，它像株幼苗般會發芽長大。在阿唐對我的依順下，我變得越來越不可理喻，越來越無法無天了。阿唐和我的友誼，完全進展成了一個單方面的奉獻。有時，他被我弄得忍無可忍而發怒時，他的母親反而會大聲的斥責他：

「小瓊論年齡只是個孩子，論輩分比你大了一輩，你不知讓著她，還惹她生氣做什麼？」

阿唐無可奈何的搖搖頭，嘆口氣，瞅著我說：

「總之，小瓊，當初我那個頭磕壞了，磕了那個頭就永遠矮了一截，再也沒辦法抬頭了。」

❖

然後，那天的事情，毫無預警的發生了。

那天，他剛剛吹過笛子，坐在山崖上和我談天，他告訴我他怎樣用雙手制服一條蠻牛，我以一種不服氣的心情去聽他述說。他講完後，非常得意的把袖子捲起來，讓我看他手臂上的肌肉，我輕蔑的對他看了一眼，不服氣的哼了一聲。為了讓我服氣起見，他舉起拳頭在一棵大樹上猛搥了一拳，發出「砰！」的一聲，他看看我，得意的說：

「妳做得到嗎？誰能打得這麼響？」

我討厭他那份得意的表情，想找一件事來折折他的銳氣，一回頭，正好看到他那支笛子放在一邊，我不假思索的拿起了那支笛子，猛然的向岩石上一敲，口裡喊：

「看誰打得響?!」

笛子在岩石上發出「啪」的一聲巨響，只見阿唐像觸電一般的跳了起來，劈手搶過了笛子，但笛子已經裂開了！他鐵青著臉，望著笛子，半天都沒有說話。然後把笛子送到唇邊去吹了幾個音，音調完全是破裂的。他狠狠的把笛子撕成好幾片，用力的丟到山崖下面去，然後轉過身來對著我，眼睛裡像要冒出火來。他一把握住了我的肩膀，把我狠命的搖了一陣，嘴裡恨恨的喊著：

「妳這個見了鬼的野丫頭！鬼迷了妳做這種事……」

我被他搖得發昏。他罵完了，鬆開手放了我，又急匆匆的滑行到山崖下面，拾起了那幾塊破竹片，用手撫摸著，然後一聲不響的垂著頭走了，根本沒有再回頭看我一眼。這是以前從來沒有過的事，如果他帶我到山崖來，一定會帶我回家。他怕我被毒蛇咬到，怕我被石頭絆倒，怕我被不知名的動物嚇到，還怕我被陌生人帶走……可是，那天，我是一個人走回家的。一路上，我在後悔我做的事！

這之後一連三天，他不和任何人說話，不笑、不玩、也不看書。每次看到了我，他就狠狠的瞪我兩眼再掉頭離開。其實，我並不是有意要毀掉他的笛子，我完全沒有想到那樣一敲會使笛子裂開，我雖然有點傲慢，卻不是一個狠心的壞孩子，決不至於壞到要毀掉他笛子的那一步，因為我知道他愛那笛子勝過了他愛任何東西。

第四天，我忍不住了，黃昏的時候，我在山崖上找到了他，他坐在那固定的位子上，手裡握著那些笛子的碎片。我怯怯的走了過去，靠近了他，低聲喊：

「阿唐！」

他沒有理我。我提高了一點聲音，再喊：

「阿唐！」

這次，他有了反應了，他猛然間車轉身來面對著我，他的眼睛是血紅的，他的眉毛是糾結的，他的面容猙獰而可怖，他的聲音像崩瀉的山石般令人驚心動魄：

「妳給我滾！滾得遠遠的！讓我再也見不到妳！下次妳再敢走近我……」他咬牙切齒，沉重的呼吸鼓動著他的胸腔。「我會把妳撕成一塊一塊的，從這山崖上丟下去！」他又大吼一聲：「快！妳給我滾！」

他驚嚇了我，我恐怖的大叫了一聲，返身跑走了。

就這樣，我和阿唐的友誼完全結束了。他變了，變成一個遊魂，常常整日坐在那山崖上。我呢？我悄悄的窺探他，卻又忙不迭的躲避他。我那樣渴望走近他，渴望向他懺悔，渴望告訴他，我不是故意的。卻又那麼怕他，那麼恐懼他。而且，自從聽不到他吹笛子之後，看不到他的笑容之後，我才知道我做了多麼可怕的事！

十天過去了。那天父親要去衡陽城裡辦事，我捧出了我的撲滿，打碎了，取出裡面所有的錢，交給父親。

「妳要我從衡陽城裡幫妳買什麼東西嗎？」爸爸問。

「是的，要一支笛子。」我說。

「笛子？」父親好驚異。

「是的，要一支笛子，」我熱烈的說：「要湘妃竹做的，一定要買來，如果錢不夠，我以後不再要零用錢！」

父親笑了。

「好吧，一支湘妃竹做的笛子，我一定買來！」

「要最好最好的！」我追著喊：「要紫紅色的！」

父親摸摸我的腦袋，寵愛的笑笑，說：

「最好最好的！」

父親去了，我整日倚門盼望，等待父親，等待笛子。第四天晚上，父親才從城裡回來，轎子才抵門，我就撲了上去，立刻，我拿到了一支笛子——有斑點的湘妃竹做的。當然，它趕不上阿唐原有的那支，卻也聊勝於無了。沒有耽擱一分鐘，我握著笛子飛奔著去找阿唐。

阿唐不在他屋裡，也不在整個的「蘭馨園」。我知道，他一定在那山崖上。於是，我奔出了「蘭馨園」，奔上了後山，我在山石嵯峨中奔跑，在樹影參差下奔跑，一面興高采烈的呼喚著：

「阿唐！阿唐！阿唐！」

我看到阿唐了，他正站在那山崖上，我跑得上氣不接下氣，衝過去，我叫著說：

「阿唐！你猜——你猜——」

我的話還沒說完，他對我大吼了一聲：

「滾開！」

我倏然一驚，倉惶後退，我忘了我已衝到山崖邊，這一退，腳就踩了一個空。頓時間，我整個失去了平衡，大叫一聲之後，我就沿著山崖，一骨碌一骨碌的滾了下去。

我聽到阿唐在山崖頂上聲嘶力竭的狂叫：

「小瓊！」

我下滾的衝勢終於停止了，但，我的身子擱淺在一個樹根處，動彈不得，渾身像被撕裂般的痛楚，而頭暈目眩。我看到阿唐連滾帶滑的衝下山崖，一直衝到我的身邊。他把我從地上抱了起來，他的臉色比月光還白，聲音顫抖著：

「小瓊，妳怎樣了？」

我努力的對他微笑，一面舉起我手中緊握著的那支笛子，幸好這一跌並沒把笛子跌掉，我笑著，急於向他托出我全部的友誼和懺悔：

「你看，我給你帶了一支笛子來！」說完，我就暈了過去。

醒來的時候，我躺在自己的床上了。我沒有骨折，沒有腦震盪或受什麼嚴重的傷害，只能算是不幸中的大幸，但是，我全身都擦破了皮，到處都傷痕累累。阿唐坐在我的床邊，望著我，他手裡握著我那支笛子。

「阿唐！」我喊，急切的問：「你試吹過那支笛子嗎？」

「還沒有。」他說，眨動著眼瞼，他眼裡有著淚光。

「恐怕沒有原來那支那麼好，」我歉然的望著他，這時才說出我砸笛子之後一直要說的話：「對不起，阿唐。我不是故意的，我不知道笛子一敲會碎！」

他低下頭去，一語不發，然後，他舉起那支笛子，送到唇邊去吹了一支我最愛聽的民歌〈小放牛〉。吹完，他抬頭望著我：

「妳聽，這笛子一點也不比那支差。」

我開心的笑了，問：

「你還肯教我吹笛子嗎？」

「永遠。」他對我眨眨眼睛。「阿姨。」

我安心的笑著，很快的睡著了。

❖

第二年，我跟著父母離開了故鄉，離開了「蘭馨園」，離開了阿唐和他的笛子。臨行，阿唐一直送我們到數里以外，一路吹笛子給我聽，到必須分手的時候，我對他說：

「小心你的笛子，如果再碰到一個像我這樣難纏的小阿姨，千萬別讓她碰你的笛子！」

他「噗哧」一聲笑了。

以後，來到臺灣，一去故園，已幾十年。童年往事，有多多少少，都已隨著歲月的流逝，在記憶裡褪色而消失。但是，我始終沒有忘記阿唐和他的笛子。

所以，你不應該奇怪一件事；那就是——我會吹「一點點」笛子。

二〇一八年九月十五日
三度重寫於可園

後記

這篇〈阿唐和他的笛子〉，我在一九五九年第一次寫，發表在香港《中國學生週報》。童年，有許多發生過的事，我都忘了！但是，在我記憶裡，一直有「阿唐」這個人物，和「笛子」這件事。但是，那篇散文中，我寫實的記述，我沒有買到笛子還給阿唐，甚至沒有道歉。到一九七二年，我再度重寫了這篇散文，改成我買到了笛子，圓了我想做而未曾做到的事，發表在《聯合報副刊》。由此可見，這支笛子，在我內心占據的分量有多麼沉重！現在，這本《握三下，我愛你》的書即將出版，這篇散文，我又第三次改寫，雖然它是我童年的往事，因為加了一些杜撰的情節進去，我不能用我老家「蘭芝堂」的名字，也不能用我的小名。可是，它卻是我童年片斷的回憶。

從小命運坎坷的我，童年受過很多苦難。我也常常被欺負，奇怪的是，有些別人負我的事，我都忘了。唯獨對我負別人的事，卻記憶深刻。笛子，教會了我愛，教會了我尊重別人，並且，讓我長大成熟了！

一九八九年我回湖南祭祖，許多親人都從四面八方趕來看我。我一直追問我砸碎了誰的笛子，大家都不承認有這回事。我忙忙碌碌，也沒有深究。後來我在武漢，見到了比我大八歲的侄兒唐昭學，他才告訴我，他就是阿唐！我確實砸碎了他的笛子，他喊我「姑姑」，而不是「阿姨」。我依舊弄不清楚這關係，維持原著中「阿姨」的稱呼。在武漢那旅社中，我終於親口對他說了：「對不起！」

二〇一八年九月十五日
三度重寫於可園

第二輯 織錦集

愛情，不純砍頭

杜大為第一次看到葉星旋是在一位藝術家畫展的慶功酒會上。那天的酒會很熱鬧，他被好幾位準女藝術家包圍著，談著各種藝術家的八卦。至於那個開畫展的大藝術家，根本沒有時間來招呼他。大為正在那兒百無聊賴，想找個藉口溜之大吉，卻忽然被窗邊的一個年輕女子吸引了。那女子穿著一身淡綠色的小禮服，像剛出水的新荷嫩葉，也被一群準藝術家包圍著，男男女女都有。好幾個男士爭著對她送酒獻殷勤，她卻一直帶著個飄逸的微笑，從容的點頭應付。在她眼中，有種他熟悉的感覺：百無聊賴！

大為有興趣了，雖然自己一直被女性包圍，也經驗豐富，但是，初次見面就被對方吸引，還是生平第一次，他從來不相信什麼「一見鍾情」的事。當然，他也沒有被這女子吸引到「一見鍾情」的地步。只是，這個酒會不那麼單調了。他擺脫了身邊的女藝術家們，穿過衣香鬢影的人群，穿過侍者和高談闊論的賓客，好不容易走向了那個窗邊，卻忽然一愣，那些人群都在，可是，那個穿著綠色小禮服的年輕女子，卻已經不見蹤影。他四面找了一找，到處搜尋，不見了！真是「驚鴻一瞥」！

他溜出了酒會大廳，外面是個長廊，他眼前一亮，那枝「出水新荷」正躲在長廊一角，迎著初夏的夜風，看著天上的星辰。他心裡掠過一陣興奮，走了過去。女子沒注意他，正在專心的看著天上，好像那兒有什麼新奇的東西似的。直到他站在她身邊，對她伸出手去，自我介紹的說：

「我是方大為，在傳播界服務，請問妳是……」

女子訝異的回頭看了看他，立即落落大方的伸手握了握他的手。

「葉星旋！」她說：「星星的星，旋轉的旋，我打賭你沒聽說過我的名字！」

「星旋？」他坦白而愕然的說：「我確實沒有聽過，很特別的名字！有什麼典故嗎？」

「我爸是天文學家……」星旋微笑著：「他說地球的產生，是宇宙裡星河旋轉出來的，如果沒有星河的旋轉撞擊，就不會有地球，如果沒有地球，就沒人類，如果沒有人類，就沒有我。所以……我的名字就叫『星旋』了！」

「哦？」他一瞬也不瞬的看著她，忽然覺得，自己這個「大為」的名字，實在太俗氣了！就是父親希望自己「大有所為」嘛！可是，混到現在，也算不上「大有所為」！他立刻決定，不要談姓名，還是先把她帶出這個酒會為妙！看著她，他簡單明瞭的說：「想不想離開這兒？大廳裡的人越來越多了，我們去陽明山看燈海如何？」

她嫣然一笑，點了點頭。跟著他離開了那個會場。

❖

幾天後，星旋的母親就知道了這個名字，方大為。

「聽我說，星旋，」葉太太望著星旋說：「對男孩子千萬不能太老實，男人十個有九個都是賤骨頭，妳對他越好他就越神氣，如果妳不理他，他倒會像個小狗似的緊跟著妳。所以，等會兒妳和大為出去玩，可不要露出妳喜歡他的樣子來！像他這樣的人品家世，一定有不少的女孩子想得到他。上次妳在酒會裡跟著他走，就是一個錯誤！妳年紀不小了，到八月就滿二十六歲了！別再東挑西挑，這個方大為，媽都打聽清楚了！就是他沒錯！」

「什麼沒錯？」星旋失笑的說：「人家是黃金單身漢呢！妳沒看到他在酒會裡那個吃香的勁兒，一群女藝術家包圍著，他會來找我，不過因為我是生面孔而已！喜新厭舊，是他們這些『高富帥』的毛病，玩玩可以，不能認真的！」

「聽我說，這個妳一定要認真！今天和他出去，雖然只是第一次約會，妳要在這第一次裡就抓住他！」

「媽！」星旋搖搖頭，望著她的母親。「我又不是天仙美女，怎麼能第一次就抓住他呢？何況，我還沒深入瞭解他，不知道他是不是『對的』那個人！」

「妳還挑？妳不是說，他給妳的印象非常深刻嗎？這『深刻』就是『對的人』了！這些年來，我還沒聽妳讚美過誰，所以，把握機會吧！」葉太太欣賞的看了星旋一眼。「妳雖然不是天仙美女，也是人上之人，這使妳在基本條件上就占了優勢，另外就是手段的問題，妳必須對他玩一點小手段……例如，妳可以在有意無意間漏出妳還有幾個親密的男朋友，表示妳對他並不在乎，或者編出一個故事來，假說妳有一個男友在國外……反正，妳要激起他的好勝心，男人就喜歡和別人競爭，從別人懷裡搶來的女友彷彿就特別珍貴些。只要妳瞭解了他們的這種弱點，隨機應變的去對付他們，他們就逃不出妳的手掌心了！」

葉太太說著，就去自己的首飾盒裡，挑出一個小小的翡翠戒指。那戒指中間是顆半圓形翡翠，四周用小碎鑽鑲著，鑲得非常藝術，典雅而高貴，卻沒有普通珠寶那種俗氣。葉太太不由分說，就把戒指套在星旋的中指上，不大不小剛剛好。

「一點小小的點綴，就會讓妳有與眾不同的感覺！」葉太太說。

「這個太老氣了，現在我們都戴『潘朵拉』！」星旋抗拒的說。

「妳不懂！」葉太太接口：「那個太幼稚了，這戒指才顯得出妳的分量！一定是長輩拿出手的！妳想，如果有長輩送妳首飾，那代表什麼？」

星旋斜睨著母親，真沒想到，母親是這樣「有手段」的！至於那個方大為，值得她去「用手段」嗎？她深思起來，眼前又浮起那個像玉樹臨風般的男人，成熟瀟灑，的確出眾！她轉著手上的小戒指，心想，說不定那個方大為，根本不會注意她穿什麼戴什麼？男人嘛！像蜜蜂，跟在她身邊轉了多少年，也沒注意過她的穿戴！當然，蜜蜂和她太熟了，熟悉得像親人，絕不可能成為「情人」！

門鈴驀的響了起來，星旋不知怎的，竟然有點緊張。她從椅子裡跳了起來，匆匆的在穿衣鏡裡再打量了自己一眼：白襯衫，淺綠色的裙子，長長的頭髮自然披瀉，脖子上繫著一條綠色小圍巾……一切裝束都顯得她清新而脫俗，像一朵小小的、剛綻開的百合花。葉太太給了女兒鼓勵的一瞥，就走去開了大門，於是，星旋聽到母親愉快的聲音：

「要出去玩嗎？」

「是的，伯母。葉小姐在吧？」是大為的聲音。星旋不由自主的亢奮起來，轉過身子，她向門口走去，臉上帶著個洩露祕密的明艷笑容。

「啊，我正在等你呢！」她說，明亮的眼睛坦白的望著那個站在門口的漂亮青年。

❖

碧潭的水是暗綠色的，迎著日光發出柔和的，像寶石般的翠綠色，和星旋手上那個小翡翠戒指相映成趣。碧潭曾經是手划的大船和小船的遊覽勝地。現在，隨著都市的開發，這兒只剩下了「天鵝船」可以蕩漾在水面。星旋和大為並坐在天鵝船的座位上，兩人踩著腳下的划船扇片前進。這方大為實在是個怪人，約她出來，居然跑到碧潭來踩天鵝船！難道還活在二十年前嗎？可是，一會兒後，她就覺得這個選擇太好了！可以曬到太陽，可以避開人群，還可以運動雙腳！

風吹拂著星旋的長髮，不時飄到大為的臉上去，大為輕輕用手拂開，眼角就飄向星旋。星旋也一面悄悄的打量著大為。大為確實是個出色的青年，他有一對會說話的眼睛，和兩道挺秀的眉毛，嘴唇很飽滿，笑起來常露出兩排整齊的白牙齒。他身高大約一百八十公分，是個模特兒的身材，有兩條長腿。他穿得隨便中有考究，一件簡單的白襯衫，牛仔褲，敞著衣領，露出裡面健康的膚色，看起來非常瀟灑自如。星旋感到他身上有一種特殊的、男性的磁力，強而有力的吸引著她，使她那二十多年來一平如鏡的心湖，蕩漾起一片無法遏制的漣漪。

「葉小姐，妳是不是特別喜歡綠色？」忽然，大為望著她問，同時停止了船行，默默的觀察著她。

「怎麼？」星旋抬起頭來，答非所問的說了一句。

「喏，妳看，我第一次看到妳的時候妳也穿著淺綠色的禮服，戴著一副綠耳環，像兩滴綠色水珠似的垂在妳的耳朵下面。今天又是綠，綠裙子，綠圍巾，綠戒指！」

星旋微微一笑，真佩服母親，他還是注意到那翡翠戒指了！

「你可以當偵探，你的記憶力很強！」她說，下意識的玩弄著手上的戒指。

「並不是對每個人都有這麼強的記憶的！」大為說，讚賞的望著星旋那若有所思的眼神。「妳也是畫家嗎？」

「不是！只是有很多藝術家的朋友，因為蜜蜂的關係！」

「蜜蜂？」大為不解的問，睜大眼睛看著星旋。「因為蜜蜂？怎麼說？」

「不是真的蜜蜂啦！」星旋「噗哧」一聲的笑了。「蜜蜂是我的一個朋友，因為從小就愛吵愛鬧，飛來飛去的，同學給他取了個綽號，叫他蜜蜂！叫了十幾年，大家都快忘記他的真名字了，都叫他蜜蜂！他學藝術，一堆藝術界的朋友！把我也拉進他的朋友圈裡！」

「哦！蜜蜂！」大為深思著，繼續踩著天鵝船，星旋也跟著踩起來。「這位蜜蜂真名叫什麼？妳說同學？那麼，他和妳是同學？」

「是！從小學四年級開始就是同學！他是轉學生，四年級轉到我們班來的！」星旋一嘆，眼睛亮晶晶的閃著光彩。「一轉眼，我們都二十六歲了！是十五年的好朋友！」

「十五年？」他看著她，眼睛深邃起來。原來她還有個學藝術的「兩小無猜」！他心底有股不是滋味。「這蜜蜂的大名是……」

「謝可飛！」星旋淡淡的說：「就因為他又吵又鬧，又叫『可飛』，才會變成蜜蜂的！」

「謝可飛！」大為脫口而出的喊：「畫了一張國際聞名的畫，叫作『生死接觸』的謝可飛！青年藝術家謝可飛？」

「是的！」星旋微笑，眼光迷迷濛濛。「那張畫現在被美國一家藝術館收藏了！我說應該拿回臺灣的，蜜蜂說，隨便放在哪兒都一樣，只是一件小創作！等到畫出更好的，再拿回臺灣，那才有價值！」

「哦！」大為不能不對這位蜜蜂刮目相看。

接下來，星旋不再談蜜蜂，開始談自己的興趣，她學歷史，對於現在歷史要去「中國化」感慨良多，發表了人不能「數典忘祖」、中國文學的價值、歷史的意義等等理論。這，和大為的觀念不謀而合，兩人越談越投機，越談越「欲罷不能」。這樣一談，就談到黃昏了！浴在金色的夕陽光芒下，大為發現他已經被星旋深深的迷住了！她就像夕陽光線編織出來的女子，渾身散發著光芒！

當他們上岸的時候，大為伸手去牽著星旋的手，把她牽上碼頭，夕陽射在她手指那戒指上，大為對那戒指望了一會兒，問：

「妳這戒指鑲得很別致，買的嗎？」

「噢，不。」星旋說，她垂著眼睛，含糊其辭的說：「是……是人家送的！」

「哦，人家送的嗎？」大為狠狠的望了那戒指一眼，顯然注意力集中了，他細心的問：

「是妳的什麼姑姑姨媽或者是乾媽送的吧？我知道那些女太太們最喜歡送這些小東西，什麼戒指啦，項圈啦，小別針啦！」

「哦，不，是……」星旋悄悄的從睫毛底下窺視著大為，一面不動聲色的說：「是蜜蜂送的！」

「蜜蜂！」大為輕聲喊：「那個謝可飛？」

「就是！」

大為狠狠的再看了那戒指一眼，站在岸邊，他凝視著星旋，想把狀況弄弄清楚。他直視著她的眼睛，問：

「他很關心妳吧！」

星旋有點遲疑的把頭一低，臉頰緋紅起來。偷偷的看了他一眼，他正緊緊的盯著她，微微的瞇起了眼睛。星旋把頭轉開，含糊的說：

「應該是吧！」

「他……常送妳東西吧？」突然，他定定的看著她，決定不再打啞謎了。他開門見山的問：「他是妳的男朋友嗎？妳已經名花有主了，是不是？」

星旋驚愕的抬起眼睛看著他，有點迷糊的說：

「名花有主？我又不是名花！蜜蜂和我的親人一樣，他就喜歡送我東西嘛！他現在也不在臺灣，正在美國繼續學藝術呢！怎麼？我們一定要談他嗎？」

一定要談他嗎？人家遠在美國，難道他要不戰而降？如果星旋心裡真擱著那位蜜蜂，恐怕也不會跟他約會出遊了！現在是什麼時代？就算她訂婚了，他也可以搶呀！他看著星旋，咬了咬牙，決定不撤退！

那是非常愉快的一天，他們在新店吃了晚飯，又在湖畔散步看月亮，那位「蜜蜂」沒有再被提起來。可是大為的眼光卻常常溜到那個戒指上面去，每當他的眼光接觸到了那個戒指，就會皺著眉把眼光調開，好像那戒指上有火燒了他似的。在這段同遊的時間裡，星旋的手機通訊軟體響了好幾次，她低頭看看手機，用錄音棒輕言細語的回覆：

「我在外面，正在忙，等我回家再call你！」

大為的手機也響過幾次，都是公事，還有立峰和雅如發來的訊息：「你死到哪兒去了？周末要不要聚一聚？」他乾脆把手機關機了。

當夜深人靜，大為送星旋回家時，星旋在心裡暗暗的笑著，她知道她已經快抓住這個男人了，正如同這男人已經快抓住了她一樣。

❖

接下來，大為和星旋開始交往了。兩人除了上班時間之外，幾乎都在一起。可是，星旋一直對大為保持著距離，她手上那戒指，卻從來沒有取下來過。星旋也不再談起她的「蜜蜂」，大為也從不再問起那位「蜜蜂」。可是，往往在他們談得很愉快的時候，他會忽然蹙著眉，用擔憂而不悅的眼光瞬了那戒指一眼，然後氣憤的說：

「我真不懂，為什麼許多女孩子都喜歡用一些俗裡俗氣的首飾去破壞她天然的美！」

星旋會抿著嘴兒一笑，眼光閃爍，避而不答。

一天，星旋正在滑手機，有人發了好多圖片給她，她一面看一面笑。大為不知何時來到她身邊，伸頭一看，就看到一張結婚照片。星旋不住地滑過照片，看得津津有味，大為忍不住冷冷的開了口：

「什麼照片讓妳看得那樣出神？我相信，妳起碼已經看了三遍了吧？」

星旋趕緊關掉手機，抬起頭來，大為正站在她的前面，歪著頭蹙著眉瞪著她。星旋有點不安的說：

「你什麼時候進來的？我一點都不知道！」

「妳當然不知道啦，這手機一定是外星人發明，為了來毀滅地球的！」他氣呼呼的說：「怎麼會有人對著一支手機在那兒傻笑？妳到底在手機裡看到了什麼偉大的照片？還是那位蜜蜂有新作發給妳看？」

「哎呀，是我的美國朋友，發來的一些美國人瘋狂結婚照！」星旋笑著說：「你相信嗎？居然有人爬到鋼繩上舉行婚禮，有人在電梯裡舉行婚禮，還有人爬到高山的山頂上去舉行婚禮，還有人騎著駱駝舉行婚禮……」

「他儘管發婚禮照片給妳做什麼？」大為多疑的望著她，搜索著她的表情，看到她若有所思的微笑，使他立刻以為找到了答案。他扳過她的臉來，盯著她的眼睛說：「我猜，他向妳求婚了是吧？他一定在短信裡寫著：『我親愛的星旋，妳願意我們採取怎樣的婚禮呢？』是不是？」

星旋掙脫了他的手，為了掩飾自己忍不住的笑容，她走到窗子旁邊，用手玩弄著窗簾的穗子，一面支吾的、低聲的說：

「別亂講！」

大為望著她的背影，更加肯定了自己的見解。他走到她身邊去，用手按住了她的肩膀，慎重其事的說：

「星旋，妳不能這樣繼續下去！美國一個，臺灣一個！這叫劈腿，妳知道嗎？快說！在我和蜜蜂裡，妳只能選一個！選我？還是選他？」

星旋知道她贏了，應該把真相趕緊全盤托出的。但是，她太得意了！這個遊戲玩得太入戲了！她居然鼓著腮幫子，不滿的說：

「什麼叫劈腿？你說得那麼難聽！我和你又沒怎樣，不過看看電影散散步，蜜蜂和我十幾年的交情，跟你怎麼比？你知道嗎？他是蜜蜂，蜜蜂！沒有人可以在我面前攻擊蜜蜂！」

大為默默的望了星旋好一會兒，然後恨恨的轉過身子，大踏步的走出了房間，甚至於沒有向星旋說「再見」。

❖

從星旋家裡出來，大為一肚子的氣。星旋那張像新荷，又像百合花的臉龐在他腦子裡打著圈兒。那樣一個有智慧、有深度、有氣質、有靈性的女孩子，卻偏偏又有一個青梅竹馬，從小一塊兒長大的「蜜蜂」！而他也認得成打的女孩子，其中不乏比星旋長得更好的，可是他卻又偏偏愛上了星旋！哼！那隻蜜蜂該是怎樣一個迷人的男性啊！雖然身在異域，和星旋遠隔了十萬八千里，卻可以單憑一支手機，就挽住了伊人芳心，而他天天造訪，都無法打倒這個蜜蜂！

「方大為，」他對自己憤憤的說：「你要垮在一隻蜜蜂身上了！」

經過一家飯館，他進去喝了兩杯酒，帶著酒意，他衝到了立峰和雅如家裡。趙立峰是他最好的朋友，半年前和他們的一個同班女同學徐雅如結了婚，他作的伴郎。立峰和雅如熱誠的招待他，他進了門就倒在沙發裡，只是不住的唉聲嘆氣。立峰審視了他幾秒鐘，然後點著頭說：

「怎麼樣，你也嘗到戀愛滋味了，是不是？在哪裡碰了釘子？說出來聽聽，讓我們幫你拿一個主意！」

「喏，告訴你，」大為帶著幾分醉意說：「那是一個謎一樣的女郎，談起歷史政治都頭頭是道，長得像剛剛出水的荷花，就是那種還沒盛開的荷花……」

「少描寫幾句吧，這樣的女子應該並不難追呀！」徐雅如笑著說。

「哼，你們不知道，她有一個從小一塊兒長大的，可惡透了的『蜜蜂』！」大為悻悻的說，特別加強了「蜜蜂」兩個字。

「蜜蜂？」雅如挑起了眉毛，她是相當漂亮的女子。「這是什麼稱謂？」

「就是一個綽號！蜜蜂！叫蜜蜂的男人是什麼？」大為氣沖沖的喊：「一定女性化，嘴巴甜，還專門出產蜂蜜！」

「出產蜂蜜？」趙立峰和徐雅如相對一看，兩人異口同聲的喊：「不純砍頭！不純砍頭！」

「不純砍頭？」大為呆了，瞪大眼睛說：「我怎麼忘了那個『不純砍頭』？」他像從夢中驚醒，想想，這兩件事毫無關係，就接口說：「我告訴你們，星旋說，這個蜜蜂就是旅美青年畫家，鼎鼎大名的謝可飛！」

「謝可飛？」立峰一瞪眼。「謝可飛是你的情敵？那你還有什麼戲可唱？」

「蜜蜂！謝可飛……」雅如思索著。「這是同一個人嗎？」她掏出手機，就開始搜尋，然後，她出示了謝可飛的照片，一個英挺高大的男人，有張帶點玩世不恭的臉孔。雅如說：「一個長得這麼『性格』的男人，怎麼可能有個綽號叫蜜蜂？這裡面有問題！」

「有問題！」立峰接口：「絕對有問題，八成是兩個人！」他看向大為。「你說這女人像個謎？你會不會被騙了？蜜蜂釀的蜜……」

室內三人，都異口同聲的喊了出來：

「不純砍頭！不純砍頭！不純砍頭！」

❖

原來，這「不純砍頭」是有典故的。在若干年前，大為、立峰、雅如和幾位同學，開車環遊臺灣，他們到了南部，從「楓港」穿過山脈去「達仁」，這是一段有茂林的山路，只見每隔幾步，路邊就豎著一個招牌，上面斗大的字寫著「不純砍頭」，這可把大家都弄糊塗了。這兒又不是蠻荒地區，怎麼公然豎著招牌要「砍頭」？車子開了一段，才發現進了養蜂區，蜂農們就在路邊賣一罐罐新鮮的蜂蜜，看到車子經過，一個拉長喉嚨嚷：

「不純砍頭！不純砍頭！買我的，不純砍頭！」

其他的蜂農，也在路邊賣蜂蜜，為了搶生意，個個拉長喉嚨喊：

「龍眼蜂蜜！沒有雜質，不純砍頭！不純砍頭！」

這可讓這些從臺北來的年輕人開了眼界，大為還不相信，問一個農夫說：

「不純砍誰的頭？」

「我的頭！」老農夫脖子一伸，一股「引刀成一快，不負『老』年頭！」的慷慨狀，比汪精衛當初的名句：「引刀成一快，不負少年頭」更來得悲壯。那汪精衛後來成了漢奸，萬人唾罵。但是，他這兩句詩實在太好，不能不服！

這件事，一直讓大為和立峰他們感慨良深。臺灣的農民，已經用自己的腦袋來競爭蜂蜜生意，何等蒼涼。從此，「不純砍頭」也成了他們的口頭禪。只要對任何事情有懷疑，就會冒出一句：「不純砍頭！」

「大為！」雅如微笑而深思的說：「你這個女朋友不簡單！我用腳趾頭想，也覺得她深藏不露，恐怕你不是她的對手！」

「如果你對她認真了，」立峰正色說：「你得把整個經過跟我們談談，讓我們幫你出出主意，愛情這玩意，又偏偏摻和了一隻蜜蜂，不妙不妙！你跟她到底進行到什麼地步了？上床了嗎？」

「什麼？」大為怪叫：「人家冰清玉潔，我怎能冒犯？什麼上床？交往三個多月，我才拉過她的手而已！」

「你的意思是說……」立峰睜大眼睛。「連接吻都沒有嗎？」

「當機立斷，寧缺毋濫！」雅如一臉正氣的接口：「不純砍頭，回頭是岸！」

「雅如，妳在作詩嗎？雖然妳是文學系的，也別這樣嘲笑我！」大為漲紅了臉。「什麼寧缺毋濫，回頭是岸？我已經一頭栽下去了，絕不回頭！」

立峰和雅如用極度嚴肅和悲哀的眼光看著大為，然後，雅如嘆口長氣說：

「大為，如果她在跟你玩遊戲，你也是居於劣勢，人家有蜜蜂，等於有蜂蜜！你什麼都沒有！」她正視著大為，誠摯的說：「愛情是不能容忍任何雜質的，有雜質就不純，何況你還想走長遠的路！假若你一定不肯認輸，也得試試這蜂蜜純不純，不純砍頭！」

大為聽進去了，他看著莫測高深的雅如，怯怯的問：「不純砍頭？」

「不純砍頭！」雅如正色說：「引刀成一快，不負少年頭！」

大為呆住了。怔怔的看著他那兩個生死之交，下意識的摸摸自己的脖子。是啊，該拿定主意了，不純砍頭！從一開始，就該砍的！

❖

星旋從辦公大樓裡出來，覺得心情特別壞，平常每天她都要加班的，今天，她說什麼也不肯加班。她想快一點回家，或者大為會在家裡等她，事實上，自從上次為了那手機裡的幾張結婚照片吵嘴後，大為已經有四天沒有到她家來過了。她發了微信給他，沒回音。又發了LINE給他，居然連「已讀」都沒有！直接打電話給他，手機沒人接聽！他真的生氣了嗎？還是病了嗎？星旋感到說不出的悵惘和迷惑，這幾天缺少了「他」的日子，真空虛而又冗長。如果不是為了她那份女性的矜持，星旋真想闖到他的寓所裡去看看他。

轉了一個彎，星旋急急的向家裡走去。可是，在街的轉角處，一家百貨商店的門口，星旋發現了一個熟悉的人影，大為那高高瘦瘦的個子正倚在百貨商店的櫃檯前面，似乎在選購什麼東西。星旋幾乎高興得叫起來，她向前趕了幾步，想去和大為打招呼。但，她立刻發現了另外一個打扮得華麗而高貴的女子，正挽著大為的手臂，在親親熱熱的對大為說著什麼。星旋大吃一驚，被眼前的情況震懾住了。然後，她看到大為選了一副耳環，當著街上和商店裡所有人的面前，很親密的給那個女子戴在耳朵上面。那女人滿意的對著鏡子，搖擺著頭，一面甜甜的對大為微笑著。

星旋感到一陣暈眩，她想從他們面前繞過去，裝作沒有看見他們。可是，她才向前走了幾步，大為突然抬起頭來，他們的目光在一剎那間接觸了。大為不由自主的「啊！」了一聲，似乎顯得非常窘迫，同時，那女子也回過頭來，詫異的望著大為，又望望星旋。大為尷尬的對星旋點了點頭，含糊的說：

「啊，葉小姐！」

葉小姐！他居然不稱呼她作「星旋」，而稱呼她「葉小姐」！星旋感到被嚴重的刺傷了。不禁用薄怒的眼光去打量他身邊的女人，她立刻發現那女人非常美，大大的眼睛，美好的臉龐，而且有一副傲人的身材。那女人也很不客氣的打量著她，一面把自己整個身子貼在大為的手臂上，對大為說：

「喂，親愛的，她是誰呀？」

那種親熱的態度和那個親熱的稱呼使星旋渾身都冒起火來，一種強烈的醋意使她憤怒得俏臉發紅。大為卻不在意似的對身邊的那女子說：

「她是我同學妹妹的朋友，見過一、兩面的！」一面對星旋說：「喏，我給妳們介紹一下吧，這是葉星旋小姐，這是徐雅如小姐！」

兩個女人彼此點了點頭，但都十分冷淡而充滿了敵意，然後徐雅如推了推大為的手臂，用一種甜蜜的，親切的口氣說：

「走吧，電影要開演了！」

大為匆匆的對星旋點了一個頭，那個女人也對星旋點了點頭，同時用得意和勝利的眼光掃了星旋一眼，兩人就手挽手的走了。徐雅如的腦袋幾乎偎進了大為的肩窩裡，甜得快要擠出蜜來了！星旋目送兩人離開，在街心站了好一會兒，才向家裡走去，心中充滿了失敗的悲哀和一份說不出來的沮喪。

又過了兩天，大為始終沒有再來看過星旋，星旋在兩天之中，卻神不守舍，坐立不安。而且，食不知味。所有「失戀」的症狀，都在她身上發作。她矜持的不去找大為，但內心卻像燃燒著一盆烈火。

❖

這天是周末，不用上班。下午，星旋剛睡了一個午覺起來，百無聊賴的坐在沙發裡看小說，事實上，那本小說放在她的膝上已經半個小時了，卻始終沒有翻過一頁，她只是坐在那兒怔怔的出神。眼睛瞪著桌上那支手機，會騙人的手機！每次發來的聲音，都不是她期望的！她恨死這支手機了！

突然間，門鈴清脆的響了起來，星旋直覺的認為是大為來了。她跳了起來，匆匆的掠了掠頭髮，由於母親和女傭都出去了，她自己跑過去開了大門，可是，出乎意料之外的，門外並不是大為，卻是盛妝的徐雅如小姐。

星旋愣了一下，詫異的望著徐雅如，徐雅如卻含笑的打量了星旋一眼，淡淡的說：

「葉小姐不認得我了吧？我是徐雅如，有一次和大為在街上見過妳的！」

「哦，是的，請進！」星旋狐疑的說，一面把雅如讓了進來，事實上，她當然不會忘記徐雅如是誰的，不但不會忘記，而且還印象深刻呢！

「請坐！徐小姐！」

徐雅如在沙發上坐了下來，星旋倒了一杯茶，放在徐雅如面前的桌子上，一面在對面的沙發上坐下來，懷疑的望著她。

「葉小姐一定很詫異我來拜訪吧！」徐雅如落落大方的說。

「哦，妳有什麼事嗎？」星旋問，充滿了狐疑。

「哦，是這樣的，葉小姐，」徐雅如盯著星旋的臉，微笑著。「我來和妳談一件小事，首先我要告訴妳，我和大為是從小的朋友，事實上在兩年前我們已經私下裡有了婚約，雖然沒有正式訂過婚，我也總算是他的未婚妻了。而且我家裡和他家裡是世交，他的父母也很希望看到我們結婚，本來，我們在今年年底就準備結婚了。」

「我不懂這事和我有什麼關係！」星旋皺了皺眉頭，敵意的望著徐雅如，心裡一肚子火，那個該死的方大為，明明有了女朋友，還來追求她！幸好，她沒有讓他占到絲毫便宜。

「哦，我相信妳懂的！」徐雅如聳聳肩，威脅的望著星旋。「如果妳真不懂，我就告訴妳吧！最近幾個月，我突然發現大為另外有了女朋友，可是抓不著他的證據，一直到昨天晚上，我偷看了他的手機，才發現原來是妳葉小姐！從他的手機裡，從你們來往的微信和LINE裡，我看出你們的交情很深，而且，顯然的，他還很為妳所迷惑……」

星旋把身子向前傾，仔細的聽著。徐雅如很快的瞬了星旋一眼，接著說：

「不過，葉小姐，我希望妳以後不要再和大為來往，要知道，他是我的未婚夫，破壞別人夫妻感情是犯法的，而且，妳也不可能和他結婚……」

「喔，徐小姐，」星旋猛烈昂起頭來，紅著臉，堅決的說：「我想妳沒有資格干涉我的自由，何況妳也不是大為的太太，我有權利和他來往，如果他向我求婚，我也有權利作他的妻子！」

「我希望妳的意思不是想嫁給他吧？」徐雅如瞇著眼睛，望著星旋說。「要知道我和他有過婚約的……」

「假如他向我求婚，我是會嫁給他的！」星旋斬釘截鐵的打斷了徐雅如，由於憤怒和激動，臉頰漲得通紅，眼睛裡閃著光，像一隻發怒的小獅子。

「哦，妳不能這樣不講理，我認識他已經十幾年了，妳認識他才半年多，搶別人的未婚夫是不道德的事，葉小姐，我希望妳三思而後行！」

「我並不認為嫁給他有什麼不對，徐小姐，再見吧，假如妳愛他，妳應該拴住他的！」星旋昂著頭說。

「葉小姐，妳真不肯讓步嗎？」

「在愛情上是沒有退讓的！」

「好吧！我們看誰得到他吧！」徐雅如靜靜的說，站起身來，頭也不回的向前走，走了幾步，又回頭說：「葉小姐，妳聽過『不純砍頭』這句話嗎？」

「不純砍頭？」星旋莫名其妙的問：「這是什麼東西？」

「這不是『東西』，是一個小典故，一個關於蜂蜜的小典故！蜂蜜的種類很多，有荔枝蜂蜜，有柑桔蜂蜜，有龍眼蜂蜜，有洋槐蜂蜜……這些蜂蜜，都要純正沒有雜質的才好。如果不純，那些蜂農，會站在路邊喊『不純砍頭』！不知道，葉小姐那隻蜜蜂，生產哪一種蜂蜜？有的蜂蜜有毒，吃了會送命！」

星旋怔怔的站著，還在摸不著頭緒的時候，雅如不等她回答，就昂首闊步，逕自的大踏步而去。星旋卻站在房間裡，陷進一團迷霧中，望著徐雅如的背影消失。不純砍頭？蜂蜜？蜜蜂？難道這事和謝可飛有關係？她困惑著，忍不住伸手去拿那支手機。

❖

半小時之後，星旋和徐雅如的這段對白就被繪聲繪影的說給大為聽了。大為和雅如、立峰，又密切的分析了半天後，便恨不得立刻飛奔到星旋那兒去。但在雅如和立峰的禁止下，他只得按兵不動。兩小時之後，大為的手機響了起來，大為接聽了手機，星旋的聲音傳了過來：

「大為，我在等你！家裡見？還是外面見？」

「我去找妳！等我！」

大為神采奕奕的來到了星旋家裡，發現家裡只有星旋，顯然其他人都迴避了。星旋立刻熱烈而親切的招呼著他。大為有點尷尬的、解釋似的說：

「那天在百貨公司……」

「哦！我沒看到什麼！」星旋打斷了他，為他調著飲料，端著玻璃杯到他面前，他驚奇的注意到，她手指上的戒指已經不見了。星旋放下杯子，笑吟吟的看著他說：「我幫你調了一杯蜂蜜汁，是很純很純的『檸檬蜂蜜汁』，特別酸，你如果喜歡吃醋，一定喜歡這種蜂蜜汁！」

大為不知怎的，臉紅了。活了快三十年，這還是他第一次，在女人面前臉紅。星旋在他身邊的沙發上坐下，挨著他，凝視著他的眼睛說：

「你那個好朋友的太太，徐雅如小姐，戲演得很好，給我的當頭棒喝也夠厲害，下次她再要演小姐，應該把婚戒的痕跡遮掉，而且……千萬不要加入臉書，那臉書沒有祕密可言，只要輾轉一查，她幾年的照片，婚姻紀錄，生日宴會，每天吃什麼，和什麼人在一起……全都逃不掉！」

這下，大為的臉色紅得像豬肝了，他喊著說：

「妳居然去查臉書！好了好了，我招了！妳那個蜜蜂一直威脅著我，我沒辦法了！只好去求助雅如……」

「雅如告訴你，愛情裡不能有雜質，不純砍頭！」

大為瞪大眼睛，還沒說話，星旋的嘴唇就驀然的貼上了他的唇，他大大一震，所有的思想都飛走了，意識也飛走了，他不由自主的抱住了她，反應著她那炙熱、溫存、甜蜜、纏綿的吻。這一吻，天旋地轉，所有的星球都在天外翻轉碰撞，撞出無數的火花和燦爛的焰火。

當兩人終於分開的時候，大為癡癡的看著星旋，心中有幾百個問題要問，似乎又覺得都不必問。但是，星旋握住了他的雙手，看著他的眼睛深處，誠摯的說了一句：

「愛情裡不應該有雜質，卻允許有催化劑，蜜蜂一直只是催化劑而已！」

大為啞口無言，看著星旋那閃亮的眸子，心裡還有好多問題卡著，最後卻化成一句：

「妳實在讓人撲朔迷離，卻不能不愛！」說著，他端起那杯蜂蜜汁，才喝一口，就「噗」的一聲，把蜂蜜汁噴了出來，他喘著氣問：「這是什麼？」

「愛情果汁，酸甜苦辣都有，我用我的配方調的，保證……」她拉長了聲音：「不——純——砍——頭」！

❖

三個月後。

方家這晚燈燭輝煌，高朋滿座，大廳裡布置著許多鮮花，侍者拿著香檳和點心，穿梭在擠滿房間的年輕人中間。至於長輩們，都刻意把這個「訂婚派對」讓給年輕的一代，大家都到二樓去聊天喝酒。這豪華的大客廳裡，有藝術家，有傳播界，有音樂人，有舞蹈家……大家嘻嘻哈哈，又笑又鬧，個個都是浪漫不羈的，無拘無束的，彼此大聲說話，毫無顧忌。星旋和大為被簇擁在人群中間，成為大家取笑的對象，什麼翡翠戒指，什麼美國蜜蜂……都成為眾人的笑談。星旋和大為也不在意，跟著大家鬧，跟著大家笑。

雅如的妹妹這天也來了，專門負責雞尾酒，帶著一臉恬淡的笑，周旋在眾人之間。她白皙而靈巧，是藝術家們爭取的模特兒，因為她眉目如畫，身材均勻。但是她統統拒絕了，她和姊姊不同，雅如活潑，她卻文靜。在這群人當中，她是很特殊的一個。雅如悄悄對星旋說：

「如果今晚這些青年才俊，都不能讓我妹妹感到興趣，她注定要獨身一輩子！妳幫我看看，到底哪一個有資格，拉拉線如何？」

「妳少操心！」星旋說：「時候到了，逃都逃不掉！時候沒到，找也找不來！老天自有祂的安排！」

正說著，門鈴又響，傭人匆匆的跑去開門，沒料到這麼晚，還有新的客人駕到。房門一開，一個穿著牛仔衣，牛仔褲，背上背著個大行囊的年輕性格男子走進來，淋了滿身的雨，原來外面不知何時開始下雨了。這個滿身雨霧的男子，因為背著東西，又僕僕風塵，一進門就大動作的東撞西撞，背上的行囊，不住的撞到賓客身上，引起一陣喧囂。

星旋驚奇的看著來客，還沒來得及打招呼，雅如的妹妹端著一盤飲料出來，被來客的大行囊一掃，只聽到「哎呀」一聲，飲料盤子摔落地上，妹妹也跌倒在地，來客驚呼一聲，伸手想去搶救，腳下一滑，整個人都壓在雅如妹妹的身上。雅如大驚失色，喊著：

「這是怎麼回事？」

來客趕緊起身，順手拉起了被他幾乎壓扁的少女，他若無其事的伸手給少女，自我介紹的說：

「我是蜜蜂！請問妳是……」

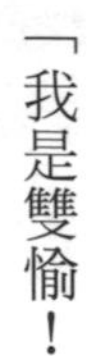

「我是雙愉！」

「雙魚？」蜜蜂大叫：「怎麼這樣巧？」他一面叫，一面卸下背上的行囊，嘴裡亂七八糟的喊著：「星旋！還有那個什麼大衛，你們趕快來看，我畫了一幅畫來送給你們，是兩條魚！正好是雙魚，就碰倒了一位雙魚！哈哈哈哈……」

「謝可飛！」賓客們發出各種尖叫，衝了過來，有的是謝可飛的舊識，有的不認識謝可飛，都爭著奔向這位突然出現的畫家。

謝可飛展示了他的雙魚圖，一面仔細的看著被他撞得七葷八素的雙愉，問：

「妳……能當我的模特兒嗎？雙魚？我正缺一個像妳這樣的模特兒！」

「我……」雙愉愣愣的看著面前這張有稜有角的臉孔，和那發光的雙眸，居然被催眠似的回答：「好……的！好的！」

「小魚兒，太棒了！」蜜蜂大叫著，抱起雙愉就轉了一圈再放下，大聲喊叫不停：「星旋，趕上了妳的訂婚，還找到了模特兒，星旋！星旋！」他左看右看，大呼小叫：「妳躲在哪兒？還不給我出來！」

星旋帶著大為，來到謝可飛面前，笑吟吟的遞上一杯飲料，說：

「你的出現，真是驚天動地！一定從飛機場直接趕來的！先問一句，在美國有女朋友了嗎？」

「女朋友？沒有！」蜜蜂大聲嚷：「如果有，妳第一個就知道了！」

「太好了！」星旋笑得燦爛。「渴了吧？先喝一杯飲料，再幫你介紹大家！」

「不用介紹了！」大為看著這位搶風頭的來客，心想，好險！原來此人如此「出類拔萃，一鳴驚人」！怎麼沒有把星旋追走呢？難道姻緣前定？他笑嘻嘻的說：「謝可飛！你是我和星旋的『催化劑』！謝謝你！」

謝可飛接過星旋的飲料，一口氣的喝光了，驚奇的說：

「這是什麼酒？這麼甜？」

「這是蜜蜂的產品，龍眼蜂蜜，而且……」

一堆人同聲接了下去，大喊著說：

「不——純——砍——頭！」

謝可飛瞪大眼睛，不知道大家在說什麼，可是，大廳裡人人都大笑起來。他就跟著大家，大笑起來。那個小雙愉，也站在他旁邊笑著。星旋和雅如相對一笑，難道，大自然已經開始安排了？

這是一個屬於愛，屬於笑的晚上。

這也是一個屬於愛，屬於笑的故事。

寫於可園

二〇一七年十二月三日深夜

小傢伙

當那隻綠色的鳥兒飛墜到他的窗櫺上時，他正在電腦前埋首寫一篇短篇小說。那「噗」的一聲輕響驚動了他，抬起頭來，他就一眼看到那隻翠綠色的小生物正在窗臺上撲動翅膀喘息，一對烏黑的小眼珠帶一股戒備與驚懼似的神情瞅著他。

「嗨。」他離開書桌，不由自主站起身來，停在窗邊。窗子是敞開的，那鳥兒仍然在撲動著翅膀，卻無法飛起來。他仔細一看，居然是隻很漂亮的鸚鵡。跟鴿子差不多大，卻比鴿子修長，綠色的翅膀，綠色的肚子，黃色的鳥喙。

「你從什麼地方來的？」

他問，驚奇的看著那個稚弱而美麗的小傢伙。

「你一定受了傷，讓我看看傷在哪兒？」

伸出手來，他小心的去捕捉那隻綠鳥。望著對自己伸展過來的手臂，那鸚鵡驚惶了，恐懼了，牠努力的搧動翅膀，振翅欲飛，卻「噗」的一下，整個摔倒在窗臺上。那對烏黑的眼珠無奈而憤怒的閃著光，充滿了敵意，充滿了恐懼。

「哦，怎麼，你並不友善啊。」

他說著，伸手觸到了牠，不料牠驀的回過頭來，用力的在他手背啄了一下。他慌忙縮回手，流血了，他惱怒了。

「不識好歹的小混蛋！」他詛咒著，惡狠狠的盯著牠。「你連好意與惡意都分不出來！我是安心想救你呢！既然你不許我碰你，你就躺在那兒等死吧！」

那小傢伙無力的躺著，那對黑眼珠仍然瞅著他。不知怎的，他竟在這對黑眼珠裡看出一份驕傲與冷漠，彷彿在那兒冷冷的說：

「我寧可死，也不稀罕你救我！」

他忽然忍俊不禁了。這是第一次，他在一個小動物的眼中讀出一份屬於「人類」的傲慢來。這觸動了他心中的幽默感，引發出他濃厚的興趣。他再度向牠伸出手去。

「喏，喏，小傢伙，讓我們講和吧！」他笑嘻嘻的說：「我並不想傷害你呢！」

那隻鸚鵡沒有講和的意思，驀然間，他的手背上又被啄了一下，他立即縮手。

「怎的？你竟然是個『死硬派』哦？」他瞪大眼睛說：「不過，你只是一隻鸚鵡，我就不信我連一隻受傷的鸚鵡也征服不了！我今天非捉到你不可。」

「不好！不好！壞東西！」鸚鵡忽然張口說出幾句人話！這使他的眼珠都快掉出來！牠居然會說話，太不可思議了！而且還會罵人！

「不好也得好，這可由不得你！」

他睜大眼睛說，迅速的伸出手去，一下子握住了牠。牠也迅速的回過頭來，向這隻手攻擊。但他的手指限制了牠頸項的轉動，牠啄不到他。幾次徒勞無功的嘗試之後，牠終於放棄了，只是憤怒而無奈的瞅著他，那對小小的黑眼珠好像在那兒抗議的喊：

「你不公平！你以大欺小！」

他失笑了。拿起那隻鳥來，他仔細檢查著牠，翻看著牠的翅膀，於是，他發現牠左邊的翅膀上有一道傷口，正流著血。他憐惜的撫摸著牠，那鸚鵡在他手中拚命掙扎，連續說了幾句：

「不好！壞東西，糟了個糕……」

他輕拍著牠的頭顱，喃喃的說：

「不是『不好』，是『好，好，好！』學說話也該學好聽的話，什麼『糟了個糕』？吉祥話會不會說？注意你的EQ，OK？」

「OK！OK！OK……」鸚鵡回答。

「原來你還會說OK？」他驚喜莫名，看著鳥兒說：「讓我幫你治療吧！瞧，你會說話，你被訓練過，決不是一隻野生的鳥，是哪一家的籠子關不住你呢？竟讓你負傷而逃！」

他一面喃喃的說著，一面去找了一管消炎軟膏，也不管這軟膏對鳥類是否合用。他給牠敷了傷口，拿到窗前，正想放掉牠，卻忽然愣住了。

「嗨，我把你怎麼辦？」他望著那對仍然充滿著敵意的小黑眼珠說：「你不會飛，放出去就是死路一條。養你吧，我又從沒有養過小動物，而且，你知道嗎？你投奔到一個最不適宜的地方來了！我窮得連自己都快養不起了呢！」

那小傢伙歪著頭凝視著他，黑眼珠裡仍然充滿了傲慢與冷漠，彷彿在那兒回答：

「誰要你養我呢？我死活關你什麼事？」

他再一次為之失笑。一隻奇異的鸚鵡，不止會說話，還有一對充滿表情的眼睛！一個無助的小生命，卻有份傲慢與倔強！他的興味更濃了，一種近乎溫柔的情緒打他心底軟棉棉的膨脹了起來。他微笑的嘆口氣：

「算了，讓我想辦法來安置你吧。」

找了一個大紙盒子，他把那隻鸚鵡先關進紙盒中，在盒蓋上穿了幾個孔透空氣。然後，他從那小孔中望著那在裡面極不安靜的小傢伙說：

「等著，我必須出去給你買個籠子，買些鳥食和水碗，你別發脾氣吧，我可沒預料到你會從天而降的呀！」

走到書桌前面，他打開抽屜，取出自己的全部存款，數了數，一千兩百元！他搖搖頭，嘆口氣，把錢塞進牛仔褲的口袋裡，打開房門，向外走去。

剛跨出房門，房東太太便攔住了他。「糟了個糕！」是他心裡在說，還是那隻鳥兒在說？千萬別來收房租！他心一緊，迅速的在盤算如何應對。那房東太太卻微笑的遞上了一個信封：

「柯先生，你的信！」

糟了個糕！他的心又一緊，準是退稿！慌亂的接了過來，怎麼，竟這樣薄呀！看看信封，沒錯，風雲雜誌社，他對這家雜誌投資的郵費和稿紙已不計其數了！想必編輯先生對他已經不耐煩，寫封信教他以後少麻煩了！他想著，一面撕開信封，抽出了信箋，急急的唸下去：

「柯先生：
來稿《狂瀾》已收到，本編輯部同仁一致認為是近年來難得一見的佳作，決定要慎重推出，並希望對作者作一次訪問，以便推介……」

他來不及讀完那封信，就發瘋似的大叫了一聲，身子直跳了起來，足足跳了三尺高，以至於頭撞在那低矮的門楣上。顧不得腦袋上的疼痛，過分的喜悅使他無法去找抒發的對象，只能對房東太太歡呼著叫：

「他們採用了我的稿子！妳知道嗎？他們終於發現我了！以後再也不欠妳房租了！不過……」他陡的縮住口，羞赧的加了一句：「現在還付不出來。」

房東太太笑了，那樣溫和而鼓勵的望了他一眼，就微笑的退開了。他定了定心，這才猛然想起房裡那隻鸚鵡，衝回了房裡，他對那紙盒子大叫著說：

「你是我的幸運之神！你給我帶來了幸運！小傢伙，幸虧我收養了你！」

喊完，他雀躍著飛奔出去，三步併作兩步的奔下樓梯，一層樓，兩層樓，三層樓，四層樓……那麼多級樓梯，平常總是詛咒著這些爬不完的樓梯，和自己那間狹窄的「閣樓小屋」，現在呢？每級樓梯都有著喜悅，每塊空間都盛滿幸福！天下有比他更快樂的人嗎？沒有！他要去給他那幸運的小神仙買個精緻的籠子，他要養著這個會罵人的小傢伙！他奔跑著，跳躍著……衝下了樓，衝出了公寓的大門，衝到了大街上……然後，他一頭撞在一個騎腳踏車的少女身上，那少女摔下了車子，一聲驚呼，他慌忙伸手一拉，拉住了那車子，連帶那少女。

「啊呀！」他一疊連聲的叫：「對不起！對不起！對不起！」

那少女站穩了，立即破口大罵：

「你是智障嗎？你是神經病嗎？你沒有長眼睛嗎？你是腦殘嗎？你不會走路嗎？你是從什麼鬼地方鑽出來的冒失鬼？你……」

她罵得真流利，他愣愣的站在那兒，好奇的望著她，從來不知道女孩子罵人的聲音也會這樣好聽，琳琳瑯瑯，清清脆脆，如瀑布濺在岩石上的聲音。他傾聽著，帶著一種欣賞的感覺，一面打量著這少女，短髮、圓臉、烏溜溜的一對黑眼珠——似曾相識。藍色短袖的緊身衫，白色短褲下有雙修長的腿……他認出來了，她就是上個月才搬到對面那家花園別墅裡的女孩子。他見過她好多次，每次和一大群不三不四的男男女女在大門口吵吵鬧鬧，一個嬌縱的「囂張大小姐」——他暗中這樣稱呼她的。現在，這大小姐的嘴終於停住了，瀑布流完了，她驚愕的瞪住他：

「你……」半天，她才愕然的說：「是不是真的智障？誰挨了罵還這樣笑嘻嘻的？」

「是我不對，撞了妳，該挨罵，」他笑著說，他胸腔裡滿溢著那麼多的喜悅，急於要從他每個毛孔中散發出來。今天，這個神奇的日子裡，他不會和任何人發脾氣，即使對這個囂張大小姐。「所以我讓妳罵個痛快！」

她微張著嘴，一瞬也不瞬的望著他。他發現她的睫毛是濕潤的，眼眶微紅，她曾經哭過。噢，別哭！他心中在說。老天造了妳那麼漂亮的一對眼睛是要妳笑的，何況這世界如此可愛，有什麼值得哭的事呢？大小姐！

「你……」她撇撇嘴，一摔頭，低低的拋下了句：「書呆子！」

騎上車，她自顧自的走了。

他目送她離去，聳了聳肩，他吹著口哨，昂著頭，向陽光燦爛的街頭走去。

五百元買了個特價的鳥籠。兩百元買了盛鳥食和水的小瓷碗。兩百元買了鳥食。一千兩百元還剩三百元。買麵包喝開水的話還可以過好幾天呢！到時候，《狂瀾》的稿費該來了。

拎著鳥籠，他回到他的小房間裡。

「來吧，幸運小神！」他說，伸手到紙盒內，捉出了那隻鸚鵡，那小傢伙毫不含糊的又啄了他好幾口，啄得可真疼。幸運小神有時也會帶刺呢！他笑著想，把那小傢伙裝進了籠子，盛滿了水碗和食料。然後，他注視著那個小傢伙。一經發現了水和食料，那鸚鵡立即撲過去，狼吞虎嚥的大吃大喝起來。他笑了。

「吃吧！」他低聲說，用手指輕叩著鳥籠。「我今天必須請客，請不起別人，請請你也好！」

那鸚鵡不斷啄著飼料，仰頭喝著水，大吃大喝一頓之後，牠飽了，開始用牠那彎曲的小嘴梳理著牠的羽毛，整理著牠的傷口。一切就緒，牠歪歪頭，斜睨著牠的新主人，那眼裡的敵意似乎消失了不少，牠開始一連串的說話：

「不好！不好！糟了個糕！壞東西，ＯＫ？」

「嗨，小傢伙，」他說：「看樣子，你總算接受我了！是嗎？」他敲敲鳥籠。「既然我們要繼續相處下去，你應該有個名字，叫你什麼呢？」他望著牠：「叫你壞東西？不好！糟了個糕？不好！你的口頭禪一定要改！名字呢？就叫你『小傢伙』吧！很寫實的名字，至於我呢？我是大作家柯華，」他對鳥籠煞有介事的一彎腰。「不過，你叫我小柯也可以。」他對著鳥兒，不住口的說了好多好多次：「小柯！小柯！小柯……」

小傢伙側頭注視他，突然發出一聲：

「小柯……」

「哇！」他大喊：「你學會了！我是智障，你是天才！哈哈！哈哈！」今天，是屬於笑的日子呵！

這是屬於笑的日子，因此，當他晚上走出公寓，在街對面那花園洋房的門口，發現那正跳著腳在哭泣叫罵的囂張大小姐時，他不由自主的停住了腳步，驚奇著這世界上竟會有如此悲哀與煩惱的人！

那花園的門是洞開的，大小姐在門口跳著腳哭罵：

「不行！妳賠我翡翠！我的翡翠丟了！我怎麼也不饒妳！不管！妳賠來！賠來！」

「小姐，我真的不知道，我真的不知道！」一個年紀輕輕的小女傭哭喪著臉回答。

「不管！不管！不管！」少女摔著頭，跺著腳，聲震四鄰：「還我翡翠！還我翡翠！」

一個中年男人走了出來，喝叱著：

「一個翡翠有什麼了不起！再買給妳就是了！值得這樣大呼小叫讓人笑話?!妳還不關上大門給我進來！我答應再買個一模一樣的給妳怎麼樣？」

「一模一樣？」少女尖聲吼：「世界上怎會有一模一樣的東西？你有本事，什麼都找得著替代品！媽死了，你再娶一個，如果這個死了，你還可以再娶一個！你不怕失去，因為你永遠有新的來遞補……」

「住口！」中年男人大叫：「妳簡直越說越不像話了！就該揍妳一頓！妳給我滾進來！」

「我不！我不！我不！我不！」少女大哭著，反向大門外跑去，她衝得那麼快，使那呆立在街邊的他根本沒有退避的餘地。這次，是她一頭撞上了他。

她站住，抬起淚痕狼藉的臉來，正想大罵，卻立刻呆住了，驚愕得連哭泣都忘了。

「怎麼，又是你?!」她喊，聲音裡依舊帶著哭音：「為什麼每次我哭的時候都撞上你?!」

「因為，」他笑嘻嘻的拉住她。「我是快樂之神！老天派我來幫助妳的！」

她微側著頭看他，那黑眼珠裡帶著疑惑、敵意和研判。一對似曾相識的眼睛……他深思著，什麼地方見過？對了！他恍然大悟，正像小傢伙的眼睛，他忍不住笑了起來。

他的笑似乎具有傳染性，那位「囂張大小姐」始而驚愕，繼而迷惑，接著，也忽然跟著笑了起來，一面笑，一面說：

「你真是我碰到過的最奇怪的人！你永遠這樣愛笑嗎？」

「尤其今天，」他說：「今天是屬於喜悅的日子！」

她再側頭看他，那麼熟悉的動作！他又要笑。

「你怎麼有這麼多的笑容呢？」她奇怪的問，淚珠仍在睫毛上閃爍。「對我，這並不是喜悅的日子，我失去了我的翡翠！」

翡翠！富家女的奢侈品呵！人生值得為一塊石頭而流淚嗎？傻呵！小姑娘，他想著，就衝口而出的說出來了：

「為一塊石頭而流淚的人是傻瓜！」

「翡翠不是一塊石頭！」她惱怒了，瞪大了那對烏溜溜而亮晶晶的圓眼睛，那神態更像小傢伙了。「牠是我唯一的朋友，唯一的！只有牠能懂得我的煩惱和痛苦，只有牠能夠瞭解我！但是，我失去牠了！」新的淚珠又在她的眼眶中滾動，她的聲音震顫著，那樣悲切而傷痛：「我失去了我唯一的朋友！」

「怎麼？」他愕然的瞪著她，心中有種模糊而不成形的概念在滋生著。「那翡翠，那翡翠……不是一塊寶石嗎？」

「寶石？」她喊，高高的揚著眉毛。「我要一塊寶石幹什麼？」

「那麼……」

「牠是一隻鳥呀！一隻綠顏色的鸚鵡呀！一隻亞馬遜鸚鵡呀！一隻會說話的鳥兒呀！你

再也找不到的那麼聰明的鳥！牠會和我後母的貓吵架！會罵牠壞東西！那貓天天和翡翠作對，就像我後母天天和我作對一樣。今天，今天糟了個糕……」

她沒有說完她的話，他一把握住了她的手，大聲問：

「妳能一口氣跑上四層樓嗎？」

「為什麼？」她瞪大眼睛。

「那兒有個幸運的小神仙在等著妳！」他喊。

喊完，不由分說的，他拉著她向對面的公寓跑去。一層樓，兩層樓，三層樓，四層樓……一口氣衝上四層樓，再衝進了他那間雜亂的小屋，衝進了他那歡娛的小天地，一陣啁啾之聲正在迎接著他們。

「不好！不好！ＯＫ？ＯＫ……」

「翡翠！」

她歡呼了一聲，撲過去，舉起那鳥籠來，把滿是淚痕的面頰緊貼在鳥籠上。那善解人意的鸚鵡立即認出了牠的主人，牠喜悅的跳動，鳴叫，用牠那彎彎的小嘴輕輕的碰觸著她的面頰，再把牠的腦袋鑽進她伸過去的手裡，在她手心裡轉動摩擦，不住口的說：

「糟了個糕！糟了個糕！糟了個糕……」

他動容的看著這一切，那「囂張大小姐」……不，她實在不囂張，也不像個「大小姐」，而像個純潔、天真、溫柔，善良的小仙女！她正把充滿了感激與溫柔的眼光對他熱烈的投了過來。這眼光如此閃亮，像天上的星河驀然的聚會，發出無數的「重力波」。他立刻被這無法抗拒的重力波擊中了，他對她伸過手去，她迷迷濛濛的看著他，握住了他的手。

鸚鵡微側著頭，牠看看牠的新主人，又看看牠的舊主人。跳躍著，牠發出一連串嫉妒的喊聲：

「糟了個糕！糟了個糕……小柯……壞東西……」

「怎麼妳教了牠這麼多罵人話？」他忍不住問。

「糟了個糕……」她歪著頭，燦爛的笑著：「是牠最愛吃的一種『糙米果糕』，這四個字牠一直沒學會，偏偏有天我說了一句『糟了個糕』，牠立刻學會了，想吃『糙米果糕』時，就大喊『糟了個糕』了！」

「哈哈！哈哈！哈哈……」柯華大笑。少女在這種氣氛下，雙頰如醉，不能不跟著大笑。

本來嘛，這是個喜悅的日子，是個屬於笑的日子，是重力波的日子，是充滿希望的日子，是失去等於獲得的日子！是重生的日子！也是燃燒的日子！

根據舊作，改寫於可園

二〇一七年十月二十二日，夜

旋風之戀

我從樓梯上慢慢的走下去，自己也不知道為什麼，步子竟是如此的沉滯；每走下一層樓梯，我的心就加快的跳一下。在樓梯的轉角處，我很想停下來鎮靜一下自己。但我並沒有停留，一步又一步，終於，我看見他了！我目不轉睛的凝視著，讓步子緩慢的把我帶到樓梯口。然後，我停在那裡，低著頭，深深的注視著他。

依然是那樣堅毅的嘴角，依然是那樣深沉的目光，疲乏不能遮蔽他眼睛中的熱情，風塵不能掩飾住他渾身的英爽。是的，這依然是他！

靠在那張桌子上，他始終沒有移動他的腳步，我們互相捉住了對方的眼光，像要穿透對方靈魂似的注視。時間一分一秒的消失，我們全沉在沉默的圈子裡，良久，良久。終於我緩慢的伸出了手，他向我移過來，移過來，最後，握住了我的手。還是那麼有力，還是那麼使人戰慄。我抬起頭，仍然凝視著他的眼光，終於喊出見面後的第一句話：

「石峰！」

❖

我愛原野，更愛原野上的黃昏。

靠著一根柱子，我全神貫注的削著一根木棍，我的愛犬小白，正躺在我的腳邊。但，忽然間，小白警戒的站了起來，對遠方低低的吠了兩聲。我昂起頭，遠遠的，看到一人一騎，正向我這邊馳來。

「不要吵！小白！」我壓下了那狗的吠聲，望著那人的走近。

馬停在我的面前，一個高大而陌生的男子跨在馬上。從那匹馬，以及這人身上的塵土，我知道，他已經跋涉了一段長長的路程。

「喂！請問妳，到逸園怎麼走？」

「是田家的逸園？」我懷疑的問。

「是的。」

我打量了他一下，指示了他路程，他微微的彎了一下腰，說了一聲謝，騎著馬走了！目送他消失之後，我才懷疑的問自己：「他找我家幹什麼」？不過，對於一切訪問我家的人，我都不感興趣，雖然他是一個陌生人。

當落日的光芒染遍了原野的時候，我帶著小白走進那小小的竹林裡，竹林旁邊有一條淺淺的清溪。我愛這兒的幽雅，靜謐和美麗。我喜歡躺在地下，頭枕在青石上，從竹林中望出去，看那平原，小屋，在落日下所顯出的美麗。這竹林已成為我生活中的一部分。每日下午，我總會在這兒消磨幾個小時，等到太陽隱沒在地平線下，我才帶著小白回家。

和往常一樣，小白先我進入了家門。在父親的房間裡，我聽到了談話的聲音。於是，我直接走入了後面，找著了媽媽：

「小湄！怎麼回來這麼晚？」

「那人來幹什麼？」我答非所問。

「他要收買我們的地！」

當然，在不景氣的時候賣地，這是一種普遍現象，我不經心的又問：

「談妥了嗎？」

「差不多了，明天一起去看地，如果雙方同意，就立刻成交！」

「爸預備賣那一塊地？」

「西面那一塊！」

「包括竹林和小溪？」

「是的！」

「噹」的一聲，我正在玩弄的一個小銅裝飾品，突然掉到地下去了，我俯身把它拾起，掩飾了臉上失望的表情。

晚飯桌上，那位客人石峰，在打量著我：

「剛才妳沒有告訴我，妳就姓田！」

我淡淡的笑了笑，沒有答話。我正在怨恨著這個掠奪了我的「竹林」的人。

❖

第二天，雙方的交易成功了！怪的是，石峰並不預備在此久留，他把土地仍然交給父親耕種，自己再每年抽歲收的一部分，他提出的條件是極公允的，父親也立即欣然同意。

午後，石峰出去了。這人有著過多的沉默，但很得父親的信任。黃昏，我騎了馬，帶了小白，在竹林面前停住。考慮了一下，我把馬拴好了，和平常一樣走進那已屬於石姓的竹林。可是，剎那間我呆住了，在那我平日躺著的地方，現在正躺著另一個人，他用手枕著頭，和我一樣的望著林外的落日，顯然正在沉思。我的撞入，打斷了他的思潮；他霍然的坐了起來，但我已轉過頭去招呼小白，預備退出我這深愛的小天地。

「妳不用走的！田——」

他似乎不知道該怎麼稱呼我，我轉過身子面對著他：

「我名叫小湄，如果你高興，請稱呼我的名字！」

「願意坐下來談嗎？」

我毫不猶豫的坐了下來，小白躺在我的腳前。他望著我，我沉默著，對於失去竹林，有一種說不出的怨恨。

「妳年齡還很小，是嗎？」

「十四，並不太小！」

他眼中掠過了一個很淡的淺笑。我習慣性的躺了下來。

「我愛這裡，而且愛落日，幾年以來，我都在這裡度過我的黃昏。」

「我打擾妳了？」他問。

我望了他一眼，沒有回答，只默然注視著天邊的彩霞，他也不再說話。等到太陽完全隱沒了，我才站了起來，說：

「我要回去了，你呢？今晚家裡請客，你也是其中之一，最好早一點回來！」

走出竹林，我躍上了馬背，他卻仍然逗留在竹林裡。我一拉馬韁，向前馳去，忽然，我聽見一陣如泣如訴的洞簫聲。我停住馬，對竹林望了一望，一直傾聽到簫聲停止，然後才疾馳而歸。

晚上，家中充滿了喧囂和叫鬧，他們縱情的喝酒高歌，只有石峰，沉默的坐在一旁，並不參加他們的喧嘩。他的眼光深沉，嘴角堅毅，給我一個極深的印象。這時，一個父親的朋友，已喝得八成醉，倒滿一杯酒，遞給石峰，高聲的喊：

「為了田家土地買賣的成功，敬您一杯！」

於是，許多人都把杯子舉起來，對著石峰。石峰站了起來，冷峻的接過杯子，把杯子往桌上一放，冷冷的說：

「很抱歉，我不會喝酒……」

一時室內顯得很尷尬，靜了一會兒，父親的朋友重新舉起了杯子，說：

「不行！你非喝下這一杯不可！」

石峰昂然的站著，所有的客人也都站著，大家都已經喝得醉醺醺的，我感到空氣中有幾分緊張。父親的那位朋友開口了：

「你太不給人留面子了！」

「我很尊敬您，只是我不願喝酒！」石峰仍然冷然的說。

一剎那間，在我還沒料到事件會發生時，父親的那位朋友已經向石峰揮去了一拳，他立即被父親拉住了。所有的人都注視著石峰，石峰臉色蒼白，鮮血從鼻子中流下來。但他的神色是安靜的，對室中的人環視了一圈，才緩緩的退出了屋子。

我在竹林中找到了他。

「他們不該這樣對你！」我說，把帶來的白手巾交給他。他接過了手巾，注視著竹林外的月光，慢慢的說：

「有一天，當妳長大的時候，妳或者會瞭解，喝醉酒的人所做的一切，都不該負責的，我一點都不怪他！」

「你為什麼不肯接受那一杯酒？」

他迅速的望住我，臉色顯得異樣的蒼白。我幫他拭去臉上的血跡，他深沉的說：

「不談吧！但，妳雖然是一個女孩子，我倒感覺，在我們之間，能建立一層瞭解的友誼！」

他從口袋中拿出一支洞簫。

「會吹這個嗎？」

我搖頭，他把它送到嘴邊，輕輕吹出一個哀怨纏綿的調子。如此淒涼，如此幽怨，婉轉低迴，動人心弦。我神往的抱住膝頭坐著，傾聽那震撼心靈的簫聲。終於，他吹完了，我靜靜的凝視著他，問：

「這太美了！是什麼曲子？」

「沒有名字的曲子，發自我內心的感情！」

他把蕭放進我手裡：

「送給妳！」

我感嘆的撫弄著那支蕭，他突然的說：

「妳願意幫我倒杯水來嗎？」

「好的！」我站了起來，先把簫交還給他，再急速的走出竹林，用最快的速度奔回家裡，倒了一杯水來。但當我返回原地，只看到落月的光芒，穿過層層的竹葉，灑在那冷冷的青石上。那青石上，橫躺著那支洞簫，我拿起簫，看到青石上有用尖石塊寫下的字跡：

「妳曾捕捉過旋風嗎？來也匆匆，去也匆匆，不留一點痕跡！數年後，我會再來喝妳那杯水！」

我迅速的再衝出竹林，遠遠的，一點如豆的人和馬，正消失在月色之中。

❖

以後，父親每年總把西面那塊地的歲收扣下一半，預備將來償還那個奇異的陌生人。而我，一天比一天的長大，也一天比一天更愛那竹林。那塊青石依舊是我枕著思索的地方，也無數次回味那青石上的句子。是的，旋風是不會留下痕跡的，但它卻在人的心底，留下了多少無形的痕跡。在那小小的竹林裡，我度過了更多的黃昏。洞簫的音樂常伴著夜風的低鳴，落日的光芒，常照著淡綠的青石。春去秋來，歲月如流，在那小小的竹林內，我又送走了四個春天。

小白已長成一隻高大的獵犬，終日追隨在我的身邊。當那天的黃昏，我依然頭枕青石，吹著那支幽雅哀怨的洞簫，小白不安的蠕動著，並沒有打斷我的興致。直到吹完，我才發現落日正把一個長長的黑影投在我的身上，接著，一個清楚的聲音震蕩著我的耳鼓：

「妳幫我倒的水呢？」

我轉過頭，他在俯身對我微笑。我一躍而起，伸出我的手，他握住我，一陣戰慄竟然穿過了我的全身。

「石峰！」我喊，好像這名字是經常被我喚著一般。

「小湄！」

「這次還是旋風嗎？」

「不！」他笑了。「我決定在這兒多住一段時期，我已經見過了妳的父親！」

「住在我們家裡？」

「是的！」

我心中由於歡樂而低唱起無聲的歌。

「你來看看你的土地？」

「是的，尤其是那竹林中的小天地！」

我們並肩回家，途中，我感到那平原上的暮色比任何一個時候都美，都神奇。

這好像是一種自然現象：早晨，我和石峰縱馬於平原之上。黃昏，我和石峰在竹林中欣賞著落日的餘暉。月夜，我們以一支洞簫吹盡心中的言語。在我一生中，從沒有感到如此的幸福和快樂過。

我們都有不愛說話的個性，用我們的眼睛和微笑，我們的交談比言語更有力。我們喜歡當一個人沉思的時候，另一個人去猜測對方的心思，然後再宣布出來是否猜中。思想的領域是無涯的，可是，我們卻常能一語道中對方所想的，真可說是「身無彩鳳雙飛翼，心有靈犀一點通」了。

一個十八歲的少女，常有許多無謂的煩惱，我也是這樣的。不知從什麼時候起，我變成附近許多男孩子糾纏的目標。其中，尤其以一個姓方的青年，寫給我無數的情書，送來無數的禮品。但，天知道，他那些成千成萬的辭句，怎能抵過石峰的一個眼波？他那一件又一件的禮品，又怎能賽過石峰的一個微笑？可是，他卻被父親看中了！

石峰在年齡上比我大十五歲，許多時候，他以一個長兄的態度對我。無論我們怎樣的親切和互相瞭解，他卻從沒有對我有任何越禮的行為。在父親示意我接近方之後，他卻開始疏遠我。女孩子都是敏感的，雖然他的疏遠很謹慎，但我已感覺到了。

一個黃昏，我們都在竹林之中，他在沉思，我開口了：

「石峰，我什麼時候得罪你了？」

「為什麼問這樣奇怪的問題？」他注視著我。

「你的態度告訴我！」

他沉默的望著地下，很久之後，才猛然抬起頭來。

「妳知不知道關於我的故事？」

我搖搖頭。

「我有一個妻子，年輕而美麗。我們由於相愛而結合，但，我有一副剛愎自負的個性，並且，酷愛喝酒。結婚一年，我們有了一個孩子，被我們寵愛到極點。一天晚上，我的妻子要出門，把孩子交給我，我把孩子放在床上，然後獨斟獨酌，喝得酩酊大醉。我的妻子回來，發現我伏在桌上，醉得毫無知覺。孩子跌在地下，頭撞在床腳上，死了！這給予我們極大的打擊，從此，我發誓戒酒，可是，我的妻子卻不原諒我，她恨死我，罵我是劊子手，要我還她孩子。在內疚和痛苦下，我被她逼得要發瘋，終於，一天我們大吵了一架，我離家出走了！那就是我第一次到你們這裡來的原因，我想買一塊地，然後浪跡四方。那夜，在妳家裡，我又深受刺激，於是，我又不告而別了。浪蕩兩年後，我回到妻子那裡，而她已別嫁他人。我的生活變得毫無目的，就這樣，再度過了兩年，我忽然想起這裡的一塊地，以及一個女孩給我的慰藉，還有那杯我沒喝到的水！所以，我來了！但，我並不想因為我來，而影響你們平靜的生活——」

「我不想聽你講這些，別說了吧！天黑了，我們該回去了！」我打斷了他要說的話，躍上了馬背。如果他想以他的自述來使我不愛他，那他錯了。

父親開始更積極的準備把我嫁給方，那是一個狂風暴雨的夜晚，我和父親發生劇烈的衝突。

「方是一個好青年，妳為什麼不肯嫁給他？在這附近，沒有任何一個人能賽過他！」

「我承認他是好青年，但我不愛他！」

「難道妳心中另有愛人？」

我沉默了很久，終於搖了搖頭。

「那妳為什麼不肯嫁給他？他哪一點配不過妳？」父親發怒了。

「你們為什麼急著把我嫁出去？」我大聲叫起來。

「我們何嘗是急著把妳嫁出去？可是妳已不小，難得有那樣合適的青年！」

「可是，我一點也不愛他，我決不願嫁給他！」

「我一定要妳嫁給他！」

我們憤怒的爭執了兩小時，最後，父親大喊：

「妳不肯嫁給他，就別做我的女兒！」

這時，石峰走到我面前，婉轉的說：

「為什麼妳不肯答應這門婚事，方確實很好呀！」

我顫抖的望著石峰，連他都勸我嫁給方！回轉頭，我對大門外衝出去，在馬廄裡拉出我的馬，躍上去開始無目的的狂奔。大雨傾盆，我似乎毫無所覺，拚命的狂馳著。雨水濕透了我的衣服，馬在我的鞭策下瘋狂的跑，隱約聽見後面石峰高聲呼喚的聲音，我不知道他已追來，我已乏力，而後面的馬離我越來越近，我勉力飛馳，石峰已趕上了我。

「小湄！小湄！」

石峰向前衝了一下，一手勒住了我的馬韁，馬陡然停住，我晃了一下，從馬上滾了下來。石峰翻身下馬，急切的望著我，問：

「小湄！妳沒有怎樣吧？……」

我喘息著，而且發抖，石峰脫下他的外套，緊緊的裹住我。

「小湄！妳怎麼了？」

我抬頭注視著他的臉，含淚說：

「如果你也要我嫁給方，那我只有嫁了！」

他用手托起了我的臉，黑暗中，我只能看見他發亮的眼睛。

「小湄！」

他熱情的低喚著，我被擁進了他的懷裡，剎那間，他的嘴唇捉住了我的唇。我渾身炙熱起來，那種顫慄又穿透了我的全身。這是我的初吻，我的心急促的跳動，我的思想停駐在此時此刻，我全心全意，獻出了我整顆的心。我們深深的吻著，不知道吻了多久，讓大雨直洩吧！現在，我不再怕任何的風雨！我已得到了整個的世界，整個的宇宙！

當我被石峰抱在馬前帶回家的時候，我幸福的微笑著，雖然我渾身抖顫，頭昏目眩。父親正預備出來找我，看見我已歸來，才默默的退回屋裡去。石峰把我裹在衣服裡抱下馬來，我躺在他懷裡，感到說不出來的心滿意足。母親看見我，發出一聲高喊，對我衝過來：

「小湄，妳怎麼了？」

石峰把我放在床上，我渾身是水，牙齒在和牙齒打戰，石峰一面搓著我的手腳，一面喊著：

「生一個火來！趕快！」

一個鐘頭後，我已換上乾的衣服，躺在火爐旁邊。石峰不住搓弄我的手腳，想使它恢復體溫。母親強迫我喝了一大碗薑湯。我隨他們擺弄，只固執的注視著石峰，被他所伺候，這是何等的舒適！漸漸的，我感到頭痛欲裂，昏昏沉沉。石峰撤除了火，用手放在我的額前，我滿足的把面頰貼在他的手上，發出一聲低低的嘆息，睡著了。

醒來的時候，已是第二天的早上。窗外雨已停，但風很大。我睜開眼睛，找尋石峰的蹤跡。但，室內沒有人，房門虛掩著。立刻，我聽到隔壁屋子中父親暴怒的喊聲：

「這簡直是荒謬絕倫，我決不能允許！」

「但，我向您保證，我是真心真意愛您的女兒！」是石峰的聲音。

我想掙扎起來，但渾身無力。

「不行！你的年齡，你的一切，你以為你配嗎？」

啊！父親不能用這種口氣對高傲的石峰講話的！我傾聽著，隔了半晌，石峰說話了：

「或者我不配，但她愛我……」

「你是一個偽君子，你使我信任你、接待你，而你卻引誘我的女兒！你使她反叛家庭，頂撞父親……」

「啊！不是這樣的，這樣說是不公平的……」我開始喊了，但那屋中一片人聲，沒有人聽見我。石峰顯然生氣了：

「我愛小湄，我決不會虧待她……」

「廢話！」父親在大喊：「你立刻給我滾出去！你這個騙子、流氓！我不能把女兒嫁給你這種離過婚的男人！還是一個害死自己孩子的凶手！」

我拚命的喊叫著石峰，但那屋子裡已鬧得一塌糊塗。接著，我聽見母親啜泣的懇求聲：

「石峰！我求你，沒有一個父母不愛他的孩子。為了她的前途，別帶她走！她會愛上方的，如果你肯離開這兒！」

「難道你們認為她跟著我，就沒有前途嗎？」石峰的聲音已失去了剛才的堅強，而充滿了沮喪。

他們不能這樣對石峰，我拚命掙扎，奈何渾身無力，然後，我失去了知覺。

神志迷茫中，我感到有人在輕吻著我的額角，並且輕輕的對我說話。我沒有醒過來，就又迷糊的睡了過去。

不知道過了多久，我睜開眼睛，喊著石峰的名字。

「他不在這兒！」母親說。

「石峰！石峰！」我尖銳的大喊。

但，石峰已經走了！

❖

後來，從女僕的口中，我知道石峰走前的晚上，曾吻遍我的面頰，並想帶我私奔，但我沒有任何一句話的回答。第二天，他們發現石峰和他的馬一同消失了！

一個月後，我勉力走到了竹林之內，依然是以前的落日，依然是以前的青石，可是，雖然景物依舊，而卻人事全非。對著廣大的平原，我高聲喊：

「石峰！」

我的聲音迴蕩在空中，然後隨風而去。

之後的我，生活在半生半死之中，固執的等待著石峰的歸來。我相信，有一天他又會像一陣旋風般飄然而來。

一天天，一月月，一年年。他沒有歸來，我卻全心全意的等待著。幾年後，我們離開了家鄉，由於戰爭，又舉家遷到臺灣。戰亂打斷了各種生活節奏，連我的愛犬小白也留在家鄉送人了！到了臺灣，我不死心，雖然找到一個牧場的工作，我卻孤獨無助。我在各處的報紙上登著廣告，明知希望渺茫，卻不肯放棄。

韶光易逝，似水流年。十年的光陰，又在一支寂寞的簫聲中溜過。我卻沒有放棄找尋他的希望。父親在內疚的心情下，到處幫我打聽，他沒有想到，當日由於一時偏見，造成我終身的寂寞。一個早上，一份電報突然報導：石峰正遠在美國。我狂喜的發電到美國，但回電卻宣稱：此人已赴瑞士。於是，又發電到瑞士，可是，回電卻說在印度，又有人說在巴西。我發出無數的電報，也寄出無數的希望。

❖

今天，他終於又突然站在我的面前了。十年前的等待，十年的盼望，送走了多少個清晨和黃昏，又送走了幾許的歲月和年華，他，終於又站在我面前了！

「石峰！」

「小湄！」

多麼熟悉而親切的聲音，我閉上眼睛，把頭移向他的胸前，緊緊的拉住了他：

「不要再像一股旋風，讓我無從把握！」

「但旋風總之是旋風……」

「不！石峰！你不能再走！石峰，答應我！你不要再走！」

❖

「小湄！醒醒！醒醒！妳又做夢了！」在母親的呼喚下，我睜開眼睛，發現我正伏在樓梯口的桌子前面。哪兒有石峰？哪兒有那親切的聲音？我手中緊握的，不過是那支永不離身的洞簫而已。啊！這又是多少個夢中的一個！

我迷茫的站了起來，拖著沉重的步子，走到窗前。窗外，陣陣的秋風捲著飄飄的黃葉，我抬起頭，對著漠漠長空，含淚高聲的大喊：

「石峰……」

聲音在空中盤旋著，終於消失在那不留痕跡的旋風裡。

一九六〇年春初稿

二〇一八年九月二十八日修正

後記

本文原刊載於一九六〇年出版的《中國文藝》第七卷第五期，是我用「心如」為筆名寫的小說。那時，我還在尋尋覓覓的找尋固定筆名。「心如」是我母親的「字」，母親名字裡有個「恕」字，在母親那年代，有名以外，還要有「字」，她的字就是把「恕」拆開的「心如」。在我的記憶裡，我用「心如」為筆名，只發表過兩篇小說，這是其中之一。我一九四九年遷臺，只有十一歲。早期寫的小說，都有從內地遷往臺灣的背景。這篇小說也是。

謝謝牧人、曾波、許德成兩岸合作，幫我找回這篇我早已遺失的小說。

小屋

她第一次看到那幢小屋，還在她是個小女孩的時候，十歲，或者十一歲。一天，只是在那些鄉間的小徑上無目的逛著，一面收集著大把大把的蘆葦和蒲公英。然後，她忽然發現了那棟小屋。

掩映在一片竹林之中，那空曠的小屋有著綠瓦紅牆，和長滿青苔的石階。菱形的窗子上，嵌著彩色的玻璃。厚重而結實的木門前，已爬滿了藤蔓。門前門後的荒煙蔓草中，雜亂的開著一些黃色和紫色的小野花。在竹林的入口處，歪歪的豎著一塊雨漬斑駁的木牌，上面的字跡已只能隱約可辨，寫著：

「吉屋廉售」

在「吉屋廉售」四個字下面，還有小字寫著接洽的地址。她望著這小屋，忽然萌生出一種強烈的、難解的感情來，她認為生平沒有看過比這小屋更美的東西。繞著這屋子，前前後後，她不住的兜著圈子，打量它、欣賞它、研究它，自己對自己說：「如果有一天，我有了錢，我要買下這棟小屋來，讓它成為我的堡壘。」

於是，坐在那門前的臺階上，沐浴在初春的陽光中，她開始做夢了。她的小屋、她的小巢！她要把小屋四周栽滿了玫瑰，她要讓紫藤花一直爬上屋頂，她要聽階下蟲聲，她要聽窗前竹籟……呵，她的小屋！

她經常去那小屋了，在荒草中散步，在竹林中做夢，在小臺階上長長久久的靜坐沉思。她也曾把父親拉到這小屋前來，祈求的說：

「爸爸，你買下這棟小屋好嗎？」

父親瞪視著那小屋，咆哮的喊：

「什麼？什麼？妳特地拉我來看這樣一棟破房子？妳是發了瘋了！妳這個古古怪怪的瘋丫頭！哈！一棟破房子！哈！」

她是那樣嚴重的受了傷害，她不再對父親提起這棟小屋！她的堡壘，她的世界，她那小小的天堂！這不是一棟破房子，這是一個五彩繽紛的夢的樂園，她不再對父親提起，但是，這兒卻成為她經常逗留的所在。她高興時，她跑來對著小屋歡騰雀躍，她悲傷時，她在小屋前傾吐衷懷。就這樣，春去秋來，日昇日落，許許多多年過去了。她深深慶幸的，是那「吉屋廉售」的木牌始終沒有除去。她等待著，期盼著，喃喃的自語著：

「等我長大了！等我有了錢，我要買下這棟小屋！」於是，在這樣的等待中，時間的輪子在不停不斷的滾動，也無情的輾過了這棟小屋。那綠瓦紅牆，都被荒煙蔓草所遮蓋，那彩色玻璃，早在風吹雨打中碎成片片，那木門龜裂，那門框傾圮，那長滿青苔的臺階，已成為蜥蜴築巢的所在。但是，這小屋在她眼中，卻依然完美、依然絢麗。

然後，她遇見了他——那個主宰了她後半生的那個大男孩子。

他年輕，他熱情，他像一團燒著了的火，那樣燃燒著、燃燒著、燃燒著，燒得她頭暈目眩，燒得她神志恍惚。他貧窮，他孤苦，他卻有用不完的精力和做不完的夢！當她第一次把他帶到這棟小屋前面來，他站在那兒，嚴肅的、眩惑的、著迷的看著那小屋，半晌，才長長的透出一口氣來，說：

「啊！這小屋！它美得像個卡通裡的建築！有朝一日，我們要買下它來，讓我們在這兒，奠定下生生世世愛情的基礎！這是個築夢之鄉啊！」

沒有嘲笑，沒有挖苦，沒有輕蔑，他愛它，和她一樣！她是怎樣感動怎樣癡迷啊！握緊了他的手，他們並肩站在竹林裡，看夕陽染紅那屋瓦，那藤蔓，那門窗不全的小紅牆……他們佇立著，為他們的未來，為他們的夢，為那些「生生世世」而祈禱，而許願。

於是，小屋前的人影，由一個而變成了兩個。他們常躺在竹林中，枕著荒草看夕陽，或枕著青苔數星星。他們收集過樹枝上的露珠，也收集過原野上的暮色。「我們的小屋……」成為了他們之間的口頭語，每當一個提起，另一個必然報以會心的微笑。

就這樣，又是多少年過去了，他們終於結為了夫婦。剛結婚，他們面臨的是一連串生活的困擾與掙扎。他們貧窮、清苦、艱難，但是，「購買小屋」的願望卻一直沒有放棄，他總是說：

「等我有錢的時候……」

「要把小屋買下來！」她會立即接口，然後，兩個人會長長久久的相視而笑。

「我要修理那扇門……」他說。

「還有那窗子！」

「仍然用彩色玻璃……」

「仍然用木材的原色，不加油漆……」

「屋子前可以加一排矮籬！……」

「沿著矮籬種一排玫瑰花！」

啊！他們的小屋！那盛滿了他們的夢與愛情的小屋！

接著，他的事業忽然忙碌了起來，有好多年的時間，他捲入了事業的洪流中，掙扎、奮鬥、努力，在芸芸眾生中要嶄露頭角，在茫茫人海中要爭一席之地。忙碌使他不再有時間做夢，不再有時間去關懷那棟小屋。她是個賢惠的妻子，很快就成為他最好的幫手，她幫助他，周旋於上流社會中。他們的社會地位越爬越高，事業越來越成功。於是，有一天，他們發現他們不再貧窮了。

「我們需要買一棟房子。」他說，沒有提起那棟小屋。他忘了嗎？

「是的。」她回答，也沒有提起那棟小屋。也忘了嗎？

「妳要怎樣的房子？」他問。

「你呢？」她反問。

「豪華、實用，而比較現代化的。我們要有一棟考究的住宅來招待朋友。」

他們遷入了新居中，一棟精緻、華麗，而考究的花園洋房，有一切最現代化的設備。這住宅立即發揮了它最高的效能，家中經常座無虛席，高朋滿座。他們周旋於賓客群中，談笑風生。他是個成功的企業家，她是個能幹的貴婦人。

他有了汽車，有了僕人，有了用不完的金錢。她有了珠寶，有了禮服，也有了打發不完的酬酢。他們見面的機會越來越少，他有他的工作，有他的享受。她也有她的。於是，有一天晚上，當他們難得的相聚在那華麗的大客廳中時，他們所談論的，竟是一般走上了成功之路的夫婦所最容易談論的問題：離婚。

他們得到了協議，分配了財產。人生有聚必有散，他們也將勞燕分飛。那最後的一個晚上，她卻強烈的思念起那棟小屋來。啊，那竹林掩映的綠瓦紅牆，那築夢的所在！她哭了，哭得傷心，哭得悲痛，在這一剎那間，她才瞭解她已失去了那麼多的東西，那些夢，那些歡樂，和那棟小屋！

夜深時候，她駕著車子，獨自回到那棟小屋前，她要再看一看那棟小屋，看看它已倒塌成怎樣的形狀。停了車，她走下來，觸目所及，是那塊「吉屋廉售」的牌子已不翼而飛。且喜的是小屋依然，只是草更深，竹林更密，藤蔓已爬上了屋頂，青苔已掩上了紅牆。她悄然佇立，奇異的是：它依然美麗！

淚滑下她的面頰，她又哭了。忽然間，她聽到了一聲低嘆，她回過頭來，赫然發現，站在自己面前的，竟然是他。

他們有好一會兒只是呆呆的彼此注視著。然後，她含著淚，可憐兮兮的說：

「我找不到那吉屋廉售的牌子了，他們把它賣掉了。」

「是的，」他說，深深的望著她。「是我買下的，在一小時以前。」

她望著他，張大了眼睛，半晌都說不出話來。然後，他張開了手臂，她輕喊了一聲，就蹤身投入了他的懷裡，他抱緊了她，那樣緊，那樣親密，他的聲音在她耳邊輕輕的響著：

「我必須買下它來，才能奠定下那生生世世的愛情基礎啊！」

她抱緊他，在他懷中哭泣，那樣喜悅的哭泣。月光爬上了小屋的屋脊，美麗如夢。啊，他們的小屋！

寫於一九七〇年一月
二〇一八年九月修正

幸運符號——圓

這個時代，人離開了手機，大概就不能活。它已經變成生活的一部分，手裡沒握到手機，會失去安全感。這天早晨上班前，他和往常一樣，先把前夜關機的電話解開，手機上端，顯出一堆提示，簡訊、微信、微博、錯過的電話、新的更新程式……他心不在焉的滑動手指，卻驚奇地看到手機上出現一行字：

「白羊，今天你的幸運符號是圓，只要圓的東西都不要錯過，可能會帶給你意外的驚喜！」

這是什麼東西？正想看看是誰的簡訊，一不小心，就把這行簡訊給刪除了！星座？圓？完全沒有概念。是誰在跟他開玩笑？還是留錯了人，或者是某個星座專家的廣告……這時代，廣告無所不在。星座、算命、紫薇斗數、風水和任何宗教，對他這個三十六歲的科技人來說，都是白搭！他什麼都不相信！雖然很巧的，他是白羊座！出門前，已經結婚八年的妻子小林還穿著睡袍，疏離地看著他，用一種像是命令又像是習慣的語氣，說了每天都會說的一句話：「下班早點回來！」

汽車在停車場熄了火，他心事重重的往辦公大樓的電梯走去。心裡想著，這種生活實在太單調了！最近，深深困擾著他的問題是，他該怎麼向小林提出離婚的請求？八年的婚姻，早就磨光了當年的熱情和浪漫，剩下的只是制式的生活，沒有熱情，沒有波瀾，沒有刺激，沒有新鮮感！幸好也沒孩子！連做那件事，都是規律的，機械化的。他覺得自己快被這種生活壓垮了！

他看過一篇文章，說這種感覺是「中年危機」！總之，他真想改變，工作是乏味的，婚姻也是乏味的，他快窒息了！改變，是不是該從婚姻裡跳出來重新開始？

心裡想著事，他走向停車場通電梯的門，忽然，一個坐著電動輪椅的老先生熟練地操縱著輪椅，飛快地搶先進了門，輪子差點輾過他的腳。他一驚，急忙退了退，讓老先生進門。老先生進門後，瞪了他一眼，不滿地說了句：

「年輕人，這是殘障人士專用的門！你該走左邊！」

是嗎？居然走錯了門，他慌忙退開，看著那老先生衝進剛好下來的電梯，拋下他直接上去了。他愣了愣，一個念頭在他心裡閃過：輪椅！輪子，圓！難道這是什麼暗示？幸運符號？算了，輪椅怎麼可能帶來幸運？他下意識看看自己的手腳，想到「殘障人士」，忽然對自己好手好腳，還在怨懟生命，有了幾分犯罪感。

走進辦公廳，和那些「熟悉的陌生人」——同事，點頭打招呼，然後走進自己那有著小小隔間的「設計科——科長辦公廳」。一進門，就看到了牆上掛著的一張複製畫，也不知道是哪個畫家畫的，落日下的稻田，有圓滾滾的稻草卷。這張畫掛了好幾年了吧？他從來沒有注意，落日，圓！稻草堆，圓！一張很美的畫，只是掛在那兒多年，他已經視而不見了！這時，不禁多看了兩眼。真的，圓！

祕書送來了咖啡，他端著杯子發呆。看著那杯子口，圓！他坐進椅子，發現坐墊也是圓形的。他搖搖頭，什麼跟什麼？自己怎麼會被一條莫名其妙的簡訊影響？打開電腦，慶幸電腦螢幕是方形的，不會讓他胡思亂想。找出工作檔案，他埋頭在那些檔案中，終於忘記了「圓」。直到房門忽然被推開，同事小胡向他丟來一樣東西，他反射般伸手一接，是一個高爾夫球！小胡笑著問：

「下班後要不要一起去練習場練高爾夫？」

他握著球發呆。圓！沒有比球更圓的東西了吧！高爾夫？沒興趣，今晚有重要的事要辦！要和小林攤牌，不能再耽誤了！

接下來，是疑神疑鬼的一天，他好像跟「圓」結了不解之緣。新電腦遊戲設計圖，好多的圓！糖果，圓！消消看，圓！鑽石星空，圓！中餐吃了魚丸和包子，圓！一杯珍珠奶茶裡都是小珍珠，圓！抬頭就看到餐廳的鐘，圓形的！然後，他發現了一件事，他根本整天都被「圓」包圍著！

手機裡無數圓形符號，常用的表情符號是笑臉的圓，哭臉的圓，抓狂的圓！他下意識地拿起一枝鉛筆，開始在一張白紙上畫圓，無數的圓！畫著畫著，忽然醒悟到，圓是一筆畫出來的！不像其他任何的形狀，三角形，方形，菱形……都無法一筆畫出來。所以，圓是最簡單的圖形！

午後，他已經把各種「圓」歸類。什麼幸運符號？圓就是生活中的一部分！你逃不掉的一部分！太陽是圓的，月亮是圓的，那些閃亮的星星都是圓的，連你居住的地球也是圓的！

然後，坐在辦公椅中，他開始跌進了某種冥想，回憶著生命裡許多的「圓」。第一次玩肥皂泡泡是什麼時候？第一次打棒球、第一次拿氣球、第一次吃冰淇淋球……都是什麼時候？想到吃的，燒餅煎餅月餅太陽餅都浮到眼前，更別提那些水果，蘋果、櫻桃、橘子、葡萄、藍莓……都是數不勝數的圓。

接著，一張年輕的、美麗的臉孔跳進他的回憶裡。圓圓的大眼睛，圓圓的臉龐，唇邊一個圓圓的小酒窩……

「嗨！」年輕女孩眼中閃著光彩：「學長，那篇〈生命的弧度〉是你寫的嗎？我喜歡！」生命的弧度，是圓嗎？那個年輕女孩……他的心猛然被觸動了！小林！那個崇拜我的妳到哪兒去了？什麼時候，妳變了樣？逐漸消失了？

不行！今晚一定要開口。沒有外遇，沒有第三者，逃開這種「千古孤寂」的辦法，就是改變生活！改變生活就是從結束婚姻開始，熱情不再的婚姻像是一灘死水，他要逃！他像即將爆發的火山，火燄急於衝出火山口！火山口，他覺得喉嚨裡有點苦澀和乾燥，火山口也是圓的！這就是那個暗示嗎？火山口，圓！攤牌！攤牌！攤牌之後，才是幸運的開始！

下班回家時，心裡已經千迴百轉，打了很多開口的腹稿。想想這個二十歲就跟自己相戀的女子，已經在他生活裡存在了十四年！希望好聚好散，這樣想著，他在路上停車，買了一個小蛋糕，可以在很好的環境下開口吧！燭光晚餐，靜靜地開口，乾脆簡潔：「我們離婚吧！」

走進熟悉的家門，拎著那個蛋糕盒，他茫然地想著，怎麼？蛋糕也是圓的？聽到鑰匙開門的聲音，小林迎了過來，看到蛋糕，驚愕的臉孔上，是圓圓的，驚愕的眼珠。她張著嘴，好像有點猝不及防。

「哦！我以為你忘了！你居然記得！」

記得什麼？他驚詫著，接著，驀然想起，今天是他們結婚八年的紀念日！不會吧？不可能吧？太巧合了吧？在紀念日提離婚，會不會太寡情了？

蛋糕放在桌上，簡單的晚餐陳列著，圓形的餐桌上，杯杯盤盤都是圓！在這些圓的包圍下，兩人有點尷尬的對坐著。你看著我，我看著你。然後，小林鼓足勇氣的說話了：

「我知道不該在今晚開口的，尤其你帶了蛋糕回來！但是我想了太久，不想再浪費生命了，我要說的是……我們離婚吧！」

他幾乎驚跳起來，聽到自己反射般的聲音：

「什麼？離婚？妳出軌了？有了男朋友？」

「沒有！完全不是你想的那樣！只是你變了，那個熱情的你，早已不見了！我們之間，已經沒有愛，只有義務和責任，生活像一灘死水，我討厭這樣的日子，我要結束它，給自己一個重新開始的機會，要不然太辜負生命了！」

他瞪著她，這些話是他想說的，她居然搶先說了！該死！她竟然在今晚開口！今晚是他們結婚紀念日，而且他買了蛋糕！見鬼！今天他接到暗示，幸運符號是圓！是啊，她那閃著勇敢的光芒，充滿了熱力的眸子依舊是圓的，像十四年前一樣！幸運符號在那時就敲過門了！她怎敢再用這樣的眼光看他？混帳！他心裡咒罵著：今天是個特別的日子，他發現地球是圓的，月亮是圓的，生命是有弧度的，一筆可以畫一個圓，很簡單的！他心裡亂七八糟，瞪著她，怎會這樣?!她不安地抿著嘴角，露出唇邊那個小酒窩——居然也是圓的！

接著發生的事，是他完全沒有計畫，也完全不在意料之中的！他撲上前去，捉住了她，用十幾年前那種熱情的唇，堵住了她的嘴。這一吻來得強烈而狂熱，更勝當年兩人那青澀的初吻。然後，他發現她居然反應著他，引起他全身的顫慄。一切急速的變化，像是電影裡的鏡頭，什麼蛋糕，什麼燭光晚餐，他都丟到九霄雲外去了，他的吻沿著她的唇，滑向她的脖子，拉開她的上衣，滑向她小巧卻挺立的蓓蕾……他開始撕開她的衣服，她也在做同樣的動作，那份突然湧來的激情，把什麼思想都趕走了，他抱起她的身子，大踏步衝進了臥室。把她拋在床上，再撲向了她。然後，就是一番有如狂風暴雨般的占有和給予。

好久沒有這樣激烈而滿足的雲雨之情。事後，他還緊緊抱著她的身子，不捨得放開。兩人又情不自禁的吻著，好像陷進初戀的時代。

「記得嗎？」吻完，他擁住她，在她耳邊說：「剛認識妳的時候，妳胖嘟嘟的，還有嬰兒肥，我都叫妳圓仔，和動物園裡後來那隻小熊貓一樣！」

她沒說話，眼裡閃耀著光彩。他看著這樣的眼光，心臟怦然跳動，他又看到了當年那個「圓仔」！他在她眼中看到復甦的熱情，那麼閃亮的眼睛，那樣圓圓的眸子，他覺得生理狀況再度有了反應，他摟住她，正想再次溫存的時候，手機殺風景的響了起來，他才發現手機掉在床前地上。帶著不耐煩，他拾起手機來聽，竟然是公司的女總裁，被稱為「急驚風女殺手」的總裁！

「喂！」總裁嚷著：「一早就發給大家星座的概念，全體工程師都有作品拿出來，為什麼你到現在，一點成績都沒有？」

「啊？」他大驚失色：「原來那個圓，是總裁的『概念』？我以為……」

「以為什麼？明天早上來開會！」總裁乾脆的掛斷了電話。

他有點怔忡，知道明天這個會，說不定會給這「女殺手」殺了！可是，他會補上報告，他有一堆「概念」呢！**原來，一幅美麗的畫，看久了就會視而不見！原來，你不是殘障，卻從來不知道好手好腳的珍貴！原來！圓充滿在你的生活裡，你卻會一再忽視它！**他正想著，忽然感到她用溫暖的胳臂，圈住了他的身子，圓！他無法思想了，返身再度擁住了她，這番，不像上次那樣狂風暴雨，而是細細膩膩，徐徐緩緩，引出流水潺潺。

❖

一年以後，他們的兒子出生了！小名「圓滿」。至於公司那個有關星座的遊戲，並沒有開發出來，因為，第二天開會的時候，女總裁宣布，星座已經過時，放棄了！年輕人現在最愛的是「喵星人」！他很快交出了他的設計圖，喵星人有圓圓的腦袋，圓圓的大眼睛，圓圓的眸子，圓圓的身子……萌到翻天！當「圓滿」滿月時，他們公司的「圓圓喵」已經在手機遊戲裡異軍突起，衝進熱銷榜的前三名裡了！

生命是有弧度的，圓，是最好的形狀！一筆就可以畫出來，由始到終，有始有終，中間沒有任何缺口！

二〇一三年十月二十八日寫於臺北可園
二〇一八年十月八日重寫於臺北可園

拒婚記

天空是一片純淨的藍色，幾朵浮雲在遠處的山巔上緩緩的移動著。我獨自坐在溪邊的大樹底下，靠在樹幹上，雙手抱住膝，嘴裡啣著一根新鮮的稻草，頭上歪戴著一頂大草帽，在那兒悠哉悠哉的看著小說。那年我正是二十歲，帶著一腔少年的盛氣和天生的倔強，反對著家裡為我所做的一切事情。

「心怡！快去，媽在到處找妳呢！志岷從香港來了！」

茵姊沿著河岸對我跑了過來，氣急敗壞的向我喊著，我卻漠不關心的翻了一頁書，抬頭看了她一眼，毫不在意的說：「他來與我有什麼關係？」

「哎！心怡，妳總得去呀！無論如何，他現在是妳名正言順的未婚夫，妳不能躲起來不見他呀！」

「名正言順？去他的名正言順！在這二十一世紀，要強迫我和一個從未謀面的男人結婚，這叫名正言順？」

「心怡，妳不能這麼說，媽也是為了妳好，何況這是爸的遺志，妳和他不是從小在一塊兒玩嗎？怎麼說是從未謀面？雖然妳倆在小時候就分開了，但我相信妳現在看見他還是會喜歡他的！」

「妳真這麼相信嗎？」

「當然！」

「他很可愛嗎？」

「妳看到就會知道，又英俊，又漂亮，高，而且帥！」

「嗯，高富帥！」我哼哼著：「那妳去嫁給他好了，何必拖我……」

「心怡！妳這算什麼話？」

我知道我已經傷了茵姊的心，對於一個寡居數年而不肯改嫁的姊姊說這種話，未免太不應該了，何況她向來都如此愛我！於是我煩惱的望著書本，不敢去看她那對責備而惱怒的眼睛。但，片刻之後，她卻溫柔的說：

「心怡！別再固執，去吧！要不然會讓媽難堪！」

我從草地上跳起來，狠狠的把書往地上一摔，大聲喊：

「好！我去，我去！」

「別生氣，先去換一身乾淨衣服，梳梳頭，給他一個好印象！」

「他又不是皇帝，我還得為他打扮？」

我氣呼呼的任性把草帽丟在地下，讓滿頭亂七八糟的頭髮落在肩上，也不理那帶著泥土的衣服，像賽跑似的往家中跑，一衝進客廳，立即大喊：

「媽！那傢伙在哪裡？」

「對不起，那傢伙就在此地！」

一聲低沉而有力的聲音在我身邊響了起來，我抬起頭來，看見一個高大的青年，他出乎我意料之外的漂亮，兩眼閃爍而有神。我狠狠的打量了他一番，然後高高的挑起眉梢，冷冷的問：「你就是康志崐？」

「不錯，就是在下！」他答，一面也安靜的打量著我。這時，媽緊張的跑了過來，生怕我第一次見面就把這位佳賓給得罪了。我卻不顧一切的說：

「好吧！你現在來幹什麼呢？」

「妳問得很好，可是，連我自己都無法回答。別人告訴我妳是我的未婚妻，我想我該作禮貌的拜訪，也欣賞一下妳的容顏和才華！」

「那麼，你認為我美得像天仙嗎？」我存心要給他一個最壞的印象，好讓他自動提出退婚。

「妳嗎？我想並不！但已超過了我的理想！」

我從鼻子裡做出一個很不文雅的怪聲音，以表示我對他不滿，媽給了我憤怒的一瞥，我也置之不理。

「好，我也沒辦法，你既然是我的未婚夫，我也只好做你的未婚妻了！現在，我該以什麼態度來對待你呢？」

「只要妳高興，妳可以以任何態度對我！」

我又從鼻子裡冒出一個怪聲音來，一面對跑進屋子裡的茵姊做了個鬼臉，一回頭，卻發現志崐正斜靠在桌子上，雙手插在口袋裡，嘴角帶著個調侃的、嘲弄的微笑，對我很有興趣的注視著。

「真是活見鬼！」我在肚子裡面詛咒著。於是，第一次的見面就在這種情形下結束了。

他被留在我們家小住一段時間，我恨得咬牙切齒，但又無可奈何。

第二天一清早，我和平常一樣到小溪邊去看小說，忽然，一個高大的人影投在地上，我抬頭一看，他正站在我的面前。我沒好氣的說：

「你來幹什麼？」

「找尋一些兒時的回憶！」

「對不起！我很不喜歡別人來打擾我清靜的早晨！」

「心怡！我想這樣稱呼妳比較好些。妳不用對我做出那個怪樣子來，我今天早上來找妳，實在是想和妳談一件事。」說著，他在我身邊的草地上坐了下來，繼續說：「妳知道，我和妳的婚約是很不正常的，我從小沒有母親，父親遠離他方，在妳家住了十年。之後雖被父親帶走，對妳一家的恩情卻從來沒有忘記，妳父親臨終時指定了要我做妳的丈夫，為了他對我的恩情，我對他的遺言，不忍違逆，可是說真的，我並不愛妳，非但如此，我還另有愛人，我知道如果我提出退婚，對妳是很難堪的，但是我愛她，也不能離開她！」

我詫異的瞪大了眼睛，他從衣袋裡找出一張照片給我，照片中是個美麗絕倫的少女，照片背面寫著：

「給我最愛的崐哥

玲贈」

突然間，一股莫名的怒火燃遍了我的全身。

「既然你愛她，為什麼還要和我訂婚？」

「那是由父親作主的，我只是犧牲品！」

「哼！」我心裡酸溜溜的不是滋味。「那你昨天為什麼不告訴我？」

「當著妳母親，我怎麼能說呀！不過，心怡，我並不要妳立即和我解除婚約，妳可以好好的考慮一下，假如妳不肯，我也無可奈何。在別人面前，我們最好還是裝得親密一點，等妳同意了，我們再去通知他們好嗎？好，現在我不打擾妳清靜的早晨了，再見！」

望著他的背影，我渾身充滿了怒氣，不禁恨恨的自言自語：

「你要訂婚就訂婚，你要退婚就退婚，怎麼想得那麼好？」

這一天裡，我和他很少機會談話，許多親戚朋友知道他來了，全到我們家中來拜訪。晚上，家裡又大宴賓客，我和他儼然一對小夫妻，朋友們個個對我們讚不絕口，幾個和我年齡相仿的女孩子，更不時對我射來無數羨慕的眼光。

志崐對親友們應付得很好，談笑風生的。態度從容而高貴，使人人都喜歡他。或者，為了不讓別人知道我們之間的不愉快，他不時殷勤的招呼著我，他那善於表達的眼睛，更時時對我做深情而恆久的注視。可是，我心中卻明白，他那深情的眼光雖然向著我，他的心底卻在想念著他的玲。

一個忙碌的星期過去了。一天，我又獨自在河邊散步，忽然童心大發，把鞋襪都脫了下來，跑到水中間去踩水玩，湍急的流水從我兩腿之間沖下去，使人感到無限的涼爽和舒適。

「嗨！好一個書香人家的大家閨秀！」

一個調侃的聲音在我附近響了起來，我抬起頭，簡直是陰魂不散！志岷正靠在樹上對我咧著嘴笑呢！

再一看我自己，裙子提得高高的，光著兩條腿，敞著衣領，披散著頭髮，一副野丫頭相。我不禁羞紅了臉，一放手，裙子接觸到水面，一圈都打濕了！

「快上來，妳的裙子濕了！」志岷對我喊著。

「你下十八層地獄去吧！全是你！」我咒罵著，一面提了裙子走上來。

「別冒火，心怡，讓我幫妳把頭髮整理一下，妳的三嬸在客廳裡等妳呢！」

「哦，老天！」

我望著自己這副狼狽相，不禁懊惱萬分，志岷從草地上拾起我紮頭髮的髮帶，幫我攏著頭髮，一面在我耳邊低低的、深情的說：

「妳知道，剛才妳站在水中的樣子真美到極點，只有在這種時候，我才能看到真正的妳！這幾天，妳被打扮得像個洋娃娃似的坐在客廳裡，看起來才真彆扭呢！」

這幾句話可說到我的心坎裡去了，我抬頭注視著他，他絲毫沒有開玩笑或嘲弄的樣子，而是一臉的誠懇和真摯，他的手從我頭髮上滑下來，扣上了我衣領上的釦子，笑了笑說：

「穿上鞋子吧，他們在等妳呢！」

猛然，一個思想從我腦中掠過：他是我名正言順的未婚夫，不是嗎？去他的玲！讓她滾得遠遠的！

離志崐回香港的日子沒有多久了，我感到自己每天都是失魂落魄的，好像胸口壓著幾千斤的重擔，那該死的玲！一天晚上，乘志崐不在屋裡，我溜進他的房間裡，在他的上衣口袋裡找出了那張玲的照片，我對著鏡子和那個照片上的人物比較看，是的，她比我美，一股幽嫻貞靜的樣子，彎彎的眉毛，大大的眼睛，我恨她！抓起了桌子上的一把剪刀，我把它橫一刀豎一刀的剪成了好幾段，忽然間，我的手腕被人抓住了。

「妳在幹什麼？」

志崐望著我和那照片的殘骸，眼睛中閃耀著一種奇異的火焰。我像是一個偷糖吃而被發現了的孩子，變得惱羞成怒了。

「你！你這個混蛋，放開我！你既然不愛我，為什麼還要逗留在這裡？你一點都不管別人的感情，以為別人全是木頭任你擺布嗎？」

「妳怎麼知道我不管別人的感情？」他盯住我的眼睛問。

「你管了？你讓我受苦，讓我……」猛然，我停了下來，這好像是在自己招認愛他了，於是，我想跑出去，但他緊緊的拉住了我，說：

「心怡，聽我幾句話，妳有一點愛我了嗎？」

我茫然的望著他，淚水模糊了我的視線，他撫摸著我的頭髮說：

「妳知道玲是誰？她是我異母的妹妹！我並沒有這樣一個愛人，妳知道，我來臺見妳的時候是非常勉強的，但是，當妳蓬著頭從屋外衝進來的那一剎那，我立即愛上了妳。妳那火辣辣的脾氣，無拘無束的個性，使我馬上下定決心要得到妳。可是，妳並不愛我，嫉妒是我能夠請到的最好的助手，如果沒有玲的話，妳恐怕早已把我趕出去了，妳知道嗎？這一切都是我的詭計，我愛妳！心怡！」

我瞪大了眼睛，半天後才用全力喊出一句：

「你這個刁鑽、滑頭、陰險的壞蛋！你……」

立刻，我被擁進一雙結實的胳臂裡，我的嘴唇被他的嘴唇迅速的封住了。我還有很多的罵人話，全部嚥進了肚子裡。我渾身無力，只能被動的，卻熱烈的反應著他那個把我融化的吻。

❖

三個月後，我們結了婚，當婚禮完成後，志崐在我的耳邊悄悄說：

「妳知道嗎？心怡，妳現在是我名正言順的妻子了！」

在另一個角落，茵姊在對我調侃的微笑著。

初稿寫作時期不詳

二〇一八年十月十五日修正

一封舊信

晚上，小琴和小勇都睡了，孩子的吵鬧聲一靜止，房裡就顯得出奇的安靜和寂寥，志遠在書桌前坐了下來，拿出稿紙和筆，想趁這寧靜的晚上來寫篇小說。可是，不知為了什麼，他覺得無法定下心來寫東西，四周是太安靜了，安靜得使他煩惱，奇怪，平常的夜晚也很安靜，他倒沒有感到不安，為什麼今晚就這麼煩亂呢？

起身煮了壺咖啡，他倒了一杯，放了顆方糖，把咖啡杯放在書桌上。他用小匙攪動著咖啡，再度坐進書桌前的椅子裡，把頭靠在椅背上，看著咖啡的熱氣上升，想要給那篇小說打個腹稿。但，他忽然想起文馨常常笑他的話：

「要寫小說拿起筆就寫吧，瞧你，先要歪頭晃腦的呆上半小時，再喝兩杯咖啡，起身走來走去，上一次廁所，小說還一個字沒寫呢！」

一想起文馨的話，他就不由自主的微笑了起來，文馨說這話倒並無惡意，他們之間向來是喜歡互相嘲笑一番的，這種打情罵俏不會損傷彼此間的感情，只能增進夫妻間的樂趣。他喜愛文馨，也因為她有一份幽默感，不像有些女人只會談別人家的八卦，或是女星的服飾。

他微笑的回過頭去，似乎是想找尋文馨，等到發現屋裡並沒有文馨時，這才想起她到臺南娘家去了。志遠並不反對文馨回娘家去玩上一星期，只是，每年文馨一回娘家，他就像一隻失去主人的羊一般，總是失魂落魄的什麼事都做不下去，所以，對於文馨一年一次的回娘家，他總有一種無可奈何的情緒。

他還記得自己和文馨的認識，那時他剛從臺大畢業沒有多久，喜歡寫寫小說，對交女朋友卻沒什麼興趣。在一個偶然的場合裡，他在臺南認識了魏子城。子城是略帶一點憂鬱氣息的中年人，別人告訴志遠，子城有一個美到極點的妹妹，並且誇張的說她簡直是人間找不出的美女，這倒引起了志遠的興趣。恰好那天是魏子城太太的生日，他就和那位誇獎子城妹妹的朋友小丁，一起登門祝壽，表面上是給魏太太拜壽，實際上當然是想見見魏小姐。

當他和小丁到了魏家門口，小丁一面伸手按門鈴，一面望著他說：

「我保管你一見她就會墮入情網！」

「真的嗎？打賭怎麼樣？我決不那麼輕易的墮入情網！」志遠不服的說。

「好！賭十場電影！」

志遠聽到一陣細碎的腳步聲跑到門口來開門，一打開門，志遠立即愣住了，心想，這次的賭是輸定了！他一直以為魏子城的妹妹會是個濃妝豔抹的都市女孩子，他生平就最討厭這種女孩。可是，出現在他面前的這位少女，竟如此的不染鉛華，而有一份高貴典雅的氣質，她隨意的披著長長的頭髮，穿著一件白色的洋裝，大而明澈的眼睛望著他們，微微含笑的說：

「請進」！

他跟著小丁走進大門，心裡暈淘淘的，就在這一瞥之下，他覺得自己已經被那對晶瑩的眼睛所捉住了。忽然，他聽到小丁在和她打招呼：

「江小姐，魏先生和魏太太在家嗎？」

「都在家！而且……」她回過頭來，含笑的掃了他們一眼。「魏小姐也在！」

什麼？難道她不是魏小姐嗎？志遠疑惑的望著小丁，小丁在他耳邊悄悄說：

「這是魏小姐的同學江文馨，魏小姐在裡面！」

這是他第一次見到文馨，誠如小丁所說，他一見到就墜入了情網，只是，不是對魏小姐，而是對文馨。正像他所想的，魏小姐確實很美，尤其身材火辣，她顯然知道自己的優點，一襲低胸緊身的洋裝令人垂涎欲滴。嬌媚的聲調和談吐，故意談著一些外國的詩人和音樂家，以表現她的不俗。志遠並不討厭她，但是，對她一點感覺都沒有。無論如何，那天大家都很愉快，文馨不大愛說話，喜歡默默的望著別人沉思，那股若有所思的神情更使他銷魂。魏太太是個不太重要的角色，但她表現的態度很好，顯然她熱愛著她的丈夫，也熱愛著所有的朋友，是個標準的、善良的女人。魏子城和善的招呼著客人，只是，總帶著他那股憂鬱氣息。

那天晚上，當他請求送文馨回家的時候，文馨似乎有點詫異，魏子城也有點詫異，大概他認為到他們家的青年都應該是他妹妹的追求者吧！但，不管怎樣，他追求文馨的經過非常順利，每次他請文馨出去玩，幾乎從不會被她拒絕，一直到他對她提出求婚，她才猶豫了起來。她要他給她時間考慮，這一段考慮的時間一直延長了兩個月。

那是他生命中最緊張的一段時間，他好像在等待著他的生死判決，每一天，他都失魂落魄，生怕被拒絕。但，最後，她答應了，他的快樂是無法言喻的，他們在臺南結了婚，後來因為他的工作調到臺北，他們又舉家遷到臺北。

六年了！不是嗎？小琴都已五歲，小勇也四歲了！婚後，他們一直是那麼快樂，他常常覺得自己是世界上最幸福的人，能夠愛人而又被人愛。世界上還有比這個更幸福、更愉快的事嗎？

夜已經深了，志遠驚覺的望望桌上，空白的稿紙依然鋪在那兒，沒有一個字跡，桌上的咖啡杯，已經續了兩次，他想起文馨的話，不禁又啞然失笑了。他記起他和文馨戀愛時，曾給她照過許多相，都由文馨收著。忽然，他想再看看那些照片，反正小說已經寫不下去了，何不再來重溫一下舊日的甜蜜？

翻出了文馨收集照片和信札的小箱子，他嘗試打開，箱子是鎖著的，他用身邊那串鑰匙試了一下，沒辦法！都開不開。他轉身去開文馨梳妝檯的抽屜，終於找出一支壓在很多雜物下的鑰匙，他拿來一試，居然打開了！這箱子是他從來沒有看過的，現在他卻很想看看文馨到底收集了些什麼東西。他找著了那一疊相片，每一張的後面，文馨都寫著拍攝的日期地點，他對一張文馨婚後的照片注視了很久，這是他們在臺南結婚後不久拍的，照片後面，他發現文馨用娟秀的字跡寫著：

「舊時天氣舊時衣，
唯有情懷不似舊家時！」

為什麼她要寫這兩句話？他覺得不解，難道文馨懷念婚前的日子嗎？忽然，他的眼光被一些信件所吸引，那是清一色的米黃色信封，被藍色的絲帶繫成一束。他隨手抽了一封，打開信紙，看了下去：

「馨：

我該怎麼說呢？我有資格請求妳不要嫁給志遠嗎？最近，我的心情紊亂到極點，好幾次，我想和她談離婚，可是，妳是瞭解我的，不是嗎？我但願她是個殘暴潑辣的女人，我就可以擺脫她了。但她那麼善良、溫柔，倚賴著我就像一隻狗倚賴著牠的主人，啊，馨，我該怎麼辦呢？

我愛妳，無論如何我不能失去妳，馨，給我時間，我會有辦法的。我不能忍受看著妳去嫁給別人，何況妳並不愛他！馨，妳千萬不能嫁給志遠，我知道，為了解除我的矛盾和痛苦，也為了我的妻子，妳已經準備犧牲自己去嫁給一個並不愛的人，但妳這樣做只能使我更痛苦……」

志遠呆住了，信很長，但他已瞭解了信中的意思，信尾的簽名是簡簡單單的一個「城」字。一剎那間，他明白了一切。六年以來，他愛著他的妻子，並且以為他的妻子也愛著他。

可是，事實上，她並不愛他，她愛的是魏子城，嫁給他只是為了解決另外一個三角關係。他不知道，在他和文馨的婚姻裡，到底誰是犧牲者？是他還是文馨？

地球好像翻了一個身，世界完全大變了，他絕望的把頭埋在掌心裡，怪不得文馨婚前要考慮那麼久，怪不得她每年都要回一次臺南，怪不得她要在照片後面寫那些字！原來她並不愛他！他想立即追到臺南，但，當他看到小琴和小勇時，他忍住了，決心等文馨回來再解決。

❖

漫長的兩天後，文馨終於回來了，一陣迎接的浪潮過去之後，孩子們睡了，夜晚又來臨了。他和文馨坐在沙發裡，四周靜悄悄的，他望著文馨，依然那麼清幽，那麼素淨，那麼飄然若仙！他覺得緊張而痛苦，文馨有點不安的望著他，終於，他開口了：

「文馨，我要和妳談一件事！」

「等一下，志遠！」文馨忽然咬著嘴唇說，臉上有一種果決的神情。「我也要告訴你一件事，這件事我早就該告訴你了！」她溜到他的腳下，坐在地板上，突然衝動的抱著他的腿，把下巴放在他的膝上，仰頭看著他，急促的，激動的，一口氣的說：

「志遠，我曾經愛過一個人，嫁給你的時候我並不愛你，我愛的是他！但是，志遠，我不知道該怎麼說，時間一天天過去，我愛你一天比一天深，你的談吐、行為、個性，都那麼可愛，啊！志遠，直到這次我回臺南去，我才發現我是那麼愛你，我竟迫不及待的想回來，我幾乎每一小時都在想你，志遠。我不能再隱瞞這件事，我要把一切經過情形告訴你，但

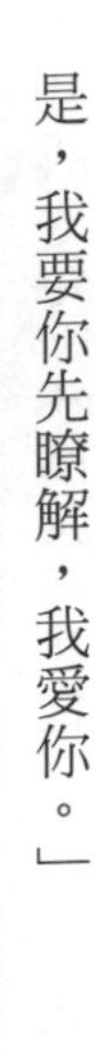

是，我要你先瞭解，我愛你。」

志遠什麼話都說不出來，只緊緊的捧住她的頭，望著那對美麗而坦白的眼睛，文馨又說：

「你要聽嗎？我要告訴你整個的事……」

「不！不要！文馨，那並不必須……」他也情不自禁的滑到地下，緊擁著她，心臟在狂跳著，感恩的感覺，把他整個吞噬了。他找到了她的唇，深深的吻住了她，感到她的身子，在他懷抱中輕微的顫慄。他的唇滑向她的耳邊，顫聲說：「我只要聽妳剛剛那三個字，『我愛你』，其他的事，都等於零！」

她的眼角，滑出了淚珠，嘴唇輕輕的震顫。他吻去她眼角的淚，又吻去另一邊眼角的淚，再度吻住她的唇。這個吻，超越了他們的初吻，一種旋乾轉坤的力量，讓他們兩人都陷進前所未有的激情裡。這使他不能不把她從地上抱起來，抱進了臥室，溫柔的把他放上床。

當一陣美好的雲雨之情過去，當兩人都滿足而感動的並躺在床上，他的手臂還摟著她的上身。半晌，那份激情才稍退，文馨忽然想起什麼，轉頭看著他，問：

「你在客廳裡的時候，說要和我談一件事，是什麼事？」

「那……那都不重要了！」

他說，心裡想著，等她睡熟了，要把那支鑰匙偷偷還回她的抽屜裡。

「不重要了？」她狐疑著，好奇著：「是什麼呢？」

「是……」他微笑的說：「我想出一個題材，可以寫篇很溫馨的小說！」

她笑了，不再追問，把頭埋進他寬闊的胸膛上。六年以來，第一次這麼慵懶，這麼舒適，她想好好的睡一覺，眼睛朦朦朧朧的閉上，幾乎立即進入了夢鄉。

初稿時期不詳

二〇一八年九月二十七日重寫

生日禮物

今天，是一個特別的日子，一個非常重要的日子。

他走在街頭，苦苦的思索，到底，今天是什麼日子？好像，他曾經記了下來，他搜索著自己的口袋，襯衫口袋，上衣口袋，外套口袋……總算，在西裝褲的口袋裡，掏出了一張皺巴巴的紙條，打開一看，不禁糊塗起來。只見上面清清楚楚寫著：「十二月一日」！十二月一日？很熟悉的日子。是啊，他立刻想了起來，今天就是十二月一日嘛！那麼，今天一定是個特別的日子，什麼日子呢？他搜索著記憶，在熙來攘往的街上徘徊。走著走著，他腦袋裡靈光乍現，是映月的生日！母親總是對他說：「不管多麼粗心大意，別忘了你老婆的生日！」母親在乎的是映月的生日，不在乎自己的生日！他也記不起來母親的生日呢！那麼，這紙條一定是母親塞進他口袋裡，為了提醒他的！誰讓他如此健忘呢？

今天，是映月的生日。結婚數年來，他總算記住了一次她的生日。十二月一日！很容易記的日子，偏偏他每年都忘記！難怪她要瞪著他說：

「這麼容易記的日子，你每次都忘記，可見得你心裡根本沒有我！」

這話是言重了。並不是他心裡沒個她，只是沒那些日子，沒那些瑣事！他連自己的生日，連父母的生日，沒有一個記得牢。但是這次，他記住了，今天，是她的生日！他必須要表示一點什麼，要給她個驚喜。

蹣跚的漫步在街頭上，瀏覽著那些五花十色的櫥窗。走著走著，他覺得有點不對勁，好像有個人一直在跟蹤他。他回頭張望，看到一個四十幾歲的陌生男子，身材高大魁梧，正在對他張望。看到他回頭，居然對他一笑。怪事！他掉頭不理，繼續去看街邊林立的商店。他模糊的想著，要買件禮物給映月，生日禮物！但是，她喜歡什麼？應該買什麼？奇怪，結婚也快三年了吧？夫妻情深，她伴著他度過了很多歲月，和他那樣密切、那樣親愛的生活在一起，他竟不知道她喜歡些什麼！是他疏忽她嗎？不、不，只是他心中永遠記不住這些瑣事！

可是，生活不就是由瑣事堆積起來的嗎？他開始想，仔細的想，到底，她喜歡什麼？想著想著，一度思想就飄遠了。他走在街上，眼睛不由自主的看向天空，天空有點灰暗，看不到任何雲彩。最近電視裡播放著「霾害」、「空汙」，現在的天空很少看到藍色的。以前他很喜歡看天空，看雲彩變幻，少年時期，可以坐在門前的老榕樹下，對著天空看個不停。能做夢的時間真好！他微笑起來，忽然間，一輛摩托車呼嘯著從他身邊飛馳而過，嚇了他一大跳，街上有積水，摩托車把積水濺得他一身都是。他還來不及跳開身子，後面那個陌生人一竄向前，拉著他的手臂，就把他帶到安全的人行道上。他驚愕的看著那個高個子，問：

「你是誰？幹嘛一直跟著我？」

「對不起！對不起！」那陌生人退後了，身子隱進人群裡。

被這樣一打岔，他走神了，看著那些櫥窗，忘了剛剛要做什麼？他努力收拾起漫遊的心緒，今天，是個重要的日子，要做什麼呢？他打開手裡那張皺巴巴的紙條：「十二月一日！」

他笑了，趕快買生日禮物去！映月才懷孕，正在害喜，吃什麼都會吐。不能買吃的，應該給她買件孕婦裝吧！他得意的笑了，走進一家百貨公司，一樓是化妝品部和飾品部，那些閃亮的燈光，那些五花八門的化妝品，看得他眼花繚亂。有個專櫃特別耀眼，他走上前去，看到許多女性的妝飾品，耳環、別針、手環、項鍊……在明亮的燈光下閃耀著。他站住了，不再去想那件孕婦裝。映月喜歡這些小飾物，總是捨不得買！

他一眼看到一副半月形的耳環，很漂亮，還跟映月的名字相映成趣。記得，有次映月看中一副月亮形狀的項鍊，在專櫃前徘徊良久，還是捨不得買。他就豪氣的對她說過：

「有一天，等我賺夠了錢，只要有月亮的飾物，我都買下來給妳！」

「神經病！」她笑著回答：「不能吃也不能用的東西，看看就好！」

可憐的映月，跟著他這窮光蛋，什麼都是「看看就好」！現在，他有錢了，他買得起這些「看看就好」的東西了。他走向專櫃前，對那專櫃小姐，指指那副耳環。專櫃小姐有點驚愕的看看他，問：

「先生，你確定要買這副耳環嗎？」

「就是！」他堅定的說：「多少錢？」

「現在是周年慶，打七五折！」專櫃小姐拿出那副耳環看標價牌，又計算了半天說：「一萬兩千五百元！還有贈品呢！買了嗎？要不要我幫您包起來？」

「好的！包起來，包得漂亮一點，我要送人的！」

「先生，你的刷卡呢？」專櫃小姐還是帶點懷疑的看著他。

他知道這種眼光，以為他沒錢？他從西裝口袋裡掏出了皮夾，一層層翻閱，專櫃小姐伸過頭來幫忙看，伸手就拿出一張卡片，如釋重負的說：

「這張就好！先生等一下，這邊簽字，我馬上幫您包好！」

真麻煩，買個東西還要簽名！這時代不同了，簽名就簽名吧！他簽了名，專櫃小姐把手續辦完，把卡片還給了他，他拿著卡片，對著皮夾發呆，裡面還有張照片，他就抽出照片來看，一看，竟是張母親的照片。剎那間，他臉孔有點發熱，如果買禮物給映月，是不是也該買一件給母親呢？於是，他又買了一個小青蛙造型的別針，母親喜歡小動物。一定會喜歡。

總算買好了兩件禮物，繞過櫃檯，他的眼睛一亮，忽然發現一個女帽的專櫃，各種女帽，都戴在不同打扮的假人頭頂上。其中一頂，立刻捉住了他的視線！那是一頂粉紅色滾著深紅緞帶、鑲著深紅小絹花的女帽！如此嬌艷，如此亮麗，如此高貴，如此青春！這不也是映月曾經「看看就好」的東西嗎？

記憶中有那麼一件事：

那年，不知怎的，忽然流行起戴帽子來了。各家的閨秀名媛，個個爭奇鬥豔的戴著頂小帽子。那時她剛剛跟他這個小職員訂婚。別談帽子，他幾乎沒有送過她任何東西（郊外採的野花不算）。映月從沒表示過她想要一頂帽子，他更想不到帽子上去。有一天。他們去她表姊家作客，表姊長得不漂亮，生活卻過得不錯。他們的拜訪趕上了一個好時候。表姊剛從外面購物回來，手裡捧著一頂粉紅色的小帽子！

站在鏡子前面，表姊戴著那頂帽子，左顧右盼，神采奕奕的。看到了瑟縮在一邊的映月，表姊伸手把她拉過來，把帽子扣到她頭上，說：

「試給我看看，到底好不好看？」

映月戴上了帽子，深吸了口氣，站在鏡子前面。他從鏡子裡望著她：那發亮的眼睛，那明豔的雙頰，那年輕而美好的肌膚，加上那頂嬌媚而俏皮的小帽子，他從沒有發現她是那麼美，那麼動人！那天，他送她回家的時候，她一路都很沉默，直到走到了家門口，她才抬起眼睛來，用溫柔的眼神看著他，微笑的說：

「帽子只是奢侈品，遮不了風，擋不了雨，我不會喜歡一頂帽子！」

他看著她那眼神，當場發誓般的說：

「等我成功了，我會買各種帽子給妳！」

她笑笑，什麼都沒說。後來呢？他成功了，他有錢了，但是，他把帽子這回事，早就忘得乾乾淨淨了！而現在，像時光倒流一般，他又看到和那年如此相似的帽子！他瞪視著那頂帽子，眼前浮起的是她戴著帽子時的那張臉。奇怪，這些年來很健忘，多少瑣事都忘了，他卻會記起這頂帽子的事來！現在，他有錢了，現在，他可以買頂帽子給她了！他的心跳加速了，呼吸不由自主的急促了起來，想想看，她看到這頂帽子時的表情！

於是，他又在專櫃前面，買了這頂帽子。

當帽子放在考究的帽盒裡，拿到他面前來的時候，他才吃了一驚。原來，這帽子加上帽盒，是如此龐大的「禮物」！他拎著帽盒，口袋裡塞著月亮形和青蛙形飾物，終於走出了那家百貨公司。

穿過大街，走過小巷，他吃力的邁著步子，今天實在已經走了不少的路，但他不覺得累，不覺得疲倦。他眼前一直揣摩著映月看到帽子時的表情，和戴著帽子時的樣子！哦，這是件很好的生日禮物，不是嗎？忽然，他又在街邊停下了，一家西點店正冒出新出爐麵包的香味，在那櫥窗裡，赫然有個生日蛋糕！

他低頭看看手心裡，那張已經被他捏得不成形的紙條，「十二月一日」依稀可辨！生日，怎能沒有生日蛋糕？

半小時後，他左手拎著生日蛋糕的盒子，右手拎著帽子的盒子，口袋裡揣著閃亮的飾物，有些狼狽的向家裡走去。後面，那個陌生的高個子，不知打哪兒鑽出來，攔住了他，帶著一臉的笑意，說：

「我幫你拿蛋糕，你拿帽子就好！」

他急忙一退，警戒的看著那個男子。

「你一直在跟蹤我嗎？你是ＦＢＩ嗎？我又不是外星人，你跟蹤我幹什麼？走開！我不需要你幫忙，你再跟蹤我，我就報警！聽到沒有？」

「是是是！對不起！」陌生男子又退開了。

真是，今天怪事不少！他有些喘氣，步履也有些滯重，汗珠從額上滴下來。他停在街邊上，用一隻手托著蛋糕盒，把帽子盒放在街邊上，騰出一隻手伸到口袋裡去掏手帕。就在這時，一陣強風吹過來，地上的帽盒被颳到了街上，他慌忙追過去，嘴裡嚷著：

「帽子，帽子！我的帽子！」

一輛計程車疾馳而來，正輾在那帽盒上，他撲過去要搶救，一聲尖銳的緊急剎車聲。他摔倒在馬路的中央。生日蛋糕騰空飛去，跌碎在路面上。

行人圍攏了過來。那高個子又飛竄過來，把他從地上扶了起來，發現他額頭受了擦傷，就緊張的撥弄他的頭髮，再檢查他的手腳，看有沒有骨折什麼的。路人們拍著胸脯，紛紛嚷著：

「為什麼拿那麼多東西？」

「要小心車子呀！馬路像虎口！」

「沒送命算你命大！」

「帽子，我的帽子！」

這些聲音交織的在他耳邊響著，他卻完全沒有注意，只是喊著：

他指著那車輪下壓扁了的帽盒。計程車倒退開去。高個子又趕緊飛奔過去，拾起那壓扁的帽盒交給他，他緊緊的捧在胸前，哀傷的看著已經無救的生日蛋糕，扼腕的說：

「好不容易買了生日蛋糕，弄得亂七八糟了！」他想想，嘆口長氣。「帽子壓扁可以修吧？蛋糕沒了也算了！還好有月亮耳環！」

他搖了搖頭，捧著壓扁的帽盒，放棄了跌碎的蛋糕，跌跌衝衝的向前走去。行人們莫名其妙的散開了。只有那高個子亦步亦趨的跟著他。說：

「我幫你拿著帽子好不好？」

「不要管我！走開走開！」他對那陌生人喊著，揮舞著沒拿東西的手。

眼見到了家門口，只見大門洞開，母親在院子裡，和幾個僕人模樣的人，在著急的吩咐著什麼。忽然抬頭看到他走進門，這才呼出一口氣，驚喊著說：

「你又一個人跑出去？不是跟你說了嗎？你現在身體不好，正在生病，沒有方向感，出去會迷路，你就是要我擔心，是不是？」然後，他看到他額上的傷痕了，又驚呼著說：「你怎麼了？啊呀！你受了傷？全身都是土！啊呀！你……你……你這是怎麼了？」她的眼光在他身後搜索，一眼看到那個高個子，只見陌生人竟然跟著他進了院子，對母親說：

「不要緊張，我一直跟著呢！他去逛百貨公司了，差點被計程車撞到，我檢查過了，只是額頭擦破了皮，沒有受傷！」

母親趕緊拉著他的手腕，把他拉進了客廳裡。他總算可以開口說話了：

「媽，映月呢？」他倒進椅子裡，雖然有點累，卻特別興奮，邀功似的說：「我總算記住她的生日了，我給她買了帽子，買了生日蛋糕，還買了月亮首飾……可惡的計程車，把帽子壓扁了！生日蛋糕也完蛋了……媽！妳快叫映月出來，看看這帽子還有救沒有？」

母親接過了那個壓扁了的帽盒，用一種悲憫的眼神看著他，他即時想起青蛙首飾來，有點訕訕的從口袋裡，掏出那兩樣倖免於難的首飾，交給母親：

「媽！我也買了禮物給妳！那隻青蛙別針，妳看看喜歡嗎？」

母親愣了愣，就小心翼翼的打開包裝紙，從首飾盒裡拿出那兩樣首飾，她眼裡迅速的充淚了，轉開了頭，她悄悄的拭去眼角的淚，不敢給他看到，低聲說：

「你居然記住了映月的生日？還買了三份禮物給她？」

「是啊！她去哪兒了？」他揚著聲音喊：「映月！映月！快來看妳的生日禮物，我沒有忘記，今天是妳的生日，我買了……買了……」

「別喊了！」母親溫柔的說：「映月，她……回娘家去了！你……忘了？」

「回娘家？」他一怔。「生日回娘家去過嗎？怎麼沒告訴我？」

「你先去洗個澡！等會兒她就回來了，不管帽子壓扁沒有，我相信她都會很開心的，何況，還有耳環呢！」

是的！母親的話沒錯！他要去洗個澡，全身都髒了，還要小睡一下，然後，映月就回來了！他滿意的點點頭，站起身來，忽然看到那個高個子站在他身後，就愕然的問母親：

「媽！這個人是你僱來看住我的嗎？我走到哪兒，他就走到哪兒！我不過有點健忘，妳何必這樣小題大作？我不是自己走回家了嗎？妳別弄得我像白癡一樣好不好？才三十來歲，總不會失智吧？」

「是是是！」母親一個勁兒的點頭：「你只是有點健忘，沒什麼了不起！是我……我……太小題大作了！」

「我去洗澡！」他給了母親一個調皮的笑，跟著一個女傭，走進臥室裡去了。還叮嚀了一句：

「映月回來，告訴我一聲！」

「好的好的！」母親一疊連聲的說：「洗完澡，你先小睡一下，映月回來，我就喊你！這些……禮物，你要親手交給她。你，總算記住了她的生日！」

「因為妳的紙條！」他揮揮手裡還緊握的紙條。「十二月一日！」

母親一呆。眼看他進了臥室，臉上的線條才鬆懈下來。然後，她把飾物放在桌子上，小心的拿起那頂帽子，小心的拆掉了那些破破爛爛的包裝紙，望著手裡那不成形的帽子。粉紅色的小絨帽，小絹花，緞帶的花結……都已破碎了。她憐惜的撫摸著那花邊、那緞帶，無限無限憐惜的撫摸著。然後，她抬起眼睛來望著站在旁邊的高個子，眼裡蘊滿了淚。

「這是我收到的最好的生日禮物！」她低語，對高個子說：「那張紙條，還是半年前，我放在他口袋裡，要他記住回診的日子！這褲子是冬天的，他什麼時候穿上的？今天是七月八日，跟十二月差了半年多，他的情形卻差了好多年！現在，我是他的媽，你這個兒子，他也不記得了！可是……我居然收到了雙份生日禮物，有帽子有別針，映月的帽子，媽的別針，他還說了這麼多話……已經不容易……」

「三份生日禮物！」兒子更正說，上去溫柔的看著映月。「還有摔碎的生日蛋糕！醫生說，他忘記的事物就不會再記起來了！雖然他忘記了我這個兒子，雖然他把妳當成了他的母親，但是，在他內心，還記住了映月和祖母！或者，下一分鐘，他就會忘記映月……媽！不要傷心，珍惜此刻，他還記得妳名字的當下！珍惜這些生日禮物吧！他挑選了好久呢！雖然今天不是任何人的生日！」

是的，珍惜此刻！映月那白髮蒼蒼的頭上，戴著那頂壓扁的粉紅帽子，珍惜此刻！眼淚，從她眼中緩緩流下，緩緩流下。她再拿起桌上那兩件飾物，戴上耳環，再戴上別針，在內心低低的說：

「雖然你失智了，我還沒有失智，你掉到什麼年齡，我就跟你一起進入那個年齡！現在是映月年輕期，我變不出那個年輕的映月，我還可以扮演你的媽！謝謝你，謝謝你的生日禮物！」

窗外的大樹上，有一對白頭翁正在築巢，嘰嘰喳喳的叫著。映月的眼光，看向那對白頭翁，白頭翁，一定會白頭偕老的！不知道白頭翁到了老年，會不會失智呢？淚，再度充盈在她眼眶裡。

根據舊作，重寫於可園
二〇一八年十月二日

第三輯

夢影集

「金急雨」的故事

**人生有多少無法捕捉的過去？
失落的東西，能不能再拾回？**

很多年很多年以前，有一個夏天的下午，我和好友張菱舲散步在臺北市的某條街道上。菱舲是個女作家，寫過《紫浪》、《十七顆紅豆》等小說。她比我大兩歲，卻天真爛漫，完全不知人情世故，我常戲稱她是「生活在童話世界裡的女人」。菱舲愛笑、也愛哭，充滿了幻想似的熱情。她經常不通知我而來看我，如果撲了空，她會在我書桌上留張條子：

「〇〇到此一遊。」

她總是簽名為「〇〇」，或者是「零零」，以自嘲她自己的那份「渺小」。那一陣子，她曾經是我的閨中好友，那一陣子，我們常在一起談人生，談幻想，談感情。

且說那天下午，我們散步在臺北市的某條街道上。忽然間，一陣風吹過，我只看到眼前紛紛亂亂的飄過一片片的黃色花瓣，像許許多多穿梭飛舞的小黃蝴蝶。我抬頭一看，才發現路邊有好幾顆大樹，樹上開滿了一樹金黃色的花朵，迎著陽光，綻放著燦爛的光華。我站在那兒，又驚奇，又喜悅，那花瓣不停的飄墜，地上早已鋪上了一層花瓣織成的地毯。我注視著那陣「花雨」，第一次瞭解了成語中「落英繽紛」四個字的意義。

「這是什麼花？」我問菱舲。其實，並不相信她知道花名。

「金急雨。」她回答。

「金急雨？」我看著那金色的，像雨又像夢的花瓣，真以為這名字是菱舲「見景生情」，臨時編出來的名字，我笑著說：

「騙人！我研究過植物，從不知道有種花叫金急雨。胡說的！」

「是真的！」菱舲一本正經的說。「決不騙妳！不信的話，妳可以去問專家！這花太美，我常從它下面走過，所以，我要弄清楚它的名字！」

菱舲不會撒謊，我知道，這花確實叫「金急雨」。這是我第一次聽到「金急雨」的名字，以後，也沒再聽別人提起過。沒多久，菱舲遠涉重洋，去了美國，以她疏懶的個性，是不會寫信的，從此，我們失去了聯絡。

❖

年復一年，菱舲一去無消息。人生就是這樣的，我十八歲就寫下了「海角天涯，浮萍相聚，嘆知音難遇。」及「昨夜悲風，今宵苦雨，聚散難預期。」的句子。朋友總是一個時期一個時期在更換的。這些年，我好忙，好累，忙於寫作，忙於旅行，忙於電影……我的朋友越來越多，越來越廣泛，可是，我常想起菱舲，和那陣金急雨。

今年春天，我開始寫一部長篇小說《我是一片雲》。不知是什麼靈感，第一章裡，我就寫下了女主角採「金急雨」花的一段。小說開始連載，遠在美國的畫家廖未林先生畫插圖，竟栩栩如生的畫出了「金急雨」。未幾，我和鑫濤等四個朋友成立「巨星」公司，這是我們拍攝的第一部電影。張永祥先生編劇，我覺得和我的小說有些出入，又重新寫了一遍劇本。

劇本中，女主角當然要採「金急雨」。到這時候，大家才問我：

「什麼地方有金急雨？」

「在一條街上。」

「什麼街？」

早已不記得街名，只依稀記得那位置，我發誓要找到金急雨！於是，好些日子，我們開了車，大街小巷的去找我記憶中的那條街，終於，我找到了那條街，站在街邊，我目瞪口呆！何處有金急雨？眼前所見，只有新建的高樓大廈，往日那滿天飛舞的黃蝴蝶，已幻化為鋼筋水泥的大建築物。我失去了金急雨，就像失去菱舲的音訊一樣。

有好長一段時期，我悶悶不樂，因為找不到「金急雨」。並非為了拍電影（電影中了不起可以做假花，或刪改劇本），而是為了好些失落的東西，好些無法捕捉的過去，我有份難言的悵惘之情。朋友們看我如此介意，反過來安慰我：

「沒有金急雨，我們可以找別的花代替！」

有什麼花能代替金急雨？我默然，卻依舊落落寡歡。那年五月，《我是一片雲》已在緊鑼密鼓的籌拍中。我因要去簽約海外電影的上映合約，而必須到香港。在香港逗留一週，返家之日，朋友們都到機場來接我，混亂中，我只覺得鑫濤笑得神祕。回到家裡，一進房間，我就驚奇的發現，在我桌上有一瓶燦爛的、金黃色的鮮花，竟赫然是我夢寐以求的「金急雨」！

「我們終於找到了金急雨，」鑫濤說：「全臺北市，可能就只有這麼一棵！」

當晚，我那麼興奮，以至於等不及第二天，我們浩浩蕩蕩一大幫人，就跑到了臺北近郊的那條巷子裡，去「瞻仰」那棵正在盛開的「金急雨」。當時，我對導演陳鴻烈說：

「這棵花得來不易，就怕開不長久，希望在花謝了之前，我們能開鏡，開鏡之後，希望能先搶拍金急雨！」

誰知，《我是一片雲》因女主角林青霞軋期，兩位男主角秦祥林和秦漢也都在軋片，而延遲了開鏡日期，到八月初，終於開拍了。

片子一開拍，就是幾場重戲，大家似乎都遺忘了「金急雨」。只有我，閒來無事，就要去那條巷子轉一轉。「金急雨」來得古怪，忽開忽謝，花開了，我心歡暢，花謝了，我心悵惘。這樣，看了好幾天，眼見花已經不那麼茂盛了。我對導演說：

「拜託拜託，先搶拍一下金急雨，否則，花謝了而拍不到的話，我一定會哭給你看！」

導演笑著說：

「妳放心！後天一定拍！」

還沒到「後天」，第二天清晨，我被風雨聲驚醒，跳下床來，只聽到風狂雨驟，拉開窗簾，滿玻璃的雨珠，紛紛亂亂的滾落。我衝出臥室，兒子迎面而來，報告我一個大消息：

「媽！強烈颱風畢莉今天登陸！」

我嚇了一大跳，打開窗子，狂風撲面，窗外的幾顆椰子樹，早已東倒西歪。我腦子裡頭一個閃過的念頭，就是我的「金急雨」！慌忙打電話到片場，接線生告訴我：

「全體工作人員，導演和演員統統去搶拍金急雨了！」

我心裡稍稍安慰了一些。可是，眼看狂風暴雨，一陣比一陣強烈，又想起「夜來風雨聲，花落知多少」！心裡就又擔憂起來了。就這樣患得患失的，好不容易，鑫濤從現場趕來，告訴我大家冒雨「搶拍」金急雨的情形，副導演劉立立爬到金急雨樹上去採集花枝，所有工作人員淋得透濕，林青霞躲在汽車裡化妝，受盡風吹雨淋之苦，導演陳鴻烈的衣服濕了又乾，乾了又濕不知幾度……

晚上，導演和我通了一個電話：

「瓊瑤，我們搶到了金急雨！所以妳不用哭！」

「拍得出來嗎？雨那麼大！」我問。

「雨是很大，拍也拍了。可是，妳必須要有心理準備，萬一將來效果不好，或無法連戲，可能要剪掉！如果天晴之後，花能再開，我們可以再拍一次！」

掛斷電話，正是颱風全面襲擊臺北市的時候，風聲呼嘯著從街道上穿過，雨點刷刷的撲打著玻璃窗，接著，全市停電，陷入黑暗之中。我燃上了十幾支蠟燭，聽著風聲雨聲，望著燭光搖曳，默禱著我的金急雨花！在電影裡能開得燦爛，在真實中也能永不凋零！

風停雨止之後，我忍不住，又去了一次金急雨花下，抬頭一看，滿目淒涼，枝殘葉落，那黃色的小蝴蝶，早已無影無蹤！我在樹下憑弔頗久，附近的居民告訴我：

「昨天林青霞在這兒冒雨拍戲。拍這棵花，昨天，這棵樹上都是花，不像現在這樣光禿禿的！」

我勉強的笑了笑，問：

「你們知道這棵花叫什麼名字？」

「不知道，我們都叫它黃蝴蝶。」

「它叫金急雨。」我一本正經的更正。望著那枯枝，想著它的名字，金急雨，終被「急雨」一掃而去。

回到家裡，我決定了，我要留住《我是一片雲》中的「金急雨」！如果花能再開，重拍一次最好，如果花不再開，我要留住那「急雨」中的「金急雨」！即使它拍出來「像霧又像花」！

為了很多年很多年前的那個下午，為了失去音訊的菱舲，為了朋友們發瘋的找尋它，為了所有工作人員整日的冒雨拍攝，為了《我是一片雲》！我要留住「金急雨」！雖然，我問過導演：

「到底金急雨在片中有幾個鏡頭？」

「三個！」三個鏡頭，一整個工作天，多少人的心血！

於是，在《我是一片雲》裡，林青霞採了「金急雨」，直到這部電影上映以後，我才知道，我們拍的那黃花，並不是「金急雨」，而是「黃蝴蝶」。真正的「金急雨」是一串一串的！我們卻在電影中，把它叫成「金急雨」！管它呢！電影都是假的，林青霞能演段宛露，就讓「黃蝴蝶」扮演一次「金急雨」吧！

初稿寫於一九七六年十月
二〇一八年十月五日重新整理於可園

玉山行

楔子

「臺灣什麼山最雄偉？最美麗？」
「玉山！」
「那山有多高？」
「一萬三千多英尺。」
「一萬三千多英尺又有多高？」
「妳上去了就知道。」
「那山究竟有多美？」
「妳上去了就知道。」
「有沒有人把它用影片拍攝下來過？」
「從沒有！那是件不可能的事！」
「不可能？為什麼不可能？我們要把它拍攝下來！世界上沒有『不可能』的事！我們的《幸運草》，就要選擇玉山為背景！」

這就是一個開始，那天晚上，在我書房中那靜幽幽的燈光下，一群人；一群不知天多高地厚，滿腦子充滿了幻想與藝術狂熱的人，有了這一段近乎兒戲的談話，竟真正的引發了一個「登玉山，拍電影」的壯舉。但是，那天晚上，對我而言，只是一個強烈的引誘，對於所有「美」的事物，我一向有種鍥而不捨的追求的決心。那時，我不太關心是不是真要上去拍電影，只關心「它」是不是真像傳說的那樣「美」，於是，我說：

「我要上去看看！」

「妳？」一個曾上去過的朋友瞪著我說：「像妳這樣整天關在書房裡的人，也想上玉山？妳知道那有多艱險？」

「如果我上不去，」我說：「你認為那些女演員能上去嗎？假如這山真美到值得我們為它賣命的地步，那麼，大家就為它賣命吧！但是，在賣命之前，我一定要先證實一下，它是不是真美！」

於是，在《幸運草》拍攝之前，隨著外景勘察隊，和登山協會的幾位協助人員，我上了玉山！

日出，達達加鞍部

阿里山被登山小火車拋到身後了，那幾棟觀光旅舍早已隱埋在一片原始的叢林之下，除了清晨的幾縷炊煙，正從那一層層的柳杉、紅檜，與針葉樹之間裊裊上升之外，根本再也找不出一丁點兒「人」的痕跡來。山間晨霧瀰漫，樹枝上宿露未收。從小火車的窗口望出去，許許多多的山峰重疊在谷底，在雲霧中半隱半現。近處的針葉林，已形成一片蒼茫的「綠海」。而阿里山……再也看不見阿里山了，它已被那不知從何處湧來的，翻翻滾滾的雲海所吞噬了。在那雲海的正中，一道刺目的金光正冒了出來，數抹嫣紅，像打翻了的紅色水彩顏料，在雲海中蔓延的沁開，把白雲全染紅了。於是，那統治著全世界的太陽，就那樣冉冉的、慢慢的上升，倏忽間，就變成那樣一團刺目的火紅，逼得人再也無法直視。

小火車喘息著，咳嗽著，慢騰騰的向上爬，吃力的吐著氣，左搖右擺的震動。穿過山洞，穿過雲層……似乎要把我們一直帶到雲霄宮闕。然後，驟然間，一聲汽笛狂鳴，小火車大大的吐出一口氣，停了。

「怎麼了？」我問同行的藝術家張國雄，他是識途老馬，他已有過兩次登玉山的紀錄，第三次仍然興致沖沖。

「我們要步行，小火車再也上不去了。」

「要開始爬玉山了嗎？」

「不，我們要走到達達加鞍部，再步行到登山口，然後才開始爬山，目前，還不算開始。」

達達加鞍部，這名字給人一種奇異的感覺，像一個山地的部落名稱，讓人聯想到土人、酋長，及原始的森林地帶和不毛的蠻荒。帶著好奇，帶著興奮及喜悅，我們開始了一段漫長的行程。

這段路並不崎嶇險峻，雖然都是上山路，卻相當寬闊，不時有運木材的大卡車，載著一車車的原材，從山上下來，掠過我們身邊，揚起一陣塵土。太陽逐漸升高，散發了逼人的熱力，我們向上行走，爬了一個坡，又一個坡，繞了一個彎，又一個彎。於是，喘息，流汗，大大的吐著氣，我們就像那老邁的登山小火車，已不堪其苦。

「這樣要走多久？」

「還沒有到達達加鞍部！」

「天哪！」

「等走到十八彎，妳再叫天哪！」

「十八彎是什麼？」

「是十八個蜿蜒陡峻的彎路。」

我抽了口冷氣，繼續向上行走，決心先把未來的艱苦置之不顧，只顧目前。接著，我就不自禁的發出一聲驚呼，頓時忘記了所有的疲勞，目瞪口呆的望著路邊的一個奇景，眩惑了，震撼了。

那是一座奇異的叢林，矗立著一棵棵高大的枯木，整個樹林找不著一片綠葉，樹幹樹枝，卻都反常的成為黑色，像經過了一場詭祕的火災，燒掉了所有的樹葉，燒黑了所有的樹幹，奇怪的，卻是每枝樹幹都挺立著，直向雲霄，卻沒被燒成灰燼或倒塌。

「這是怎麼回事？火災嗎？」

「不是，沒人能解釋這些樹是怎麼回事，但這些樹都神祕的枯死了。」

「一座死亡之林，」我喃喃的說：「一座黑木林。」

「玉山上還有一座白木林，更神祕，卻美得出奇！」

「這是什麼地方？」

「達達加鞍部。前面就是登山口。」

我站住，環視四周。沒有土人，沒有部落，沒有蠻荒的帳篷和戰斧。只是層巒疊翠，林木和岩石。我站在一塊較平坦的高地上，一邊是遍山野的、奇異的黑木林，另一邊就是萬丈懸崖，在懸崖的邊緣上，一棵古老的松樹，孤獨的直立在雲天蒼茫裡，像一隻巨人的手，托住了整個的天空。我輕吸了口氣，低聲說：

「達達加鞍部，一個神祕的，夢似的地方！」

登山口，十八彎

從運木材的大路，轉進了斜岔在路邊的一條山道，我們進入了登山口，這才是真正艱苦的開始。這條路……與其說是路，不如說是沿著山壁的一條凹痕。這是成千上萬不畏艱苦的登山者踐踏出來的，一面是萬丈深谷，一面是峭壁懸崖。深谷中是巨石與巨木，懸崖上也是巨石與巨木。每跨一步，不免戰戰兢兢，偶一失足，必然屍骨無存。何況，據登山協會的人說，從這兒摔下去而喪生的，已不乏其人，更增加了一份心頭的驚悚。可是，周遭那份懾人心魂的美，卻迅速的驅走了那份恐懼，把人陷進了一種奇異的眩惑和迷惘裡。

從不知道山是這樣震懾人的，從不知道樹木會有這樣多的奇形怪狀。從不知道雲來雲往，是這樣的逍遙自在。從不知道山風呼嘯低鳴，會婉轉如歌。從不知道同一種綠色，竟變化萬千。從不知道陽光透過樹隙，會散發那樣多閃爍變幻的光點和光線……從不知道的事情實在太多了！最奇妙的，還是那些樹和雲。

那些經過了無數個朝朝暮暮，看過無數次日出日落，挨受過無數風風雨雨的千年古樹，一株一株，一棵一棵，矗立在雲層裡和懸崖上。有的枝葉茂密，像一張大傘，有的瘦削挺拔，像一枝插天之筆。而雲騰霧繞，纏著那些樹，擁著那些樹。雲掛在樹梢，霧繞在樹底。枝幹和樹葉，常那樣離奇的浮懸在雲霧中，像一幅幅水墨的國畫。而一陣風來，會在剎那間，雲飛霧散，景致瞬間改變。樹木清晰，陽光閃爍。換景之快，使人目瞪口呆，彷彿剛剛那一幅幅雲霧蒼茫的國畫，都是什麼仙人的幻境，而根本不曾存在過。

誰曾在那樣短暫的時間裡，目睹過那樣瞬息萬變的景致？這景致太過奇妙，太過誘人，竟使人忘了疲倦，忘了驚險，忘了汗流如雨和喘息，直到走上了十八彎。

十八彎！那是怎樣的山路！蜿蜒曲折而陡峻，成十八個S形向上延伸，走完第一個彎，汗已濕透了背上的衣服，氣喘如牛，整個心臟都猛跳不已。在彎路上，不時要翻過橫亙的巨石，巨石上遍是苔痕，滑不留足。任何一個細小的疏忽，都可以讓人翻落谷底。行行重行行，一群人在彎路上蜿蜒著，成為好幾疊，前面的人在向後面的人打氣，但是，天哪，這十八彎像是上天之梯，而永遠永遠走不完！當走完這十八彎，前面又有著什麼？那建築在山巔之下，供人休息的排雲山莊，究竟在何處？山頂？還是天上？

棧道！危險！

「棧道！危險！」

前面的人叫著，不住的叫著。那一條條粗工的棧道就橫在腳下了。像鐵軌上的枕木，一條一條，中間留著寬大的空隙。和軌道所不同的，枕木下是實地，而這棧道下卻是萬丈深谷。那些木材經過風吹雨打，有的已經腐朽，有的長出了蕈子。跨上去不是滑足就是吱吱響，每走一步，禁不住心驚膽戰，再加上那空隙下的深谷巨石，歷歷可見，更使人頭暈目眩。好不容易，走完了一條長長的棧道，剛剛透出一口氣來，前面的人又在叫了：

「棧道！危險！」

一條新的棧道又出現在眼前了，更長，更險。走完了還有另一條，再另一條，又另一條……無數的棧道，無數的彎路，無數的峭壁懸崖，組成了這條上山之路。

白木林

「雲來了！雲又來了！」

那樣一陣濃厚的雲層，輕輕飄飄的浮了過來，轉瞬間，眼前全是白茫茫的一片，再也分辨不出天與地，樹木與巨石，雲把什麼都遮沒了，都掩蓋了，連幾步路外的同伴都看不見。這一剎那是奇異的，雲圍著你，雲繞著你，雲托著你，周遭的空氣涼而濕潤，濛濛然，茫茫然，把一切都輕飄飄的籠罩住。然後，只那麼一忽兒，雲又走了，來得快，去得也快。雲才散開，眼前已呈現出那樣一番奇異的景致，就像一下子拉開了的幕布，幕後的布景竟美得出奇！

白木林！這就是玉山上著名的白木林了。

一株株雪白的樹木，綴在那綠色的山脊上，樹枝椏椏伸展，挺秀而超拔。有那麼強的一股遺世獨立的味道，沒有一片樹葉，樹梢全是光禿的，直直的伸向了那渺不可攀的雲天。像一些穿白衣的隱士，靜悄悄的蟄居在這深山裡，無取無求，無怨無悔，卻別有那樣一抹無可奈何的味兒。我呆住了，同行所有的人都呆住了。

「美嗎？」高山嵐問我：「妳見過這樣的景致嗎？」

我只能發出一聲驚嘆。

「值得冒生命危險把它拍攝下來嗎？」他再問。

「你敢帶上百的工作人員到這兒來拍電影嗎？」

「我敢！妳要知道，這兒攝下的每一個鏡頭，都是至高無上的藝術品！」

「那麼，拍攝吧！讓我們去做別人所不敢的事吧！」我喊著。面對著那些白衣秀士，我折服了。第一次，我深深的瞭解了，為什麼許多人會為了爬山、探險，而冒著生命的危險。

這世界畢竟太奇妙，值得你探索又探索，去珍藏住每一個美麗的鏡頭呵！

落日與奇寒

行行重行行。

一小時又一小時，一條棧道又一條棧道，一塊岩石又一塊岩石……走，向前走，不能停留，天黑以前必須抵達排雲山莊，在山莊裡，先驅部隊的山胞們已經生了火，那兒有著溫暖，有著食物。走吧，向前走，哪怕背脊都已直不起來，哪怕兩腿已沉重如鉛，向前走，必須儘快的向前走，因為太陽已經下山了。

是的，太陽正在沉落著，迅速的沉落著。那麼一個巨大的、火似的紅球，在雲海中墜落。太陽附近的雲層已被染了色，如火如霞，嫣紅的，熙攘的，簇擁著那團落日，讓它在雲堆裡深旋，深旋，一直旋進了雲海的底層，淹沒了，消失了，那些彩色的雲朵，也跟著隱滅無蹤，天，迅速的黑了。

山木變成了幢幢的黑影，山風起處，濃重的寒意對人撲面而來，氣溫隨著太陽的沉落而下降。暮色在四面八方堆積。那些高聳的樹木與岩石，全呈現出一種嵯峨、靜穆，而懾人的氣氛。大家亮起了手電筒，一朵朵星星點點的紅光，在山野裡疏疏落落的亮著，搖搖晃晃的向前遊進，在這荒原裡構成一幅奇妙的圖畫。

最後十五分鐘

「還有多久可以到排雲山莊？」饑寒交迫，疲倦萬分，我精疲力竭的問張國雄。

「再走十五分鐘，最後的十五分鐘。」

「還有十五分鐘！」我嘆息著，這比一個世紀似乎還長久。但是，走吧！除了走，沒有第二個辦法。走吧！加快步子，或者可以把十五分鐘縮減成十分鐘，咬緊牙關，走吧！走吧！走吧！

十五分鐘以後，暗沉沉的山野裡，仍然望不見排雲山莊的影子，只在峭壁上，大樹幹上，可見到登山協會以前留下的標語，大字寫著：

「**加油！朋友！排雲山莊就在前面了！**」

「到底還要走多久？」我再問。

「大概十五分鐘。」

「怎么還要十五分鐘？」

「這是真正最後的十五分鐘了。」

我嘆息，走吧！拉緊了衣領，冷風像刀一樣銳利，四周已漆黑一片。暗夜裡，每一條棧道和鬆動的岩石都構成了威脅，走吧！走吧！走吧！還有多久可以走到？十五分鐘又過去了。接著，是再一個十五分鐘，又一個十五分鐘……

「到底還有多久？」我再問。

「十五分鐘。」張國雄答。

「到底還有幾個十五分鐘？」

「這是最後一個。」他笑了。「如果我不騙妳，妳早就不肯走了！」

於是，咬緊牙關，耐著嚴寒，走吧，向前走。月亮出來了，一彎上弦月，迷迷濛濛的。我抬頭望著月亮，一萬三千多英尺，我已經和月亮接近了一萬三千多英尺！再高一點，我可以伸手摘下月亮了！

「瞧！排雲山莊！」

不知誰喊著，我抬頭望向前去。從沒有看過這樣美麗的房屋，從沒有看過這樣美麗的燈火！呵，我周身振奮，回望整個玉山，正罩在一片迷濛的月光之下。呵，山！奇妙的山！美麗的山！我將挽住你，永不讓你溜走！永不！你的美，你的神奇，你的雄偉，你的殘酷，你的旖旎，你的變幻，你的一切的一切！我將挽住你！我將捉住你！我將永遠留住你！

於是，我們拍攝了《幸運草》。

於是，我們挽住了「玉山」。

寫於一九七〇年四月

後記

我們的「火鳥電影公司」，真的帶隊到玉山，拍攝了《幸運草》，所有的演員和工作人員，都爬上了那座山，在高山嵐的帶隊下，在工作人員和演員的賣命下，我們拍下了那些美景。其中的辛苦，沒有人會相信。演員和工作人員，幾乎個個受傷，幸好沒有人掉下懸崖。拍完這部戲，又經過剪接，實在是一部「美不勝收」的電影！我們留住了玉山！可惜，經過漫長的歲月，這部電影的底片已經遺失。再也找不回來了！我們留住的玉山，依舊消失無蹤。實在是個遺憾。

二〇一八年十月十八日補記

雪球從影記

雪球，過去沒有任何從影的經驗，也沒有接受過任何表演訓練，但第一次參加演出時，居然有板有眼，不慌不忙，並且大搶鏡頭，深得導演讚賞。雪球所「客串主演」的電影，在臺北放映時，造成極大的轟動，雪球因此而「聲名大噪」，有一天我帶雪球上街，大大引起了一番「矚目」。尤其是女學生們指手尖叫：「雪球！雪球！」眾口一辭的稱讚雪球漂亮，可愛，電影上映前後，雪球的名字及「倩影」更經常在電視及報刊出現，可說是出盡風頭。

更想不到的，居然有一家電影公司、三家傳播公司，派人前來洽商出借拍片，都被我一一婉拒。

當大家熱衷於談論發掘新人的時候，可千萬別誤會雪球是巨星公司發掘的「影壇新秀」。雪球，只是我家的一頭北京狗。

❖

一九七七年的春天，巨星公司正在溪頭拍攝《奔向彩虹》，我那時剛剛寫完《雁兒在林梢》初稿，帶著需要細修的稿子，上山慰問演職員。山上的風景實在優美，就留下來與大家「共享甘苦」，同時在山上修稿。正巧是我生日，青霞他們從臺中運來了特大號蛋糕，鑫濤從臺北派人帶來的禮物，是出生才兩個月大的雪球。當時由皇冠的美編吳璧人，捧在手裡奔出來送給我。那時的雪球像一隻絨毛玩具狗，差不多一隻松鼠那麼大，當牠竟然在我手中蠕動起來，我尖叫著說：

「牠是活的！牠是一隻真的狗狗！」

這隻小北京犬，因為《雁兒在林梢》的關係，我延用了書裡的名字：「雪球」。

⁘

話說雪球來到我家之後，立刻引起了全家的「爭寵」，非但覺得牠越長越可愛，更發覺牠聰慧絕頂。牠一下子就學會了在指定的報紙上大小解，追皮球，啣報紙，並且絕對能鑒貌辨色，你心境好的時候，牠跳著跑著與你叫鬧玩樂，你工作或心情不好的時候，牠一定靜靜地、遠遠地躺著，用斜眼偷看你。牠吃得很少，但是標準的美食專家，平時是粒米不沾，非雞胸或雞肝不可，並且要常常變換口味，而人類的零嘴兒，不論冰淇淋、牛肉乾、各式水果，樣樣嗜之如命。牠更是十分小心眼，醋勁十足，我家本來養了一隻會說很多話的「八哥」，每當我照顧「八哥」時，雪球不是大聲吼叫，就是用哀怨、不滿的眼光提出極嚴重的抗議。最後，我實在拗不過牠和「八哥」之間的勢不兩立，只好把「八哥」割愛讓人。

《雁兒在林梢》開拍的時候，片中需要一頭北京狗。「雪球」當然「義不容辭」。我也知道，雪球是最佳「狗」選。但我無論如何捨不得雪球去「拋頭露面」。想想看，從來捨不得牽雪球上街蹓躂，怕馬路太髒，又怕牠受涼，惹來傷風感冒。一歲多的雪球，除了上獸醫院、看病、打預防針外，從來沒有「串過門子」，標準的「大門不出，二門不邁」，怎麼捨得讓牠去忍受風吹日曬，或水銀燈強烈的照射呢？

當然，我更擔心的是雪球「嬌生慣養」，拍片時硬是不肯合作，豈非白白浪費膠片？

於是，我跟鑫濤商量：不要用雪球吧！要製片設法租一頭北京狗來，北京狗多的是嘛！

那時候，有一種商品的電視廣告中，也有一頭北京狗亮相，我不斷說：「那隻北京狗也滿漂亮的嘛！也很會演戲呢！就用那隻北京狗！」

不料鑫濤無動於衷，他硬說那隻北京狗沒有雪球漂亮，並保證雪球演技更好。後來，我被逼急了，心想，這隻狗來得也真巧！看樣子，我中計了！

「雪球哪裡是你安心送的生日禮物，根本是有預謀的執行你的製片計畫，你知道《雁兒在林梢》會拍成電影，知道裡面有一隻雪球，故意把這隻小狗送來，讓我把牠養大了好拍片！」

這件事，鑫濤有沒有預謀，成了永久的疑案。但是，我的「抗議」失敗了！最後還是「有條件」的投降：「拍片可以，但是不能把牠凍著了，不能把牠嚇著了，不能讓牠受傷了。」等等……導演劉立立一再向我保證，絕對小心呵護這位小明星。劉姊（影劇圈大家都這樣稱呼劉導演）也實在是一位好導演，她知道動物的戲難處理，早就和雪球混得感情良好，連青霞、馬永霖他們也和雪球建立了良好友誼。

終於，拍片的「通告」出來了！我特地在前一天為牠洗澡、修指甲，買來漂亮的大紅絲帶、小鈴噹，掛在牠脖子上（雪球對這刺眼的『束縛』，大為不滿，一個勁兒要設法扯下來，費了好大力氣的『安撫』，才使牠勉強接受）。

那天，我特地「黎明即起」帶了雪球最愛吃的糖紅豆，牛肉乾，大家笑著說，看「星媽」來了！

深居簡出的雪球，一到交通車上，就顯得十分興奮，並且跟每一位工作人員非常友善，使我大感意外。第一場戲在宜蘭附近的一處溪邊拍攝。青霞在溪邊垂釣，馬永霖躺在大石頭上曬太陽，雪球必須蹲在大石頭上睜著大眼睛東張西望。我真擔心雪球哪能領會導演的意思，乖乖就範。想不到牠「福至心靈」，要牠蹲在哪裡，牠就蹲在哪裡。由於從來沒有看過山明水秀的風景，以及忙來忙去的人群，所以十分好奇，本能的把眼睛睜得好大好大，東張西望，非常符合導演的要求，更妙的是，導演要拍牠特寫鏡頭，叫牠：

「雪球！汪汪！」

牠真的汪汪叫起來，把大夥兒樂得什麼似的！

戲中要交待青霞釣魚時，不慎摔進溪水，導演一聲「開麥拉」，青霞立刻尖叫，四肢一陣亂舞，摔進了急湍的水流，演得十分逼真，逼真得使雪球大為緊張，一聲長吼，奮不顧身的飛躍入水，居然表演起牠的「義犬救主」來了！水流又急又冷，工作人員眼看我的「心肝寶貝」被溪水沖往下流，都傻了眼！幸好場務人員，眼快手快，紛紛跳下水營救，才把變成「水球」的「雪球」救起。劉姊趕忙脫下了她的夾克緊緊裹住，把我看得既是心痛，又對大家呵護雪球大為感動。

青霞那場戲演得太認真，摔進溪水時，摔傷了足踝，使她整整一個星期無法工作，可見做一個好演員，真不簡單。我的雪球，比青霞還幸運。

從那天以後，我決定「眼不見為淨」，把「星媽」的責任，請我的管家擔任。每天早出晚歸，足足忙了一個多星期。每天管家回來說不完雪球如何在拍片現場的逗趣乖巧，並且充分合作。最有趣的是平時粒米不沾，但拍片時工作人員的便當飯，吃得牠津津有味（那個年代，還沒有狗食）。

片子沖出來，剪接配音後，雪球部分十分搶眼，討好，因此導演下令在片頭字幕加上：「特別介紹天才狗明星雪球」，可惜雪球雖然聰明，但是「目不識丁」，否則一定對導演的恩寵有加而大大自我陶醉一番！

❖

雪球現在又回復了牠平靜的生活，只是每天清晨，總會若有所思的在大門口徘徊，看看有沒有人來接牠。我們常常逗牠說：

「雪球，拍片去了！」

即使牠懶洋洋地睡意正濃，也會像彈簧似的一跳而起，興奮得滿屋子亂跑。劉姊每次來我家，看雪球對她的那種親熱勁兒，就知道牠的戲癮大發，牠也知道要多多討好導演，才有機會再顯身手。

我常常想，一個紅遍了天的演員，最好及時退休，讓他們最美好的印象，永遠留在影迷心中。像伊麗莎白．泰勒、費雯麗等晚年的作品，實在破壞了影迷心中完美的印象。也許，有了戲癮的演員，不拍戲一定無法忍受，戲劇生涯真像走不完的路，一旦走了進去，就得一直走下去，走下去，走到生命盡頭。

連我家的雪球也染上戲癮，好在積習不深，我拒絕了人家拍片的邀約，就是希望雪球恢復做一頭平凡的小狗！

寫於一九七九年六月

電影・電癮

有一次，我和青霞聊天，我問她：

「妳有沒有想過妳的未來？是不是預備這樣拍片一直拍下去了？」

青霞想了想，很坦白的說：

「最初走進電影圈，只想拍一年玩玩，然後去讀書。拍了一年，片約紛紛而至，我想，拍三年就可以了，三年後再去讀書。現在，三年早就滿了，我呢……」她嘆口氣，一臉似笑非笑的表情：「是欲罷不能了。」

從這段簡短的談話，可以看出「電影」即使帶給了人名與利，卻仍然會帶給人一份「無可奈何」。「閃爍」如林青霞，在「光芒四射」之餘，還有那麼種「欲說還休」的「惆悵」。而青霞的母親，對我卻毫無保留的表示過：

「拍電影有什麼好？我還是懷念以前清清靜靜的日子。現在，我每天心都吊在喉嚨口，有『大難臨頭』的感覺。」

有女「名滿天下」，做母親的卻「提心吊膽」。電影，帶給人的到底是福是禍？是快樂還是痛苦？青霞一方面在享受她的光芒，一方面忍受這光芒下的寂寞和困擾。我甚至敏感的體會到，她歡樂的時間少，寂寞的時間多。但，如果電影帶給她的不是百分之百的滿足，她為什麼一部接一部的拍下去？

❖

我認識很多電影圈的人，有位有名的文藝大導演，就對我聲嘶力竭般，痛恨萬狀，咬牙切齒的吼過：

「我恨透了電影界，我恨透了電影！最現實，最無情的圈子就是電影圈！我越做越灰心！越做越沒意思！我真想不幹電影！」

這位導演的片子很多，擁有過很高的票房紀錄，也有過很低的票房紀錄。他的地位，似乎跟著「票房」，像海浪般忽漲忽落，一會兒，他湧向波峰，一會兒，他又退回波谷，當他在波峰時，他會說：

「票房不代表什麼！」

當他在波谷時，他也說：

「票房不代表什麼！」

同樣的一句話，在不同的「聲調」和「表情」下，給我一種很「電影化」的感覺。我總能體會到，前面那句話中充滿的「驕傲」，與後面那句話中充滿的「辛酸」。於是，我覺得，拍電影使他好痛苦，他又那麼「恨電影」、「怨電影」，但是，如果電影帶給他的不是百分之百的滿足，他又為什麼一部接一部的拍下去？

有天下午，我在統一飯店的咖啡廳，碰到一位有名的製片人，我問他近況如何？他衝著我就是一句：

「哇，電影真不是人幹的事！」

「怎麼了？」我問。

「我還算人嗎？」他放機關槍似的給了我一大串數落：「我是伺候公子小姐的奴才！一會兒女主角軋戲，我打躬作揖的去請，和別家公司商量軋期，說得舌爛唇乾，把女主角請來了，男主角卻等不及，鬧情緒去啦！我再趕到男主角那兒，又道歉又賠不是，他少爺吼著對我說：你們製片組一點計畫都沒有！我連聲說是是是！對不起。好不容易，把他請回來了，妳猜怎麼？」

「怎麼？」我睜大眼睛問。

「導演砸了導演筒啦！他說，大家都是人，只有我不是人！導演等演員，我幹什麼導演！你們要寵明星，你們要去把明星當作菩薩供著，我今兒個不拍了！一聲收工，掉頭就走，我追在後面挽留，副導演居然說，我支持導演，導演總得有導演的尊嚴！哇……」他氣呼呼的吼著：「都有尊嚴，就我沒尊嚴，我衝進後面的房間裡，自己打自己耳光，幹嘛我前輩子不積德，這輩子要拍電影？」

聽他說得有聲有色，我聽得目瞪口呆，看他那副氣沖牛斗的樣兒，我也代他憤憤不平。可是，沒多久，我在報上看到，他的新片又開拍了！於是，我納悶了，電影既然帶給他那麼多痛苦，他又為什麼一部接一部的拍下去？

❖

如今，我和朋友們成立了「巨星公司」，我們也在拍片了，一經加入拍片工作，我才能瞭解，為什麼那麼多人怨電影、恨電影，卻仍然無休無止的拍下去？電影，對於觀眾是種享受，對於從事電影工作的人而言，卻像吸進迷幻藥似的，讓你越陷越深。正像青霞所說的「欲罷不能」，電影，一不小心，就會變成「電癮」，讓你上了癮而不能自拔，讓你又恨又愛，又不能脫身！

怎麼說呢？

我想，人類潛意識裡都有「表現欲」，人人都在想人生的舞臺上當主角，所以才有英雄人物的出現。人類潛意識裡也有「創造欲」，人人都想「做一點什麼」，所以才有發明家及藝術家的產生，人類還有種最大的潛意識，賭博。所以，拉斯維加斯才能在沙漠中閃爍。除此之外，人類還有尋找刺激，向別人挑戰的欲望，所以有人去登阿爾卑斯山，有人在拳賽場上被揍得半死，有人參加飛車大賽，有人走鋼索去橫越尼加拉瓜大瀑布……

電影的可怕，就在它能滿足人類所有的潛意識。它是一種表現，一種創造，也是一種挑戰，一種刺激，它更是一場大的賭博！

說真的，我也罵電影，但是，不可否認，我在電影中也獲得了樂趣。電影是種「無中生有」的玩意，從完全沒有開始，想故事，寫劇本，找演員，作歌曲……直到拍攝完成，看到活生生的人物在銀幕上，扮演你故事中的人物，那種看A拷貝時的心情，實在是難繪難描的。而當戲院上片時，那擠擁的人潮，那成千成萬的觀眾……都在欣賞你的心血，這一剎那，人，焉能不滿足？可是，如果門可羅雀，如果戲院裡冷冷清清，多少日子的辛苦，換來的是一番冷漠，人，又焉能不傷心？

於是，電影帶給人的，就可能是喜，可能是悲，可能是歡樂，可能是哀愁。不過，正像賭徒說的「有賭不是輸」。在牌桌上，如果你這把牌沒有胡，還可以胡下一把呀，它永遠在給你希望，你也永遠「幹」下去了。

想通了這些道理，我才覺得電影真可怕。要知道，所有演員，都有從璀璨歸於平淡的一天，到平淡來臨的那時候，會比一個生而平淡的人痛苦得多。何況，世界上沒有必贏的賭博，拍片，是精神、心血、才華、技術、金錢、藝術……各方面的「綜合投資」，世界上那有一種行業，需要這麼「大」的投資？萬一各方面都「血本無歸」，你又將何去何從？

電影，可愛嗎？是的！可怕嗎？更是的！自從我參與電影工作之後，家裡來往的都是演員，導演……談論的也都是劇本，對白、插曲……種種問題。我那十幾歲的兒子，耳濡目染，竟也悄悄編起劇本來了。有一天，他忽然對我宣布：

「媽，妳常問我將來要做什麼？我決定了，我要當導演！」

說真的，我嚇得茶杯都掉到地上去了。我慌忙「曉以大義」，告訴他拍片之種種辛苦，當導演的種種不易。他寂然不為所動。我心想，最反對父母干涉兒女志願，何況自己又在弄電影，總不能「只許州官放火，不許百姓點燈」？只好小心翼翼的問他：

「你想導哪一類電影？文藝片？還是武俠片？」

「我要導一部『巨型災難片』！」他鏗然有聲的回答，真是「胸有大志」！

我愀然久之。真料不到，這「電癮」之毒如此深，竟傳染到下一代。兒子看我愁容滿面，問我想什麼。我在想那位對票房不在乎的名導演，我在想「不是人」的製片家，我在想那些演員從璀璨歸於平淡的日子，我也在想我們「巨星」拍片時所遇到的種種挫折和困難……半晌，我才慢吞吞的說出一句：

「兒子，你的這項志願，對我來說，已經是個『巨型災難』了！」

寫於一九七七年十月

第四輯——火花集

一根魚刺

舊金山的海鮮名聞全球，舊金山有一種魚，叫作「石崇魚」，是舊金山海鮮中的珍餚。據說，「石崇魚」比鮒魚肥，比鯽魚嫩，比石斑鮮，清蒸「石崇魚」，是舊金山中國菜裡的名饌。

我到過美國三次，在美國的城市中，到舊金山到的次數最多，待的時間最久。那年，我和鑫濤再訪舊金山，當朋友發覺我們居然始終沒有嚐過「石崇魚」的美味，大為驚奇。特地在一家以「石崇魚」烹調最有名的中國餐館宴請我和鑫濤。

那天的菜式，十分豐盛，在外國能吃到這樣的中國菜，真是很意外。「石崇魚」是最後的主菜，雖然那時我早已吃飽，但著名的「石崇魚」實在鮮美，在主人殷勤的招待下，我不斷的吃，吃了好多好多。

大家都在讚美那天的「石崇魚」特別新鮮，有一位席間的朋友說：「石崇魚實在好吃，只是魚刺太多太細，一不小心就會鯁在喉中！」

我也發現魚刺太多太細，不幸，我更發現有一根魚刺已鯁在我喉中。

既然我是主客，實在不好意思把這件事說出來，心想：一根魚刺有什麼了不起，吞幾口飯下去，不就行了嗎？其實，我最不會吃魚，常常把魚刺鯁在喉中，吞飯是很有經驗的！

但著名的「石崇魚」，不同凡響，這根魚刺特別有個性，我幾乎「偷偷地」（不便被人發現）把一碗飯吞完，它還是固執的霸占在我喉中。更尷尬的是，在我右座的陶伯伯對我關懷備至，一看到我「猛」吃白飯，料定我尚未吃飽，竟給我左一匙「麻婆豆腐」，右一匙

「冬菇菜心」，不住說：

「吃飯要配點菜，這個菜最下飯！」

於是，我只得連「菜」帶「飯」，「囫圇」吞之，心裡是「有苦說不出」，嘴裡是「有刺吐不出」。只有身邊的鑫濤發現我的不對勁，我悄悄對他說，有根魚刺在我喉嚨裡。鑫濤暗驚卻不便聲張，他想到「醋」是去刺的良方之一，偷偷給了我一點醋，我吃了醋，一時間，嘴裡酸甜苦辣，什麼滋味都有，而那根魚刺還是無動於衷。

最后，總算挨到終席，侍者送上了「幸運餅」，我的那個脆餅中的小條上寫著：「當你需要朋友的時候，朋友就會在你身邊。」

我「身邊」有很多朋友，但也有一根魚刺牢牢地刺在我喉中。

❖

我生平最恨人「小題大作」，決心「按刺不動」一切等回到酒店，再慢慢想辦法，我就不信我解決不了一根「魚刺」！於是，我依然笑嘻嘻的（可能笑得有些勉強）和朋友們「談笑風生」（可能談得心不在焉），好不容易，總算「賓主盡歡」（除了我有鯁在喉），席終人散，我和鑫濤被鄭先生夫婦送回了酒店。

到了酒店，先攬鏡自視，張大了嘴，往喉中深深看去。哇，可不得了！一根又長又細的魚刺，正一半插在喉中，一半露在外面，看得到，但是摸不到。鑫濤想幫忙，卻束手無策。我發了橫心，非弄出來不可，拿兩支原子筆當筷子，到喉中去又探又掏，弄得滿身大汗，那根刺絲毫不動，而喉嚨越來越痛，我一急，坐在床上，只差沒哭出來。心想，在臺灣，我可以找個耳鼻喉科的醫生，給我鉗出來，偏偏在美國，人地生疏，怎麼是好？鑫濤急了，說：

「不要固執了，現在必須找人幫忙！」於是，鑫濤打電話給朋友，也是飯局的主人說：

「還記得瓊瑤『幸運餅』中的小籤條嗎？」

「什麼？」那朋友愣了一愣，摸不著頭腦。鑫濤接口說：

「當你需要朋友的時候，朋友就會在身邊！」

對方愣了一愣，立刻恍然大悟，有些著急的問：

「我們馬上來，但是瓊瑤到底怎麼啦？」

我趕緊搶過電話，接著說：

「其實也沒有什麼，只是有一根『石崇魚』的魚刺刺在我喉嚨裡！」我故意輕描淡寫：

「怪不得大家發現妳猛吃白飯，我還以為菜不好，妳沒吃飽呢！」

原來大家都發現我在「吃白飯」哪！真是尷尬無比。

「想問問你們有什麼偏方可以取出來？」

「妳有沒有試過吃麵包？」

麵包？一語提醒夢中人！掛斷電話，鑫濤衝到到樓下餐廳，慌忙買了兩個硬麵包上樓，這美國魚，大概要美國食物來治！我左吞右吞，麵包吞完，依然無效，心想　是麵包太硬了，鑫濤又買了兩個軟麵包，當兩個軟麵包下肚，我的胃已快「爆炸」，而那根魚刺依然

「固守崗位」、「攔喉而立」！

一會兒，朋友們趕來了，陶伯伯、中原等都來了，大家左一句右一句的貢獻意見，中原說：「有位王畫家，說喝醋最有效！」

「喝過啦！」我愁眉苦臉的。

「再喝一點也無妨！」鑫濤說：「這次用美國醋試試看！」

於是，他再到樓下餐廳去要醋，回來告訴我們，那餐廳的侍者，對他從上到下直望，大約怎麼也弄不清楚，這個東方人，怎麼吃得如此古怪？硬麵包、軟麵包、再加上一杯白醋！閑話不提，那杯白醋又下了肚了，天知道！美國醋有多麼難吃！酸得簡直不可思議。沒有把那根刺化掉，卻差點把我的牙齒都酸掉了。

「我看，」陶伯伯簡單明瞭的說：「去醫院掛急診！只有醫生有辦法！」

去醫院？掛急診？為了一根魚刺？我堅決反對！但是，朋友們當機立斷，一方面打電話去醫院聯絡，一方面我被「強制執行」。

無可奈何中，我被送到了一家好大的醫院門口，穿過長長的走廊，往急診處走去，陶伯伯，鑫濤及中原都陪著我，架勢不小。我站在急診處的掛號臺前，心裡又慚愧又好笑又彆扭。一根魚刺！僅僅是一根魚刺！這樣勞師動眾！尤其，我最恨「小題大作」的人！

急診處有位年輕的美國醫生，中原簡單的告訴他我喉中有根「魚刺」。那醫生點點頭，取出一張好大好長的表格要我填。我一看那表格，姓名、籍貫、年齡、父親名字、母親「中間」的名字（幸好我母親的名字有三個字，如果像我一樣是單名，我真不知道這「中間」名字如何填法？），地址、美國親友名、我的血型……天哪！這表格比我在臺灣的戶口名簿還詳細！怎麼填得完？我求救的望著朋友們。

「她只有一點小小的麻煩，喉頭有一根小小、小小的魚刺而已。」鑫濤對那醫生解釋。

「表格還是要填。」醫生一本正經的說。

沒辦法，填表格！這一填填了半小時。好不容易填完了，那位醫生開始問問題：「妳以前害過什麼病沒有？」

「妳做過盤尼西林試驗嗎？」

「妳對藥物會不會過敏？例如麻醉劑？」

我的英文不行，這些話都要鑫濤和中原翻譯給我聽，我越聽越害怕，對鑫濤說：「他到底要把我怎麼樣？如果是在臺灣，一位護士拿把鉗子就夾出來了！」

於是，鑫濤再對那醫生強調了一次，這「魚骨頭」是「小小、小小、小小」的，這麻煩也是「小小、小小、小小」的。那醫生的臉色卻更沉重了。

「好，你們請在外面等，病人到手術室來！」醫生對我說。

手術室！我嚇了一跳。為魚刺進手術室，這可是我生平第一次。沒辦法，只得硬著頭皮進去。一張好大的手術檯，一頂大大的手術燈，醫生命令我坐到手術檯上去，我照辦了。一時間，那醫生好忙好忙，一位護士也進來幫忙，大燈、小燈、探照燈都推到我面前來了。然後，護士又推進來一輛小車，我一看，車上有個大大、大大的盤子，盤子裡整整齊齊的排列著大刀子、小刀子、大鉗子、小鉗子、大剪刀、小剪刀、大針管、小針管……天哪！看樣子他們準備切開我的喉管來取那根魚刺呢！我大驚之下，慌忙對那年輕醫生說，我不懂英文，非把我的朋友請進來不可！

鑫濤進來了，我心慌意亂的說：

「魚刺不拿了，咱們走吧！」

鑫濤一看這「架勢」，也呆了。再度對那年輕醫生強調了一次，那魚刺是多麼多麼「小小」的。

「越小越麻煩，」那年輕醫生說：「你們別急，我已經打電話給專門醫生去了，那醫生馬上趕來！」

什麼？還要另請醫生嗎？鑫濤也急了，問那年輕醫生可否由他動手，年輕醫生大大搖頭，說：

「這怎麼行？我不是喉科大夫！」

我坐在那兒，和鑫濤面面相覷。怎麼也沒料到美國醫院是這樣「慎重」的！鑫濤悄聲問我：

「妳那根魚刺到底還在不在喉嚨裡啊？別大張旗鼓的掛急診號、請專門大夫，等醫生到了，妳那根魚刺已經不在喉嚨裡了，那就更鬧笑話了！」

一句話提醒了我，真的，自進醫院，我被這些表格啦，手術檯啦，探照燈啦……已經攪昏了頭，根本沒有再去注意喉嚨裡的感覺，萬一那魚刺已不在了呢？剛剛在旅社，我是千方百計要把魚刺弄掉，現在可暗暗禱告，魚刺可別不在了！我急忙嚥口水，還好，魚刺仍然鯁在那兒，我鬆了口氣，十分「安慰」的對鑫濤說：

「還好還好，魚刺還在！」

坐在那兒等「專門」醫生的時候，我開始和鑫濤研究這根魚刺的「價格」。我說：「看樣子，沒有一百美金的診療費，這魚刺是擺不平的！」

「即使不到一百，也要八十！」

唉！舊舊金山的「石崇魚」！我服了你！

「專門」醫師終於到了，果真很有氣派，和那年輕醫生大大不同！高個子，年近五十，留著小鬍子。一進來，先聽取年輕醫生的報告，看我所填的表格，檢查盤子裡的器具……立刻，他發了脾氣，對護士高聲責備，器具裡缺少了「壓舌器」！

護士慌慌張張的跑出跑進，「壓舌器」來了，又少了「彎鉗」，好不容易，東西齊全了。醫師命令我張開嘴巴來。彎鉗伸進了我的嘴，在我正研究著他會不會動用那些剪刀針管的一剎那間，鉗子從嘴中取了出來，上面牢牢的夾著我那根又長又細的魚刺！前後「手術」時間，三秒鐘！前後「進院」時間，兩小時！

「好了！」醫師說，很正經，很嚴肅的。「為什麼說是『小小』的刺？很大呢！要知道，刺越小越麻煩，我曾經為一根魚刺動過大手術！因為那根刺斷在喉肉裡，引起了嚴重的發炎。還有個病人，把刺嚥進肚子裡，刺穿了胃壁！不要以為一根魚刺是小麻煩！」

我「洗耳恭聽」，「心悅誠服」。尤其是，「無刺一身輕」，初次領教了「如鯁在喉，不吐不快」的意義。從手術室出來，那專門醫師又開了一張單子給我，上面寫著三位喉科醫師的姓名和電話號碼。

「如果明天喉嚨不舒服，可以找其中任何一位！」

我收了單子。診療費開出來了，大出我的意料之外，只有十八元五角！再看急診的最低費用，是十七元！如此大張旗鼓，只收了一元五角的「手術費」！不禁使我愕然。心想，在臺灣，一根魚刺不會弄到「請專門醫師」，如果「請」來了，就不止收費一元五角美金了！

一根魚刺，使我領略了很多的東西，中外作風的不同，海外友人的溫暖。第二天，我參加了中華聯誼會的晚宴，大家紛紛向我「慰問」這「魚刺之災」。顯然我這「一根魚刺」，已經傳遍華僑界。我也終於領略了一個教訓，「小」問題也會有「大」麻煩！

話說當晚回到旅社，我的「喉嚨」已無問題，但是，胃卻有些作怪，想來想去，那些白飯、硬麵包、軟麵包、中國醋、外國醋……一定都在胃裡搗蛋。臨睡前，我吃了四粒消化藥，三粒中和胃酸藥！

事後，我和鑫濤又去吃過兩次「石崇魚」。餐廳老闆一看到我，就小心翼翼的對我賠著笑臉說：

「要不要我們先把魚刺給您清除掉？或者不吃清蒸的，來個魚羹如何？」

老天！我想，這根魚刺在舊金山的中國餐廳裡，大概也都傳遍了！

「不要不要！」我堅定的說：「我會小心的吃！還是清蒸的最好！」

於是，我們又吃了清蒸的「石崇魚」，我吃得很慢很慢，鑫濤更慢，因為他一直在幫我挑魚刺！

至今，我仍認為，世間美味，莫過於「石崇魚」！

一九七六年二月初稿

二〇一八年十一月五日重新修正

五季

◆冬天

慵懶

這個冬天，我過得相當慵懶。慵懶兩個字，幾乎是奢侈品，它和快樂一樣，並不是每個人都能擁有的，更不是每個人都能把慵懶視為一種享受的。許多人會認為這是種「罪過」。是「無所事事」、「浪費時間」的代名詞。我也一度這樣想過，因此，往年的冬季，我都好忙，忙著收集資料，忙著寫作……今年，我卻試著去「享受」起「慵懶」來。那是種淡淡的懶散，有種軟綿綿的醉意，閒閒的，溫柔的，無拘無束的，寧靜的，輕飄的……什麼事都不追求，只讓時間緩緩的滑過去。這種滋味也是種新的體驗。我有個朋友說：

「古代的中國讀書人都很神仙。」

我聽不懂，請他解釋，他笑著說：

「神仙都很慵懶。」

我懂了。

李白：「鐘鼓饌玉不足貴，但願長醉不願醒。」

王維：「獨坐幽篁裡，彈琴復長嘯。」

孟浩然：「春眠不覺曉，處處聞啼鳥。」
杜牧：「天階夜色涼如水，坐看牽牛織女星。」
真是慵閒！真是懶散！也真是神仙！
好像余光中說過一句名言：
「星空，非常希臘。」
那麼，我這個冬天，就是：
「慵懶，非常神仙！」

菸圈

人在「慵懶」的時候，常常會發現雙手沒有事做。腦子裡的思想不會因慵懶而停頓，雙手卻比腦子還「空閒」。這種時候，我就會莫名其妙的點燃一支香菸。

我不會抽菸，從來沒有學會過。

可是，在我十八歲的時候，我就接觸過香菸。那年，我初次墜入情網，那位男士又抽菸又喝酒。給我印象最深的，是他能吐菸圈，吐得棒透了。每個菸圈都又完整又鮮明，我常常坐在他對面，目瞪口呆的看他一連串的吐著菸圈，看那些菸圈如何飄遠、飄遠，擴散、擴散……終於消失無蹤。

他對我說過：

「吐一個菸圈，希望圈住妳。」

菸圈太虛無了，菸圈太飄渺了，菸圈圈不住任何東西。沒有多久，菸圈就已成追憶。

但是，從此，我就愛上了菸圈。

有一段日子，我常常燃上一支菸，苦學如何吐菸圈，卻怎麼都學不會。我對於自己學不會的事都有種崇敬的心情，包括吐菸圈在內。

若干年以後，鑫濤初次在我面前吐菸圈。他嚇了我一跳。因為，他不會抽菸，卻能吐一連串又圓又大又完整又清晰的菸圈。

一個不會抽菸，而會吐菸圈的人，必然認識過一樣東西，這東西名叫「寂寞」。否則，我不能想像，人怎會對著虛空，去練習「吐菸圈」。像我刻意學習過的人，都學不會。他沒有刻意學習，卻會了。

他寂寞過，這使我心中有股酸楚的溫柔。而菸圈本身，又帶給我某種黯然的情懷。於是，他的菸圈卻圈住了我，圈了漫漫長長的悠悠歲月。

人生，真是很奇妙的！

這個冬天，我常燃起一支菸，胡亂的吐著煙霧，鑫濤會也燃上一支菸，陪我吐菸圈，我從沒告訴過他有關菸圈的故事。只是，我發現，我仍然喜愛菸圈，不論它多麼虛無，不論它多麼飄渺。

有朋自遠方來

我有個朋友名叫倪匡。

事實上，人人都知道倪匡。他的武俠小說、科幻小說都膾炙人口，而他的方塊文章，才真正是言之有物，令人激賞的。雖然，他的方塊文章中頗多自我矛盾的地方，不過，沒關係，人生本來就是矛盾的，何況，倪匡又是個矛盾的人物！聽他談話，你才會發現什麼叫「矛盾」！

這個冬天特別熱鬧。

倪匡家居香港，卻來了臺北好多趟，他那住夏威夷的女友安娜，也到臺北和他相聚，因此，常為我家座上客。同時，雲遊海外各地的三毛、定居美國的好友范思綺，和她那航空工程專家夫婿趙繼昌，以及海內外行蹤不定的趙寧，都在這個冬天，成為了我家的嘉賓。

因此，這個冬天，我家常常是座中客常滿，樽中酒不空的局面。至於笑語喧嘩，從深夜鬧到黎明，更是隆冬中的另一景象，笑和酒，常攪熱了空氣，趕走了寒流。

倪匡是矛盾的人物，由下面一篇談話可見。有次，倪匡和趙寧同時在我家。

趙寧綽號甚多，從趙茶房、趙跟戲、趙某人……數起來總有七、八個，文章滑稽突梯，幽默風趣。但是，其人和其文是兩碼子事。趙寧的文章很活潑俏皮，充滿快樂，有娛己娛人的功力。他本人卻因種種種種理由，變得有些消沉。「快樂的單身漢」並不快樂，「快樂的單身漢」相當寂寞，所以，「快樂的單身漢」常借酒澆愁。

「快樂的單身漢」碰到了「快樂的非單身漢」。說實在的，不知怎麼談倪匡，他一度女友成群（據他自稱約有兩百人），自從三年前認識安娜，從此一顆心懸在安娜身上，為安娜奔波於全世界。美國、臺灣、日本、歐洲……各處跑，安娜去什麼地方，他就追到什麼地方。人生由戀愛而開始，倪匡「快樂」得一如幼兒。

兩個「快樂者」都愛喝酒。倪匡和趙寧就「卯」上了。「喝酒」，「聊天」，「抬槓」。

「趙寧，」倪匡吼（那晚，每個人說話都必須『吼』，否則對方會壓住自己的聲浪）：「你是自己性格的悲劇，你不知道怎麼找快樂……」

「是，是，是，一點不錯，不過……」趙寧接口。

「不要解釋，」倪匡再吼，打斷了他：「你看我，多麼快樂，快樂這玩意兒俯拾皆是，就不知道你怎麼找不到快樂……」

「是這樣……」

「別插嘴，」倪匡再打斷他：「三年前我痛苦得要死，每天研究用什麼方法自殺最適當……」

「原來你也痛苦過？」趙寧瞪大眼睛。

「別說話！」倪匡又打斷他：「後來我碰到安娜，哇呀！快樂，快樂，真快樂……」

「可是我沒有安……」趙寧吶吶的接口。

「別插嘴！」倪匡滿斟一杯酒，大笑得差點滾到地上去。「我要是見不到安娜，我一天打三個長途電話給她，我的稿費全付了電話費。見到安娜，我們快活如神仙，年輕人也趕不上我們的瘋狂。瘋狂的快樂！趙寧，你懂得瘋狂的快樂嗎？」

「我……我……我……我甘拜下風。」趙寧有些招架不住，主要是，倪匡始終沒有給過他發言機會。他又羨慕又嫉妒，瞪大眼睛猛喝白蘭地，自言自語了一句：「我今天還到某某大學去演講，講如何找快樂，原來該請你去講的。」

「趙寧！」倪匡喊，完全沒聽到趙某人的自言自語。「你一定要救自己，要快樂，像我一樣……」

「是，是，是……」趙某人已放棄發言權，一個勁兒的點頭稱是。

「哇，我真快樂！我真快樂！」倪匡陶醉在「快樂」中，不禁手之舞之，足之蹈之。一陣「快樂」剛剛發洩完，他忽然看到如花似玉的安娜，和那坐在旁邊「欣賞」他的三毛和我了。大概思想忽然有了一百八十度的轉變，他立即接口說：「老天！我真是世界上最最痛苦的人！」

「什麼？」趙寧總算逮到機會了，慌忙說：「難道痛苦我也要排第二？」

「趙寧，你不知道呀，你不知道呀！」倪匡感慨齊發，痛苦得無法收拾。「男人愛女人，是多麼痛苦的事，隨時都在水深火熱之中。人生有那麼多無可奈何，痛苦啊痛苦！我真是世界上最痛苦的人，痛苦得一塌糊塗，痛苦得難以言喻……」

「對……對不起，」趙寧吶吶的提示：「你剛剛談的題目是快樂……」

「誰告訴你快樂和痛苦不能並存？」倪匡吼了回去，忽然看到了我。「瓊瑤，妳說！痛苦和狂歡是不是並存？」

「是，是。」我笑著接口，能不接口嗎？我終於見到了一個活生生的、敢愛、敢說、敢做、敢縱情快樂，也縱情痛苦的人物。一個矛盾的人物！卻矛盾得那麼真實。

倪匡是矛盾的。他的理論也常常矛盾。而且，他還是個「死不認錯」的人。

看倪匡小說的人，一定都知道衛斯理。

衛斯理是倪匡每本科幻小說的主人翁，此翁遭遇過種種怪事，倪匡寫來真是絲絲入扣，引人入勝。可是，有一次，倪匡犯了一個大錯，他把衛斯理弄到了「南極」，衛斯理在冰天雪地中，幾乎已入絕境，卻忽然發現一隻「北極熊」。於是，衛斯理絕處逢生，殺北極熊，食其肉而穿其皮，繼續冒險生涯。當時，有位讀者忍無可忍，寫封信給倪匡，指出「南極」不可能有「北極熊」。倪匡明知錯誤，卻不肯認錯，把來信置之不理。該讀者不死心，繼續寫信給倪匡，一定要倪匡答覆，倪匡終於回覆了一封短信，信中寥寥兩句話：

「一、南極確實沒有北極熊。

二、世上也無衛斯理。」

這就是「死不認錯」的倪匡！當這本小說出版時，發行人曾要求倪匡更正，倪匡氣呼呼的說：

「我怎麼能更正？更正豈不是變成我認錯了？『犯錯』難免，『認錯』不行！」

所以，衛斯理仍然在南極殺北極熊。

這就是倪匡。是我這個冬天認識的倪匡。我慶幸沒有在三年前認識他，那時的他可能是另一個人物。

范思綺居然第三度結婚

前面我提到有朋自遠方來，包括我友范思綺。

范思綺和我相識於十年前，她寫過《葛萊湖》和《七個珍重》等小說，和我從通信而變為知己。十年來，相見次數不多，她旅居美國，每次見面，除非是我去美國旅行，要不然就是她回臺探親。但是，只要我們見面了，就會有說不完的知心話，道不盡的彼此近況，也會和小孩子般又瘋又鬧，又笑又跳，甚至談到感情激動處，雙雙都落下幾滴無限感慨的淚珠。這世界上有個朋友，能和妳同哭同笑，促膝長談的，實在是人生一大樂事也！

范思綺是個感情非常豐沛的女人，我曾說，范思綺的感情是個海洋，需要大量的水源來注滿。我有一套「海洋」和「茶杯」的比喻，來說明人與人間對感情需要量的不同，有人要一個海洋，有的人一茶杯就「滿」了。這套哲學，就從范思綺身上而來。

所以，范思綺是個海洋。

十年前，我初見范思綺，她的海洋正在乾枯狀態中，她的第一次婚姻也正在破裂的邊緣。她掙扎在矛盾痛苦和枯竭的境況中。而我當時也深陷在情感的漩渦裡。兩人就此一見如故。

八年前，范思綺終於轟轟烈烈的婚變了。

據說，那次婚變是像海嘯般排山倒海的。因為華僑社會仍然停留在新舊交替的保守狀態中，對於「離婚」並不像想像中那樣流行。離婚後的范思綺遇上了航空工程專家趙繼昌（我至今不明白在天空中的趙如何填滿了地上的海？但他確實注滿了這個海洋）。於是，一番驚天動地的戀愛再度發生，他們上天下海，受盡指責，歷經困難，終於排除萬難，結為連理。

范思綺第二次結婚，我給予深深的祝福，相信她終於找到了她的海洋，他們會彼此注滿，彼此交流，彼此震撼，彼此製造人生中不可避免的「波浪」，而在彼此的浪花中去尋求美麗與滿足。

因此，當范思綺在電話裡告訴我，她要第三度結婚了！並訂於聖誕夜舉行婚禮，我可真嚇了一大跳！

「不行！」我說：「妳怎麼可以隨時結婚？妳的海洋難道又乾枯了？」

「別忙別忙，聽我細細道來！」范思綺笑著說：「又有故事了！」

「又有故事！妳以為妳是伊麗莎白．泰勒？」

范思綺笑得一發不可收拾。

於是，她告訴我一個故事。

原來，她這次回臺北，有友人推薦一位算命看相的權威人士給她。范思綺對命相之學十分相信，立即奔赴那位算命先生處，那位先生一見范思綺，立刻說了一句驚人之語：

「妳命中注定，必須結三次婚！」

我友范思綺這一嚇，嚇得三魂六魄都沒了皈依。回到家中，對她那位「趙」左看右看，不禁眼淚汪汪。「趙」不知發生了什麼大事，小心體貼的細細盤問，原來如此這般。趙是學科學的，偏偏對「命運」的難測，也深信不疑，這一驚也非同小可。兩人想到，茫茫未來，如果再有「婚變」，此情何堪？於是，趙忽然計上心來，堅決的說：

「我再娶妳一次！」

「什麼？」

「我們再結一次婚，那麼，妳命中的三次婚豈不就都結完了？與其妳再去嫁給別人，不如再嫁給我吧！」

於是，我們這對老友，居然煞有介事，大發「結婚請帖」，於聖誕前夕，再行婚禮！古人緣訂三生，我友范思綺和趙繼昌緣訂今生，不妨一婚再婚！聖誕夜，我家也正大宴賓客，我未能躬逢其盛。不過，事後，據友人們紛紛報告，他們的「婚禮」十分隆重熱鬧，賓客盈門。而我友范思綺不甘獨享「新婚之樂」，竟強拉與會的夫婦們，都「再行一次婚禮」，將婚紗不斷披在每位女賓頭上，與她們的夫婿再拜天地。據說，當晚散會後，我的另一女友名叫林林，和她那已結褵十幾載的夫婿林君才走出趙家，那位林君就跌腳一嘆：

「糟了！糟了！我也去算過命，算命先生說我命中注定要結兩次婚。我正一心一意等待我的第二次豔遇，誰知竟被范思綺這對瘋子拉上結婚禮堂，破了我的命運！原來第二次結婚還是妳這位舊娘子，真氣死我也！」

此事經我友林林證實，笑得我擁著「新娘」范思綺，滾到地上去了。

走筆至此，范思綺和趙繼昌已飛回美國了。想起他們的婚禮，想起他們的故事，想起范思綺的海洋和趙繼昌的天空，我遙祝他們；珍重，珍重，珍重，珍重，珍重，珍重，珍重！一個星期有七天；七個珍重！

難兄難弟

談過倪匡，談過范思綺。這個冬天，有一對不能不談的朋友，我稱他們為「難兄難弟」。

除夕夜，我友林林和夫婿林君在燕子湖畔，舉行了一個別開生面的除夕晚會，大家從晚上七時一直鬧到第二天早上。喝酒，跳舞，高歌，笑語喧嘩……那真是個令人難忘的夜！

就在那天晚上，我遇到許多舊雨新知。大家都喝著酒，大家都又瘋又鬧，大家都找朋友談話，大家都有些醉了。這時，我看到我前面提過的「快樂的單身漢」趙寧，接著，我又看到另一位「快樂的單身漢」沈君山……我忽然靈機一動，拉著他們兩個說：

「快來快來，你們兩個必須結拜為把兄弟！」

「為什麼？」兩人齊聲問，彷彿都有些不太服氣。

我看著他們兩個一直笑。那晚，我喝了一點點酒，我不能喝酒，只要稍稍沾唇，就有醉意。一有醉意，我就會變得好愛笑好愛笑。

我之所以好笑，是因為我認識他們兩個，都已經許多年了。這些年來，他們都分別是我家的座上客，分別在我眼前，開始過「愛的故事」，繼續過「愛的故事」，最後，又都結束過「愛的故事」。他們分別對我發下：「明年一定結婚！」的豪語，又都讓一年又一年的歲月從指縫中流逝。轉眼間，又是一年除夕，這兩個「單身漢」的「這一年」眼看也成過去。不論他們兩人，在事業上，在學術上，在寫作上有多少成就，在「婚姻」上，卻都繳著白卷，他們怎麼不是一對難兄難弟呢！

沈君山比趙寧大，結過婚，離了婚。我七、八年前認識他的時候，他已是「單身漢」。趙寧是自始至今都維持著「單身漢」的身分。他們有相似的地方，都身材頎長，文質彬彬，有些「瀟灑」，有些「稍傻」，常常「沉默」，常常「沉沒」。而且，還共有中國書生的那種特質——想得太多，顧忌太多，而成為「矛盾」兩字的俘虜。

「你們要結拜，一定要結拜！」我笑著說：「因為你們都是單身漢！」

「單身漢多著呢！難道都要結拜嗎？」

「你們不同呢！」我說，望著沈君山。「聽說，你最近又有一段沒結果的愛情！」

「是呀！」沈君山說。

「聽說，」我望向趙寧。「你也有一段……」

「豈止一段，」趙寧不甘示弱說：「好幾段呢！」

「好，反正你們都有愛情之花，不結愛情之果。」我說：「你們知道你們兩個的問題出在哪裡？沈君山！」

「是！」沈君山答得乾脆，他一杯在手，已有薄醉。「願聞其詳！」

「你對愛情，是感性的開始，理性的結束。每次你遇到一個女孩，感情衝動之下，就不顧一切的猛追，不管對方與你合不合適。等到發展到某個階段，你的理智就恢復了，開始想到雙方的身分、環境、過去、未來……種種種種是否能合組一個家庭，於是，左想不對，右想不對，這段愛情就宣告無疾而終。」

沈君山瞪著我，點著頭，沉默了。

「趙寧，你正相反，你是理性的開始，感性的結束。每次你遇到一個女孩，你還沒愛上人家，你的理智就提醒你，對方人品不錯，門當戶對，你也老大不小，該成家了。於是，你就展開追求。等到發展到某個階段，你的感情就作祟了，開始覺得自己不夠愛她，沒有轟轟烈烈戀愛，怎能談婚姻？於是，左想不對，右想不對，這段愛情也就宣告無疾而終。」

趙寧忙不迭的點頭，忙不迭的喝酒，同意了我的看法。

「所以，你瞧，你們兩個，殊途同歸。雖然原因不同，但都走到同一條路線上去。所以，你們該結拜為把兄弟。何況，你們兩個，都和我的小說有一段淵源，沈君山有《雁兒在林梢》，趙寧有《一顆紅豆》！」

「什麼雁兒在林梢？」趙寧問。

「什麼一顆紅豆？」沈君山問。

其實，那是兩段頗為動人的故事。若干年前，沈君山和一位比他年輕二十幾歲的少女相戀，遭遇到許多挫折和反對，沈君山在「左思右想」中「舉棋不定」，那女孩錄了我的《雁兒在林梢》的歌詞給沈君山，自己孤身飛往美國，嫁人了。那歌詞中有這樣的句子：

「雁兒在林梢，眼前白雲飄，
啣雲啣不住，築巢築不了！
雁兒不想飛，雁兒不想飛
白雲深處多寂寥！」

我們那「理性」的沈君山，居然讓那雁兒飛去了！

至於趙寧的一顆紅豆，很多人都知道那故事。趙寧因為我們拍攝《一顆紅豆》的電影，而和某女星墜入情網，這段感情來如風，去如電。連牽涉在裡面的我都弄不清楚兩人間是怎麼回事，總之，事情已成過去。這件事在趙寧的心中，大概始終留下了一道傷痕，也像我的歌詞：

「我有一顆紅豆，伴我燈殘更漏，
幾番欲寄還留，此情伊人知否？」

我們那感性的趙寧，就常陷在自我的折磨裡。

那晚，我看著他們兩個，很多話想說，很多話說不出口。我奇怪，怎麼總是有那麼多故事在我眼前發生？怎麼總有那麼多小說化的人物？我看著他們兩個，「快樂的單身漢」！多麼瀟灑！多麼自由，多麼無牽無掛！我只能說：

「你們真是一對難兄難弟！」

趙寧乾了一杯酒，半醉的趙寧，注視著半醉的沈君山，又瀟灑，又稍傻的說：

「外面是燕子湖，不知道有沒有人願意和我一起跳燕子湖？」

那晚，趙寧遍告賓客，外面有個燕子湖。但是，大家都沉溺在室內的歡樂裡，沒人去管外面的燕子湖。最後，趙寧縮在一個角落裡，給一位不知名的女孩通電話。而沈君山，他在夜未闌，人未散時，已先走一步了。

那晚，大家都醉了。

那晚，我祝福著那對難兄難弟：

「有酒皆可醉，有情終需留。」

自由

人在慵懶中，什麼都好，但是，有件事卻不太好，那就是「思想」。人可以「慵懶」，思想卻從不「慵懶」。人越是慵懶，思想往往越是忙碌。這個冬天，當我懶洋洋的癡望一爐爐火時，我的思想卻經常雲遊四海，不著邊際的漫遊。漫遊尚無大礙，有時，它卻會不止於漫遊，而風馳電掣般奔竄起來，到處去探索，到處去追尋，到處去訪問，到處去研究……最後，它終於給我惹出麻煩來了。

事情經過是這樣的。

有天，我正在火爐中埋著橘子皮，注視著一小簇的火焰往上輕竄。忽然間，我的「思想」從窗外的世界裡「歸來」，猛然對我的心靈撞擊了一下，並在我耳邊低嚷：

「這就是妳的生活嗎？爐火？書房？雪球？丈夫？兒子？從一個房間走到另一個房間？

妳不覺得妳少了什麼東西嗎？」

「我什麼都不少！」我「自己」回答。

「那麼，妳的生活為什麼和別人不同？妳的朋友除了丈夫兒女之外，都各有屬於自我的時間和朋友，妳沒有。妳睜開眼睛在可園，閉上眼睛在可園，寫作時在可園，見客時也在可園。可園，雖然是個溫暖的家，也是個精緻的金絲籠呢！妳怎麼不偶爾走出去一下呢？妳怎麼不交一些屬於妳自己的朋友呢！妳怎麼不去觀察一些新的世界，擴展一些妳的視野呢？」

我悚然而驚，被我的「思想」嚇住了。

「可是，保持現狀有何不好？」我問。

「很好很好。」我的「思想」在「鞭策」著我。「妳很慵懶，慵懶得很神仙，逐漸的，妳會變成一個消極的神仙，沒有自我的神仙，睡著了的神仙……妳再也寫不出什麼生動的作品了，因為妳接觸不到廣大的群眾，也看不到這個社會。妳可以當神仙，寫一些神話……」

我震驚了。不止震驚，而且恐慌。

我不想當神仙了。

於是，那天，當鑫濤下班回家，我急切的告訴他，我要改變一下生活的方式，我要交一些我自己的朋友，我要走出可園，呼吸一些新鮮空氣，我要看看這個世界，接觸一些以前不曾接觸的人群……鑫濤用古怪的眼光看我，蹙起眉頭，困惑之至。

「為什麼呢？是我沒有給妳足夠的感情，填補不滿妳生活的空間嗎？」

「不是，不是，完全不是！」我急促的說，焦灼的把我那「思想」的「警告」一一向他陳述，然後，又迫切的希望從他那兒得到贊同。「我想走出可園，去交一些朋友，去看一下世界。」

「我不是每年都陪妳出去旅行嗎？」鑫濤說：「我們不是有那麼多那麼多好朋友嗎？如果妳要走出可園。我陪妳去走！如果妳要去喝咖啡，我陪妳去喝！如果妳想去逛公園，我陪妳去逛！如果妳想去夜總會跳舞，我陪妳去跳！怎樣？行嗎？」

我怔住。老天！完全「瓊瑤小說」式的對白嘛。看樣子，此人中瓊瑤之毒已深！我想起《飄》裡白瑞德的話：「我掉進自己的陷阱裡去了。」我有些迷糊起來，慌慌張張的去找我的「思想」，詢問它鑫濤的這種「陪伴」方式是不是就是我「思想」所要的。我的「思想」對我毫不留情的搖搖頭，義正辭嚴的在我耳邊說：

「現在我知道妳缺少什麼了！妳缺少「自由」！妳的生活起居，一言一語，朋友世界，都在一個人的意志底下，因為他愛妳，所以，愛字廣被一切，愛字籠罩一切，所以，妳沒有個人自由！」

哦，自由！我恍然大悟，我缺少「自由」！

缺乏「自由」，這是多麼嚴重的事！「生命誠可貴，愛情價更高，若為自由故，兩者皆可拋！」我這一驚，非同小可，我開始嚴重起來，理直氣壯起來。

「我不需要你陪伴，我想要自由！」

「自由？」鑫濤大大「受傷」了。事實上，我和鑫濤相識長達十六年後才結為夫婦，其間歷經波折。因而，鑫濤對我總比一般丈夫來得「關懷」，他關懷我一舉一動，陪伴我做每一件事，結婚三年多來，我幾乎完全在他的密切照顧下過著日子。我沒有祕密，也沒有自我的私人活動。「妳要擺脫開我嗎？我妨礙妳了嗎？我對妳不夠好，不夠遷就嗎？在這種幸福中妳還要『自由』，那麼，妳是對我的陪伴不滿意了？而且，愛情中不是包括奉獻彼此的自由嗎？」

糟糕！又是「瓊瑤式對白」！

我再度迷糊了。「思想」和「自我」又辯論又交戰，研究愛情中是不是包括奉獻自由？這問題太大了，忽然間，我覺得我解決不了，鑫濤也解決不了，因為我們都太主觀，都太平凡。於是，這問題擴大了。我們所有的朋友都被一一請來，研究我該不該有「自由」。

范思綺、林林、郭家大妹、趙寧……各方嘉賓，雲集我家，你一言，我一語，熱鬧之至。對我的「自由」，人人都發表了一篇宏論。說實話，這些「宏論」把我越攪越糊塗，把我越說越困惑。而且，我發現，這麼「嚴肅」的題目，最後卻演變成大家「取笑」的材料了。有人說我「人在福中不知福，日子過得太悠閒了，自尋煩惱！」有人說我「愛情上的富翁，才有這種找自由的問題，像我們這種女人，巴不得丈夫分分秒秒守在身邊，沒有自由才好呢！」有人說我「自己依賴心太重，根本離不開鑫濤，沒資格談自由！」有人說我「只要去做，不必空談，自由就在妳手中！」

總之，那天，從下午兩點談至第二天凌晨三點鐘，大家又喝了咖啡，又喝了酒，最後還出去吃了頓「宵夜」，而我是否該有「自由」的問題，並沒有獲得任何結論。不過，我靜觀諸好友，對我的「爭自由」，同情的人少，認為我「庸人自擾」者多，心中不無怏怏之意。

結果，有天鑫濤自己對我說，如果我要「自由」，總該讓我們兩個都去「試一試」。剛好那天午後我要去辦一些事，平常，鑫濤一定陪我一起辦，那天，他說不陪我了，讓我自己去辦，而他呢？

「我在辦公廳等妳，妳辦完了事打電話給我！我開車來接妳回家！」

我欣然同意，自己出去辦事了。

五點鐘，我的事已辦完，想打電話給鑫濤，才驀然想起，皇冠雜誌社剛搬家，換了新電話，我居然把電話號碼忘了。無法打電話，我在臺北街頭自由的走著走著，走到了敦化南路的遠東百貨公司，抬頭一看，敦化雙星大廈就在街對面。想起皇冠新遷辦公室，就在雙星大廈中，不如直接去辦公廳找鑫濤吧！他一定會對我的「不告而至」嚇一跳呢！

於是，安步當車，走到雙星大廈，左邊大廈管理員告訴我，此處沒有皇冠雜誌社，右邊大廈管理員告訴我，此處也無皇冠雜誌社！我怔了怔，抬頭一看，前面聳立著兩棟玻璃大樓，彷彿也叫「雙星大廈」！於是，再走過去，左看看，右看看，都不太像我曾去過的雙星大廈。進去一問，果不其然，何嘗有什麼皇冠雜誌社來著！

我站在街頭呆了十分鐘。終於想起皇冠的新電話號碼來了，趕快打電話給鑫濤。

「什麼？妳找不到我的辦公廳？」鑫濤大驚，對於我那「自立」的本領，一向非常不信任，他急了。「妳到林肯大廈樓下等我吧，我馬上來接妳，妳別滿街亂跑了！」

他急急掛斷電話，我又呆住了。林肯大廈在什麼鬼地方？

不急，林肯大廈一定在附近。

我開始在敦化南路各巷子中亂鑽，二十分鐘後，我發現鑫濤不可能找到我了。於是，我叫了一輛計程車，回家去也。總算還好，沒忘記可園的門牌號碼。

鑫濤在半小時後回到家裡，對我又搖頭又嘆氣又跌腳：

「妳怎麼這樣有本領啊？我把三棟雙星大廈都找遍了，全找不到妳……妳……妳真……真……」

他「真」不下去了，而我瞪著眼睛嘟著嘴說了句：

「怎麼臺北有三棟雙星大廈？誰弄得清楚？你為什麼偏偏選第三棟當辦公廳？」

第二天，我的諸親好友，全臺北市的朋友們，都知道我迷路的事了。范思綺第一個跑來慰問我，見到我，她大笑著說：

「妳的第一次『自由活動』就迷路啦？就這樣糊裡糊塗的落幕啦？」

我嘴裡嘰哩咕嚕，想說明三棟雙星大廈的事兒，范思綺根本不聽我，她笑得快岔了氣，笑得眼淚水都快滾出來了。她用胳膊擁著我，邊笑邊說：

「可憐的瓊瑤，我看妳就放棄妳的『自由』吧！」

這就是這個冬天，我唯一的「壯舉」。就是我「爭自由」的結果。

直到現在，我沒有採取第二個「自由活動」。直到現在，我仍然在和我的思想交戰。直到現在，我仍然認為這是個問題。

不過，誰的人生裡沒有問題呢？

「先知」帶來的震撼

就在我的「自由」運動中，突然間，我以一種近乎震撼的心情，認識了紀伯侖的《先知》！

這是這個冬天的又一大事，不能不提。

提起《先知》，又要回復到除夕夜的宴會，就在那宴會中，我結識了聞名已久的建築家兼畫家的李祖原先生，和他那從事翻譯工作的夫人王季慶女士。

李氏夫婦給人的印象都十分深刻，李祖原高貴寧靜，帶著種超然的書卷味。李夫人則纖細文雅，輕靈秀氣。除夕之聚後沒多久，我們又聚在一起，去參觀了李氏夫婦那別致已極的家。到底是建築家的設計，屋子裡的一瓶一罐，牆上的一字一畫，以及許多來自鄉土的畫棟雕樑都曾令我驚嘆。但，真正使我瞠目結舌的，是一幅從二樓直垂到一樓的巨幅潑墨畫，這張畫是李祖原先生自己畫的，懸掛在樓梯對面的牆上，頂天立地，帶著種磅礴氣勢，使那棟溫暖的小樓，增添了無盡「風雲際會」的氣魄。

就在那晚，李夫人王季慶女士，送了兩本她所翻譯的書給我，一本是《靈界的訊息》，一本就是紀伯倫的《先知》。

說起來，我是相當無知的。

在看《先知》以前，我幾乎不知道紀伯倫！

但是，看了《先知》，我震驚而訝異，那麼多的思想，那麼多的言論，那麼多詩一般的句子，那麼多充滿智慧的哲學……他都寫了。他早就寫了！這位生於一八八三年的奇人紀伯倫！

看《先知》那晚，我正受挫於自己的「自由」運動中。我還弄不明白我該不該有「自我」，該不該有「自由」，該不該和鑫濤對我的「照顧」過多而有所疑懼。但是，翻開《先知》一書，其中有章〈婚姻〉，卻赫然寫著：

「你們生即同在，你們也將永遠同在。
但是在你們的契合中保留些空隙吧，
讓天堂的風在你們之間舞蹈。
彼此相愛，卻不要使愛成為枷鎖：
不如讓它像在你倆靈魂之岸間流動的海水。

注滿彼此的酒杯卻不飲自同一杯。
彼此給予麵包卻不分食同一條麵包。
一同跳舞放懷歡欣，
卻讓你們各有自我，
正如琵琶的各弦線是分開的，雖然它們在同一樂曲下顫動。

給予你們的心，卻不交給彼此保管，
因為只有『生命』的手才能包容你們的心。
站立在一起但不要彼此太靠近：
因為廟宇的柱子分開矗立，
橡樹和綠杉也不能在彼此的陰影中生長。」

偉哉紀伯侖！感謝王季慶！這正是我那雲遊四海的「思想」對我撞擊的原因！這些句子，豈不正是我想告訴鑫濤的嗎？我和鑫濤，什麼都不缺了，缺的原來只是「空隙」，過分的密切阻擋了天堂的風。真是愚蠢哪！

帶著種虔誠的心情，帶著種嶄新的喜悅。那晚，我就將這段話錄在一張卡片上，連帶鮮花一朵，放在鑫濤枕畔。我要的不是「自由」，而是「天堂的風」，「流動的海水」，以及

那「分開的弦線下奏出的同一首歌」！

事有湊巧，兩天後我必須和弟婦一同赴香港，去為我的電影事業簽約，鑫濤無法結伴同行，他瀟灑的說：

「這下我們之間有空隙了。正好讓我去好好的認識一下妳的朋友紀伯侖！」

我到香港第一晚，鑫濤來電話：

「我已經感覺到天堂的微風在吹動啦！有些涼颼颼的呢！」

第二晚，他在電話中說：

「不得了，微風變颶風啦！」

第三晚，他說：

「颶風變大颱風啦！」

第四晚，他說：

「流動的海水變海嘯啦！」

第五天，我說：

「我回來啦！你別再掀風作浪，把地震引出來，弄倒廟宇的柱子吧！」

於是，我回家了。

回家那晚，鑫濤寫了一首打油詩給我：

「天堂的風無從吹襲，
只要契合中沒有空隙。
靈魂兩岸之間海水如何流動？
如果靈魂相連成整塊陸地！
誰管那弦線是否分開？
只聽到那弦音奏著同一歌曲！
至於廟宇的柱子分開矗立，
那又關我們什麼事？
我們只要緊緊靠在一起，
彼此間何來陰影遮綠地！」

對不起，紀伯侖！我十九年前交友不慎，認識了鑫濤，三年前又一時糊塗，跌入他的婚姻陷阱裡。如今，雖然我那麼佩服你的才智，震撼於你的詩句，並請出你老先生來，希望令頑石點頭，看樣子，你的啟示仍然無法點醒我家這位「凡夫俗子」！

所以，我仍然缺少那天堂的風！

這個冬天，就這樣過去了。

這個冬天，我慵懶得很神仙。

這個冬天，我交了好多朋友。

這個冬天，我努力爭取過自由。

這個冬天，我知道每個人生命裡都有問題。

這個冬天，我認識了紀伯侖。

這個冬天，我還有好多沒寫出來的事情，人生的體驗總是一天比一天增多的。不過，不能再寫了，這篇短文已比我預期的寫得多了。而且，冬天已過去，春節轉眼將至。窗外，春風已起兮！

春風已起兮，別矣，這個冬天！

春風已起兮，新的一年又將來臨。願我的好友們各有所獲。願天下所有有問題的人們解決問題！願我的「今年春天」又是一番新氣象！

一九八三年二月十日，春節前三日

寫於臺北可園

◆春天

忙碌

上個冬天我過得很慵懶。

春節剛剛過去，我還沒有從我的「冬眠」中甦醒，就忽然被捲進一陣翻天覆地的忙碌裡，忙得我幾乎沒有喘息的時間，休息的時間，思想的時間，連和鑫濤爭自由的時間都沒有了。

忙碌的開始，是中華電視臺突然把一宗「瓊瑤專輯」的企畫案拿到我面前，希望以我所作的歌、電影，和我的言談思想，錄製成兩個專輯，在電視上播出。換了往年，我一定不會答應。今年，屈指一算，我的寫作生涯已滿二十年。有時真不相信，二十年就這麼塗塗寫寫的過去了。二十年間，居然也有四十九部電影根據我的原著改編，三十九部小說出版，一百多首歌被人唱著、流傳著……我看著那企畫案，一時感觸，居然衝口而出的說了個「好」字！這一「好」，可真好了，從沒有參與過電視作業的我，一下子就像掉進了洗衣機的洗槽裡，被捲動的水流沖擊得我頭昏腦脹。

忙碌由茲開始，一連串「鮮」事也由茲開始。

節目表

專輯由某某公司製作，訂名為「瓊瑤的天空瓊瑤的夢」。我們幾度開會，決定製作一個綜藝性的、柔美而溫馨的節目，以我的歌為主，短劇和我的旁白為輔，表現一個我二十年來一直述說著的主題——愛。

一開始，製作小組就全體捲入了工作的狂潮中。由於部分歌曲已是十幾年前的老歌，要找原聲帶，要找現在的演員或歌星來唱，要先錄音，再用ENG（電視攝影）出外景拍攝。於是，找唱片、找音樂帶、聯絡原來的唱片公司，僅僅錄音收音一項，就成了大工程。然後，我們要把節目排出來，分配歌曲由誰唱，短劇由誰演出，旁白在什麼時插入……這又是一項大工程，劉懋生（執行小組之一）負責和我一起排節目。

節目表一排出來，演員陣容真是群星熠熠。鄭少秋、沈殿霞、陳玉蓮、高凌風、劉藍溪、楊翠弦、蔡琴、費翔、仲倫、徐小玲、張小燕、潘越雲、趙曉君、朱宛宜、潘安邦、張順興、唐琪、馬雷蒙……及華視的許多知名演員，都一一加入。我看看演員表，仍然意猶未足，我說：

「應該請林青霞來唱首歌的，她在我的電影中有不可抹煞的地位！」

可惜，青霞當時在國外，沒有聯絡上。

「這演員陣容已經夠強了！」劉懋生一個勁兒說：「沒有幾個綜藝節目有這麼強的卡

司，不必再找人了。只是，高凌風在臺中作秀，大概不能來參加。」

是嗎？高凌風，十八歲時常在我家又唱又叫又說的作他的歌星夢，如今已名滿東南亞。總記得幫他寫〈女朋友〉的時候，總記得為他寫〈大眼睛〉、〈一個小故事〉的時候，總記得介紹他去夜總會唱歌的時候……不過，那時的高凌風名叫葛元誠，高凌風這名字是我取的。今日的高凌風還有往日的狂放嗎？還有往日的豪情嗎？還有往日的義氣嗎？說不定忙於作秀，不能上電視呢！

我拿起電話，立即接臺中，找高凌風。

「瓊瑤姊，」高凌風那興奮愉悅的聲音立刻清晰的傳了過來：「妳的專輯，少了我還行嗎？」這傢伙永遠狂妄！「妳想，妳的歌，我唱紅了多少首？大眼睛、一個小故事、野菊花、在水一方、有人告訴我、燃燒吧火鳥、七束心香、一簾幽夢、翦翦風、老爺車、小路……」他越說越順口，連不是他唱的歌也變成他唱紅的了。

「別唸啦！」我打斷他。「你只說有沒有時間來錄音和錄影？」

「當然有時間！」他大叫。

「你不是在作秀嗎？」

「啊呀，瓊瑤姊！臺中到臺北開車只有兩小時，我表演完飛車回來，錄完影再飛車回去……」

「別飛車了！」我慌忙說，對他「飛車」有過的「紀錄」十分不放心。「我讓影視公司跟你直接聯絡，到時候別給我什麼怪理由來推託……」

「推託？」高凌風哇哇怪叫：「我為什麼要推託？我只怕妳不要我參加呢！」

三天後，高凌風真的飛車回臺北來錄〈大眼睛〉和〈野菊花〉，那天正傾盆大雨，他在雨中又跳又唱又蹦又叫，淋得活像剛出水的大青蛙。

節目表排完，真正的工作開始。哇，簡直形容不出那一番忙碌景象！

可園二跛

今年的雨水特別多。專輯受下雨的影響，好多首歌都改為內景拍攝，移到內景，影視公司就開始在可園中找場景。於是，鄭少秋和陳玉蓮的〈珍重今宵〉在可園拍的，劉藍溪的〈一簾幽夢〉在可園拍的，〈詩意〉在可園拍的，最後，為了趕時間，連短劇也移到可園來拍攝了。可園上從樓梯、陽臺，下至客廳、地下室，無處不被充分利用。由於播出時間越來越近，可園中的工作人員就越來越多，常常兩、三組人同時進行工作。

可園這下熱鬧透了。又是攝影機，又是軌道，又是工作人員，又是演員，忙忙亂亂，亂亂忙忙，我上樓也撞著人，下樓也撞著人，哇，比拍電影還熱鬧！

偏偏在這緊要關頭，鑫濤的老毛病「痛風」發作了。這病一發作，他的足踝就紅腫起來，走路困難之至，必須一跛一跛的。世界上就有這麼巧的事，當他跛著腳滿可園跳的時候，劉懋生也跛著腳跳進可園來了。一問之下，原來他們去臺大拍〈給小書呆〉（費翔所唱的一首歌），劉懋生自告奮勇充當臨時演員，去球場打球，被一位女生狠狠踩了一腳，扭傷筋骨，整隻腳都腫了起來，用紗布包了個密密層層。

這一下，可園更熱鬧了。

我一忽兒看到鑫濤一跛一跛的衝下樓去照顧大家，一忽兒又看到劉懋生一跛一跛的跳上樓來聯絡演員，再加上攝影師、導播、演員，人來人往，我簡直看得眼花繚亂。

鑫濤和劉懋生，由於「同病相憐」，又由於都無法閒著不動，兩人常常跛著撞到一塊兒，彼此不免問候一句：

「好一點沒有？」

「不好哇！」

「你就別走了，有事我來辦！」

「你也不比我好，還是我來辦！」

這樣，他們雖然年齡相差了一大截，卻成了好朋友。

有一晚，大家都工作到凌晨兩點鐘了。鑫濤必須幫他們布置一些場景，例如搬畫框、找雕像、找道具、找盆景（這些東西都是可園中現成的，卻要從不同的房間裡找來），劉懋生看不過去，在一旁跛著腳幫忙。忽然，導播大叫了一聲：

「什麼地方有釘子？我需要一根釘子！」

當時，我們大家都在三樓上。正在排演「我」的部分。

「地下室有。」鑫濤說，臉色已經變了。要跛著腳走到地下室，再跛著腳爬上三樓，豈不是要了他的命！劉懋生慌忙問導播：

「一定需要嗎？」

「一定需要，那盞吊燈的位置不對！」

鑫濤不說話，跛著腳就往樓梯口走，劉懋生也跛著腳跳過去，對鑫濤說：

「告訴我在哪裡，我去拿吧！你的腳不好走路！」

「你找不到！」鑫濤說：「還是我去拿吧，你的腳也不好走路！」

鑫濤跛下樓後，劉懋生不忍心的也跛到二樓去接應。而我們在三樓上苦等。導播不耐煩，把那盞吊燈左弄右弄，居然用一枝假花的花梗給纏起來，固定到他需要的位置。於是，大家繼續工作，誰都忘了找釘子的事兒。好一會兒，鑫濤和劉懋生跛著腳，彼此攙扶著跛上樓來了。鑫濤手裡高舉著一根釘子，說：

「釘子來啦！」鑫濤嚷著。

「不用啦！」導播喊。

鑫濤一屁股跌坐在樓梯上，臉色發白。

劉懋生跟著坐下去，臉色發青。

哇！真鮮！我瞪著他們兩個看，又想笑又不忍心笑。這「可園二跛」的珍貴鏡頭，可惜在螢光幕上無法出現，當時的景況，真是「只能意會」，而「不可言傳」！

我飾演「瓊瑤」

從沒有想到有一天，我要去飾演一個名叫「瓊瑤」的人。更沒有想到，這個角色如此「難演」。

我扮演「瓊瑤」的那晚，劉藍溪正在我家錄〈一簾幽夢〉，我正陶醉在她那甜美的歌聲中，忽然聽到導播喊了一聲：

「瓊瑤姊，今晚一定要把妳也拍掉！」

什麼？我大吃一驚。要拍我？我連一點心理準備都還沒有呢！我忽然間就怯起場來了。

「我……我今晚不能拍……」我在想理由搪塞。

「不能拍也要拍！」導播喊著說，不給我還價的餘地。「只有兩天就要播出了，沒時間了！」

看樣子無法還價。我第一件事就是衝到鏡子前面去打量一下自己（瞧，在這方面，我是個百分之百的女人），不得了，幾天忙碌下來，我簡直「形容憔悴」，最糟的是連頭髮都沒洗，我把跛著腳的鑫濤叫進臥室來：

「我前面的頭髮像瘋子，你看看我後面的頭髮像什麼？」

他認真的看了看，簡單明瞭的說：

「像稻草！」

哇！不得了！我抓了一瓶洗髮精，匆忙的交代了一句：

「讓他們等我一小時，我洗個頭再來拍！」

衝到巷口的美容院，洗了頭，又匆匆趕回家。還好，大家都還忙著拍劉藍溪，還沒輪到我，走進臥室，卻發現咱們電影公司的化妝師阿秀已經在等我了。

「什麼？化妝？」我又彆扭上了。「不要化了，就這樣就行了！」

「不行不行，電視妝必須濃一點。」阿秀好言相勸。「我只幫妳補一補。」

「不要不要……」我猛搖頭。

「妳希不希望在鏡頭中出來漂亮一點呀？」鑫濤的攻心術永遠是第一流的。「妳希不希望看起來年輕一點呀？妳瞧，劉藍溪、楊翠弦……哪一個不化妝呢？」

我還在搖頭。但是，鑫濤把我們的導演劉立立也找來了，他深知所有演員裡，最不聽話的可能就是飾演瓊瑤的這位了，而他最「沒法度」、「擺不平」的也是這一位了。最糟的是，他深知，如果一切都依我，而將來鏡頭中拍出來的形象不理想的話，第一個倒楣的人還是他！我一定會怪他沒有把我「照顧」好。並且，說不定會遷怒於他「為什麼答應華視作專輯」！他對這「利害關係」，權衡得十分清楚。所以把劉姊也請來助陣。果然，劉姊一來，形勢立即改觀，我只聽到劉姊一聲令下：

「阿秀！給她卸了妝重化！雙頰要紅一點，鼻子兩邊要打點陰影，頭髮再梳過！」

「劉姊，劉姊……」我哇哇叫。

「別叫了！」劉姊權威之至。「否則妳就是張大白臉，連立體感都沒有！」

不敢再叫，我開始變成被擺布的洋娃娃。

半小時後，化妝完畢。

我對鏡子一看，真鮮。鏡子中有張「似曾相識」的臉孔，濃眉大眼，鼻端的陰影把鼻子顯得高出好多。我悄悄擦掉一些陰影，還我一點本來面目。然後，在等待上場的那段時間裡，我就專心在做這件事。當我終於出場的時候，鼻端的陰影已差不多被我擦光了。

我所拍的第一個鏡頭，是坐在地毯上，麥克風藏在裙子裡（現場收音），導播要我劃一枝火柴，點燃一支蠟燭，吹熄火柴，放下火柴盒，抬頭，對鏡頭說話……

「簡單。」

我想著，把火柴盒和火柴都握在手上，全場肅靜，俞導播開始報數：

「五、四、三、二……」

我坐得端端正正，紋風不動，等他那個「一」字。怎麼？機器都開動了，「一」字還沒報出來，導播叫 Cut，問我：

「妳在等什麼？」

「等你報數呀！」我說。

「我已經報完了！」

「你只報到二！」

「一就是妳！」導播說：「報完二，就輪到妳劃火柴了！」

「原來如此！懂了。」

再來一次。導播又報數五、四、三、二……

我仍然沒動。

「怎麼啦？」

「噢！」我慌慌張張的回答。「習慣成自然，我又在等你那個『一』字！」

攝影師嘆氣，導播嘆氣。我好抱歉好抱歉，因為大家都工作了一整天，都好累好累了。

他們實在沒料到，他們的「災難」才剛剛開始呢！

「這樣吧，我們不報數了，」導播說：「我說開始，妳就劃火柴！」

「這樣比較好！」我立刻同意。

再來一次。導播叫了「開始」，機器動了。

我劃火柴，一劃，不燃，再劃，不燃，三劃，用力過猛，火柴斷了。

「別緊張，別緊張，」導播拚命安慰我。「再來！」

這次，火柴劃著了，導播輕聲指點，不斷鼓勵：

「好極了，點蠟燭，點燃了，好極了。吹火柴，好……」導播好不下去了，因為本人一吹之下，不止吹滅了火柴，連剛點燃的蠟燭也一起吹滅了。

「妳的力氣還真不小！」俞導播終於瞭解該佩服誰了。「妳用用思想，妳是很溫柔的，很文雅的，一切動作都是從從容容的，秀秀氣氣的……」

老天！我從不知道瓊瑤是那樣一位人物，而且，在真實生活中，瓊瑤實在很少點蠟燭，她最怕的就是光線不夠亮，燈泡都要用兩百燭的。

算了，現在不是研究瓊瑤的時候，是「飾演」瓊瑤的時候。

我繼續劃火柴，這次，火柴差點燒了手指頭！

再來一次！哈！這次，我終於統統做對了。劃火柴，火柴燃了，點蠟燭，蠟燭亮了，吹火柴，火柴熄了，放下火柴盒，抬起頭來，對鏡頭……完美極了，導播讚不絕口：

「好，對了！完全對了……」

我已對準鏡頭，導播一個手勢，全場肅靜，該我說話的時候了，我張開嘴來，經過這麼多次折騰，我早把要說的話忘到九霄雲外去了，雖然我的臺詞都是我自己寫的。話到嘴邊，我說出口的居然是：

「我該說什麼？」

完了！一切必須再從劃火柴開始。電視和電影不同，無法分成兩個鏡頭，導播堅持要一個鏡頭拍完。好吧！我再開始劃火柴吧！

兩小時之後，我終於拍完了這個鏡頭，把每個工作人員都累得垮垮的，把我自己也累得垮垮的。接下來，導播要我從走廊走到陽臺上，再從陽臺上走進來，對著一個吹笛人的雕像，凝視片刻，抬頭說話。

我知道不簡單了。但，沒想到那麼不簡單。

第一，本人愛漂亮，換了件薄薄的絲襯衫，而那夜奇寒，大雨傾盆，我必須走到陽臺，再走回來（我大約走了二十次），骨頭都快凍僵了。第二，地上鋪了軌道，我走路時不能看地，幾次都差點被軌道絆倒。第三，我對飾演中的「瓊瑤」走路方式不熟悉，我總是三步兩步，就走到鏡頭以外去了，而且雙手沒地方放。導播不斷在提醒我：

「走路慢一點，再慢一點。瓊瑤是是文雅的，不是粗枝大葉的，雙手握在身子前面，慢、慢、慢、慢、慢……再慢一點，還要慢一點……」

我幻想我是片雲，是片無風狀態下的雲，正緩緩飄過山崗，飄過原野……慢、慢、慢……不得了，腳下一絆，雲從天空摔到地下去了。

再來一次！

導播看著我，發現我實在沒有「進入情況」，必須講解一番，他很耐心、很懇切的說：

「妳是個文文雅雅、高高貴貴的小婦人……」

「不。」我再也忍不住了。「我並沒有那麼文雅高貴，我走路都很快，說話也很快……」

「但是，瓊瑤是個文雅的小婦人啊！」導播嚷著說：「妳要把這種文雅表現出來啊！」

該死！瓊瑤，妳幹嘛那麼「文雅」啊！簡直是折騰人嘛！我心中詛咒著那「高貴文雅」的「小婦人」，嘴裡可不敢再多所申辯。因為我知道，所有工作人員都很累了，天都快亮了，如果我再演不好「瓊瑤」，大家都要被我拖垮了。

劉懋生跛著腳跳上樓來看進度，鑫濤跛著腳到鏡頭前幫我看「監視器」（一種立即顯像的小型螢光幕），每個工作人員都呵欠連天東倒西歪。阿秀已歪在牆角睡著了。

再來一次！

我走著，一遍，兩遍，三遍

再來一次！

老天！我實在不記得到底走了多少次。只是，最後，我終於在工作人員都累得半昏迷狀態下，勉勉強強走完了那段「文文雅雅」、「漫漫長長」的一段路。

然後，我聽到那精力過人的俞導播說：

「好了，今晚收工！我現在要去你們花園拍魚池裡的魚去！我缺一個游魚的空鏡頭！」

「魚？」鑫濤愛魚如命，大吃一驚，從半睡眠中跳起來。「魚都在睡覺呢！」

「沒關係！沒關係！」俞導播姓俞卻不「惜魚」，非常輕鬆而瀟灑的說：「我用石頭打醒牠們！」

鑫濤欲言而又止，瞪著眼睛，用手揉著腳，他實在無力再去「護魚」了，所以，他們用石頭打醒了魚，所以，他們也拍成了那個空鏡頭！

鮮事記不勝記，瓊瑤錄影記就此打住。

專輯播出

三月十日晚間，第一集的專輯播出了。我和鑫濤在臥室中「欣賞」，比看「巨星」出品的電影還緊張，因為我們事先都沒看過完整的帶子，不知道出來的效果如何。全集九十分鐘，當然有些缺點，但是，大體說來，都還不錯。只有「飾演瓊瑤」的那位演員，使我非常不滿意。

「那像我嗎？」我一直問鑫濤：「說話太慢，走路太慢，動作太慢……」我跳下床，三步兩步跳出房間，我那已讀大學的兒子和他同班同學十幾人，也剛剛在他的房間看完了這節目。兒子衝下樓來，笑著擁住我：

「媽，妳不壞。」兒子鼓勵的說：「同學們都說妳演得不壞。像一般人心目裡的瓊瑤，說話一個字一個字的，動作好斯文……」

「可是，不像我，是不是？」我急急的說。

「啊呀。」兒子坦率的說：「沒人會相信，真實生活裡的瓊瑤，是像妳本人這麼愛鬧愛笑，無拘無束的！說實話，真實的妳，比電視中的妳年輕！」

很好的恭維。我又跳回臥室，鑫濤正坐在床上發愣呢！兩眼瞪著電視機。

「怎麼啦？」我問他。

他抬頭盯著我，一本正經的。

「有個問題。」他嚴肅的說。

「什麼問題？」我慌張的問。

「這節目的名稱叫『瓊瑤的天空瓊瑤的夢』對吧？」

「是。」

「咱們家所有東西都被拍進去了。燈、樓梯、花園、地下室、雪球、客廳，連魚池裡的魚都沒逃過，是不是？」

「是啊！」

「可是，」他板著臉問：「我在哪裡？」

「你啊？」我笑了起來：「下一集還來得及補救，當我說話的時候，你跛著腳跳出來，大叫三聲：我在拿釘子！我在搬畫框！我在看監視器！必然收到喜劇效果！」我一面說，一面大過導演癮，手舞足蹈的教他如何「跳」出來。

他瞅著我，搖頭笑了。

「別人絕不會相信，」他說：「瓊瑤是像妳這樣瘋瘋癲癲的！妳看電視裡那個瓊瑤，多文雅啊！」

「那不是實實在在的我，我是有些古怪的。」我笑著說，唸著：「我是一片雲，自在又瀟灑。身隨魂夢飛，來去無牽掛！」

「很好的歌詞，這就是妳的境界嗎？」

「每支歌都有我的境界，我的思想，我的心聲。」我認真的說，不笑了。「所以，我總覺得我不需要再說太多的旁白！」

三月十七日，第二集專輯也如期播出了。我們改正了若干缺點，第二集做得比第一集好一點，我的說話也沒有那樣慢吞吞了。只是，鑫濤堅決不肯跳出來說他的臺詞，實在是一大遺憾，原來世界上還有比我更怯場的人！這兩集專輯做完，我足足瘦了兩公斤，卻是意料之外的收穫。

很多人不知道我為什麼會做這兩個專輯，我在最後有一段話說：

「很多人問我，我的天空，我的夢裡到底有些什麼？現在，大家看了很多，聽了很多。在這一百八十分鐘的專輯裡，是我二十年來的青春……」

真的，二十年的青春呢！一百八十分鐘就「唱」完了。二十年的青春，二十年述說的「愛」字，有幾人真正看懂了？專輯忙完了，我鬆懈下來，卻有些兒惆悵。就在這時，兒子讀大學的那些同學們，卻聯名給了我一張卡片，上面寫著：

「親愛的瓊瑤阿姨：
是怎樣的因緣，指引我們相識，

當您，以詩，以歌傳述著人間最古老的故事的時候，
我們才在初識世事的歲月，
方知道，生命際遇裡，
牽繫兩端的原來是——
一絲絲真情的心弦。
如果不是您付出了愛，
怎能譜寫人間最美的神話？
如果不是您先感動了自己，
又如何能觸動萬千讀者的心靈？
深信，在純真至潔的愛情世界裡，
永遠有一片屬於您所揮灑、編織的天空。」

我把卡片擁在胸前，很不爭氣，淚珠居然衝進眼眶了。好些日子，我就走到哪兒都捧著那張卡片，不厭其煩的朗誦給鑫濤聽。

上帝的惡作劇

三月二十八日，我突然決定去「景仁兒童殘障教養院」，和那些孩子們共度一天。

遠在我寫《昨夜之燈》以前，因為我需要有關「先天性」的「兒童殘障」問題的資料，我就和景仁取得了密切的聯繫。《昨夜之燈》小說出版後，皇冠又對景仁做了一次專訪，一年多以來，我們和景仁始終保持著來往。拍攝《昨夜之燈》的電影時，景仁也全力協助拍攝。如今，小說出版了，電影上映了，我忽然好想好想去看看那些孩子。

三月二十八日，天空中烏雲密布，大雨傾盆。

景仁的院長陳菊貞女士來臺北，陪我一起去。皇冠雜誌社的記者董小玲小姐也同行採訪。

景仁的地址在桃園，我們下午兩點鐘動身，一路上，我和陳院長談著那些孩子們的種種故事，尤其是他們的出身、家庭、父母……像《昨夜之燈》男主角葉剛的故事一樣，那三百多個孩子，每個個案都是一個故事。

到了景仁，我在大雨中下車，驚愕的感動在一片歌聲中。景仁有三百四十個孩子，其中能夠自己穿衣吃飯，懂得上廁所的大約只有四十幾個。其餘全要包尿布，靠保姆來照顧。現在，四十幾個孩子都聚集在門口，對我唱歌鼓掌以示歡迎，有個小女孩兒還為我捧上了一束鮮花。

我的眼眶又濕了。

我看著他們，雖然他們的歌聲咿啞，雖然他們的行動不便，雖然他們都「不正常」。但是，他們的面孔上都湧著笑容，眼光中都帶著期盼。一些「智商」較高的孩子，還都熱烈地伸手和我握手，並且懂得叫我：

「瓊瑤阿姨！」

我握著他們的手，撫摸著他們的面頰，驚奇的發現一件事：他們即使什麼都不懂，他們卻懂得「愛」！

這個發現，在後來陳院長陪我參觀全院時，我就更加確定了。全院三百四十個孩子，幾乎有三百個都不能行動，他們坐在輪椅上，躺在床上，不會說話，十幾歲仍然狀如嬰兒，十幾歲還要用奶瓶餵……但是，他們顯然都認得照顧他們的保姆，認得陳院長，當陳院長伸手撫摸他們時，他們那癡呆的眼神中仍然流露著光彩。

我多麼感動，多麼激動，又多麼震撼啊！

三百四十個孩子！

三百四十個「上帝的惡作劇」！

他們不該來到人間的，但是，他們來了！

幸好有景仁這種機構來收養他們。我覺得，陳院長和景仁的每位老師、保姆，都太偉大了。這些孩子，有的毫無意識的已經躺了十幾年，每天都要給他們清洗好幾次，要餵食物，還要治療他們身體上其他的疾患。這簡直不是僅靠耐心可以做到的，這還要最大的愛心和犧牲才能做到的！

有一群人在默默的為這些孩子做著事，而我們的社會大眾，對這問題幾乎是無知而忽略的！

我走進一間又一間的病房，看了一個又一個的孩子。

有三兄弟，每一個都是畸形加智能不足（醫學名詞上，被稱為『多重性障礙』）。我忍不住激動起來，問陳院長：

「為什麼他們不節育？為什麼他們已經知道生下的孩子不健康，還要一個接一個的生下來？」

「我們也對他們家說過啊，可是，他們堅持要生一個正常的來傳宗接代啊！妳看到三兄弟就很激動，妳知道我們這兒還有四姊妹嗎？」她帶我去看四姊妹中的兩個，坐在床上，不能行動，不能說話。我問：

「其他兩個呢？」

「已經去世了。」陳院長說，抬頭望望窗外，雨霧中，一座骨灰塔聳立在那兒。「這些孩子平均年齡只有十幾歲，到時候就去了。我們為他們建了一座骨灰塔，逢年過節，我們也祭祀他們。」

多麼絕望的生命啊！從無知中來，從無知中去。十幾年生活在無知的世界裡，卻讓有知的人耗費心力來照顧他們，為什麼呢？為什麼上蒼讓這些生命降臨人間？傳宗接代，接下

去的代又會正常嗎？這陳腐的觀念竟不能更改嗎？優生保健的運動竟不能推行嗎？我心中黯然、惻然，而又悸動了。

「這兒，是我們可愛的雙胞胎兄弟！」陳院長帶我到兩張嬰兒床前面。

嬰兒床裡，一對長得一模一樣，出落得眉清目秀的嬰兒正躺在那兒，睜著大大的眼睛，眼珠烏黑烏黑的，皮膚嬌嫩而細緻，一眼看去，除了脆弱以外，看不出絲毫不正常。

「他們不是很好嗎？」我問。

「不好不好。」院長說：「一點也不好。」她拉開棉被，讓我看藏在棉被裡畸形的身子。「他們全身的骨骼都是軟的，而且沒有智商，妳看他們幾歲？」

「兩歲？」我問。

「六歲了！」

我的天，我抽了口冷氣，忽然覺得房間裡好冷。

「來，笑一個！」院長逗著他們。

我伸手去輕觸雙胞胎的面頰，孩子居然笑了。就這樣躺了六年，無知的六年！但是，也會對關懷的手綻出笑容啊！孩子笑了，我心卻酸楚起來。

「這旁邊，是他們的哥哥！」院長忽然說。

什麼？還有個哥哥？我看過去，那男孩也同樣眉清目秀，只是比弟弟們看來更脆弱委頓些。

「大幾歲？」我問。

「一歲。」

我搖頭。兩年中生下三個這樣的孩子！我真想學葉剛，仰頭問蒼天：

「如果真有神，祢們在哪裡？為什麼眾神默默？」

再走過去，兩張嬰兒床中，一張躺著全身畸形的「全全」（這孩子也是我們《昨夜之燈》中拍攝的那個孩子，全全不是他的本名，而是我們導演給他的暱稱。導演劉姊曾堅持說全全認得她，也懂得她叫他）。我撫摸全全，全全轉著眼珠，我問院長：

「他懂嗎？」

「不。」院長搖頭：「我想他不懂。他的腦袋太小，沒有辦法懂。」

或者，他有他的某種境界？我悲天憫人的想，竟對全全生出一種難言的感情，我總覺得，他在對我笑。

全全隔壁的嬰兒床裡，是個患水腦症的孩子，他有顆龐大的頭，占了身子的幾乎三分之一。

「妳知道嗎？」院長愛憐的望著那大頭。「他已經十六歲了。」

十六歲！我的上帝！那小身軀頂多只有三歲大。

保姆抱了個兔唇的孩子過來了。笑著說：

「今天早上，我們發現他們兩個會玩呢！」

保姆把兔唇兒放在大頭床上，逗著他們，兔唇兒用手拂弄大頭，笑著，卻並不真的「打」大頭。大頭孩子伸出一隻畸形的手指，作放槍狀，嘴裡居然喃喃的說：

「砰！砰！砰！」

哇！他們真的會玩呢！我望著兔唇兒，忽然覺得有一線光明，我急切的說：

「這孩子可不可以送去外科醫院矯正？」

「我們曾經把他送到馬偕醫院，醫生說不值得矯正。」

「不值得！為什麼？」

陳院長讓我看孩子的腳，我才注意到那腳是畸形的。

「他已經七歲了！和所有孩子一樣，他是腦性麻痺，換言之，他智能不足，再說簡單一點，他是低能兒！」

兔唇、低能、畸形……上帝能把所有的「不正常」全集中在同一個孩子身上？我凝視那孩子，他卻咧著嘴在笑，渾然不知自身的悲哀，也不知道他帶給別人的感受。**我暗中嘆口氣，或者，在這種情況中，「無知」竟是種「幸福」了。最起碼，他不會感受到自己的悲劇。**

然後，我們走進了「老孩子」的房間，陳院長說，這些孩子都有二十幾歲、三十歲。全院中最大的一個是個女生，已經四十歲了。長得胖乎乎的，院長叫她「大胖」。在餐廳裡，我見到了「大胖」。

「大胖」很害羞，個子大約有十二、三歲的樣子，動作卻宛如三歲幼兒。當院長叫她過來時，她竟整個身子縮在門背後，用雙手掩著臉兒格格偷笑，扭動著身軀就是不肯走出來。

院長半威脅的說：「妳不出來，我把妳的娃娃抱走了！」

大胖似乎嚇壞了，她立刻慌慌張張從門背後跑出來，直衝到一個小孩身邊，把那孩子一把抱起來，那孩子的褲子滑下去了，大胖又手忙腳亂的幫那孩子穿褲子，然後緊緊張張的把孩子抱到她自己身邊，在一張凳子上坐下來，用雙手護著他。

我目瞪口呆的看著這一幕。

「他們是什麼關係？」我問。

「一點關係也沒有，該是緣分吧！」院長感嘆的說：「大胖從本院成立就進來了，那個娃娃呢，是十二年前，由她父親送來的。自從娃娃一來，大胖就愛上這孩子了，說是她的娃娃。十幾年如一日，大胖什麼都不會，偏偏會照顧娃娃。大胖常不聽話，不肯洗澡，我們就用娃娃威脅她，把娃娃藏起來，她找不到娃娃，就急得不得了，什麼話都肯聽了！」

我望著大胖和她的娃娃，心裡湧起一陣難言的溫暖，這就是我所謂的「愛」了。四十歲的大胖，雖然只有三歲的心智，她也有母性的溫柔啊！

那天，整個下午，我都在景仁度過了。而且，我又從陳院長那兒，獲知更多類似「葉剛」（《昨夜之燈》的男主角）的故事。很多人批評我筆下的故事不寫實，而「真實」常那樣活生生的鋪陳在我面前。

離開景仁，天已經黑了。雨仍然嘩啦啦的下著，為誰哭泣呢？上車前，我注視著那骨灰塔，心中充塞著難以描述的情緒。比較健全的孩子們又湧到車邊來了，揮著手喊：

「瓊瑤阿姨，再見！」

一個蒙古症的孩子對我舉手行軍禮，再加上深深一鞠躬，其他幾個畸形孩子也跟著學樣。我抬頭望著雨霧中的大樓，這樓中深藏著三百多個低能、畸形，而且長不大的孩子！這也是生命！是上帝賦予的生命！

車子離開了景仁。我想著聖經《創世紀》中的記載：

「神說我們要照著我們的形象，
按著我們的樣式造人，
使他們管理海裡的魚，
空中的鳥，地上的牲畜，
和全地、並地上所爬的一切昆蟲。
神就照著自己的形象造人，
乃是照著祂的形象造男造女，
神就賜福給他們……」

——（創世紀第一章第26、27、28節）

這就是經過「神」賜福的「人」嗎？就是按照「神的形象」造出的「人」嗎？這三百多個孩子，他們連自己的吃、喝、拉、撒、睡都管不好，他們甚至一生都沒認識過海裡的魚，空中的鳥，地上的牲畜，更遑論地上所爬的一切昆蟲了！我望著窗外的天空，「神」在什麼地方？這些孩子為何會來臨呢？我不懂，我永遠也不會懂。生命的奧祕是人類探索不盡的「謎」。

於是，我又想起屠格涅夫的散文詩，有一篇叫〈自然〉，他說他有一天夢到「自然女神」，他顫抖、惶恐而恭敬的去問那女神：

「祢默想些什麼？考慮人類未來的命運嗎？考慮人類怎樣才能達到完美和快樂？」

「我在想如何才能讓跳蚤有更大的力量，能從敵人手裡逃出來！」自然女神說。

「什麼？難道人類不是祢的寵兒嗎？」

「一切動物都是我的兒孫，」自然女神回答：「我對他們一樣關切，也一樣地去毀滅。」

「理由……公正……」

「那是人類的話！」女神說：「我不知道什麼是對和錯，什麼是公正？我已經賦出了生命，我也要將它收回，不論是蟲是人！」

是嗎？「生命」都是「自然」的一部分。自然創造了人，自然創造了蟲，自然也創造了這三百多個孩子（據估計，全省這種兒童約有十六萬人）。或者，這與「對」和「錯」無關？這種「悲劇」命定要來到世間？沒有公正，沒有理由。是嗎？是嗎？
　我不懂。我永遠也不會懂。

今年春天才剛開始呢！
今年春天一開始就有這麼多事！
上個冬天我很慵懶。
今年春天我很忙碌。
上個冬天，我在慵懶中卻若有所獲。
今年春天，我在忙碌中卻若有所失。

一九八三年四月二日寫於臺北可園

◆夏天

旅行

夏天剛開始，我和鑫濤決定出國去旅行。

每年，我們總抽出一段短短的時間，出國去走走，看看這個世界，接觸一些其他的人們，也鬆懈一下工作累積下來的精神緊張。今年，從年初我們就在計劃旅行。尤其，我寫了篇〈這個冬天〉之後，鑫濤認為我的爭自由與生活圈狹窄大有關係，而解決生活圈狹窄的最佳方法，莫過於「旅行」。

決定去旅行了。但是，去何處呢？

很多地方，我們以前都已經去過了。但是馬來西亞，是我們沒去過的。我正猶豫是否要去馬來西亞時，剛受槍傷的高凌風給了我一個電話，說他要去新加坡養傷了。我們談完了他的傷勢之後，我順便問他馬來西亞好不好玩？他一聽這問題，精神全來了，在電話中說：

「哎呀！瓊瑤姊，妳運氣真好，問我完全問對了人了！馬來西亞等於是我的第二故鄉，世界上沒有地方比馬來西亞更好！妳可以吃中國菜，說中國話，而享受異地風光！當然，馬來西亞最好玩的地方是檳城……啊呀呀，談起檳城，別提了！那真是美極了的地方，沙灘上清風徐來，海水清澈見底……」

「太陽大不大？」我插嘴，我最怕曬太陽，最怕熱。

「太陽？」高凌風在電話中怪叫著說：「太陽關妳什麼事？那沙灘上全是樹，每張樹葉都有一張圓桌面那麼大，妳只要在樹下一坐，圓桌面一樣大的樹葉像天然亭子，妳怎麼曬得到太陽？假若妳坐得不耐煩，還可以包一條遊艇，出海釣魚去，檳城海外，小島無數，可以釣魚，可游泳，可以看珊瑚，還可以在大樹蔭下睡懶覺……」

好！世界上還能有比這種地方更好的地方嗎？雖然高凌風的話一向需要打折扣，不過，經他如此推薦，就算七折八扣，這地方也值得一去。於是，我和鑫濤立即辦手續，買機票，直飛馬來西亞的檳城。

❖

到檳城，已經是晚上了。在檳城住了十幾年的朋友洪先生開車來接，送到旅館（高凌風推薦的旅館），已經夜深，又有記者來訪，無法深入的瞭解檳城。第二天一早，立刻進入情況，原來旅館就在海灘上，我和鑫濤，冒著烈日（太陽之大，難以想像）走到沙灘上去找「像圓桌面一樣大」的大樹葉，誰知放眼看去，海灘一望無際，幾棵椰子樹疏疏落落點綴其間，樹葉絕不比臺灣的椰子樹葉大。我想，檳城的海灘當然不止旅館外這一片，高凌風所指的海灘大概在別處，也說不定在外海的某個島上呢！不過，不管怎樣，我生平就不能曬太陽，太陽曬久了我就會暈倒。因過去有此紀錄，鑫濤決定，在找到大樹葉前，先幫我買頂草

帽為第一要事。沙灘上雖沒有大樹葉，賣草帽拖鞋的攤子倒有無數個。

於是，我們去買草帽。

這一買草帽，就買出一連串故事。

賣草帽的老闆瘦瘦高高，被太陽曬得黑黑褐褐，笑容滿面，十分和藹，我們和他說英文，他和我們說中文。哇！原來是中國人呢！在國外遇到中國人是一大樂事（當時我們忘了馬來西亞有百分之四十的中國人）。於是，我們買了草帽，又買拖鞋，同時向他打聽檳城的名勝，那老闆一一介紹之餘，立刻毛遂自薦，要充當我們的司機和導遊，帶我們去遍遊檳城各名勝。我們的運氣實在不錯，大家一拍即合，興沖沖的，我們決定放棄找大樹葉沙灘，先遊檳城。

草帽老闆駕車，帶我們先去了植物園，植物園中樹木參天，猴子成群結隊，老猴子、中猴子、小猴子……紛紛追著人跑，如同來到孫悟空的老家。導遊建議我買花生餵猴子，我欣然從命。誰知檳城之猴，與眾不同，這一餵之下，竟引起群猴又爭又搶又奪，有一隻老猴居然對我齜牙咧嘴，窮凶極惡，抓著我的手大搖大叫。鑫濤怕牠傷到我，慌忙奪住我的手，也對牠大吼大叫。一時間，一人一猴，都抓著我的手大叫，場面簡直「驚心動魄」，最後老猴終於被鑫濤吼跑了，我經此一嚇，遊興大減，落荒而逃！

然後，我們去了極樂塔，又去了臥佛寺，因為以前曾去過泰國的曼谷，和日本的京都，大廟小廟實在看得太多，對這兩座廟宇的興致也不太高。再加上烈日當空，雖有草帽，實在用處不大，我汗流浹背，熱得頭昏腦漲。只是一個勁兒的引頸四望，到處去找大樹葉，別說大如圓桌面的，連大如圓板凳的也沒看到一張。

不到幾小時，檳城「名勝」就被我們「觀」「光」了。導遊頗不服氣，建議去「蛇廟」。

一聽到蛇廟，鑫濤立刻興奮無比。我們早已聽說檳城蛇廟，是一「奇景」。據說大蛇小蛇中蛇花蛇青蛇有毒蛇無毒蛇……都盤踞廟中，既不傷人，也不離去，而每逢祭祀之日，更像趕集似的，各方流浪之蛇，都會自動游來，爬滿廟中，萬蛇攢動。這種「奇景」，我們當然不能錯過。

「蛇廟」遠離市區，車子行行重行行，好不容易，總算到達。廟宇不大，廟門也很普通。我們進去之後，鑫濤捧著他的相機，低著頭，小心翼翼的踮著腳尖走路，我問他幹什麼，他說：

「怕踩著蛇啊！」

我對地上看去，地面清潔溜溜，何處有蛇？只有老狗一隻，懶洋洋的躺著，動也不動。到了正殿，導遊大叫：

「看蛇看蛇！」

我和鑫濤慌忙看去，我在菩薩身上找，鑫濤在神案上面找，什麼蛇都沒看到。最後，才發現兩條綠色小蛇，棲息在兩棵盆景上，盆子裡，有雞蛋餵養。然後，又在偏殿中、後院裡，陸續看到幾條，大概都被煙霧燻得昏然欲睡，幾條小蛇條條無精打彩。我們的「草帽導遊」顯然看出我們的失望，不住的安慰我們：

「以前這裡的蛇確實很多，最近開山築路，蛇都不見了！」

好吧，蛇廟是最後一景，看完之後，我們細細詢問導遊，才知道，檳城真正出產的東西，是「海灘」！

第二天一早，我和鑫濤決定，不浪費時間，包一條船，到外海的小島上釣魚去吧！

於是，我們到沙灘上去找「遊艇」。

走到沙灘，哈！我們的「草帽導遊」仍然在賣草帽。一聽到我們要出海，他非常熱心，立刻找來一位年輕人，年輕人又找來一位壯漢，三人用馬來話商量半天。告訴我們「遊艇」速度太慢，我們要去的島比較遠，不如乘「快艇」去，只要半小時就可到達。我們仔細盤問，三人都向我們拍胸脯保證，說那小島狀如「醉臥少婦」，名為「愛情島」，島上風景優美，確有大樹遮蔭，可在樹下垂釣，而珊瑚游魚，都可看得清清楚楚！

好極！我們決定乘快艇，去「愛情島」！我這寫「愛情小說」的專家，怎能不去愛情島？僅聽名字，已經頗能幻想出它的浪漫氣息了！

上了快艇，年輕人、壯漢已幫我們準備了釣具，「草帽導遊」自願隨行。於是，我們一行五人，四男一女，坐在船上，既稱「快艇」，當然沒有篷，烈日依舊，幸好我已備了件長袖襯衫，而且把我的長頭髮都紮在頭頂，戴上草帽，穿著短褲，自覺非常瀟灑。

馬達一經發動，小船突然如火箭般往大海中衝去，我差點被顛進水中。大驚之下，我用力抓住船緣，只見鑫濤像騎在馬背上一般顛上顛下，滿頭的頭髮，被吹得根根豎立。我的身子小，噸位輕，更是忽上忽下，忽左忽右。全身骨骼都在打架，五臟六腑全離開了原位。快艇簡直就像匹怒馬，奔騰衝刺，勁力十足。我立刻發現，這條「快艇」唯一想做的事，是要把我摔進大海中去。此時，我什麼心思都沒有了，唯一要做的事，就是不許它把我摔進大海裡去。

這番「衝刺」，我只能用「慘烈」兩個字來形容（後來我才知道，這種『快艇』就是〇〇七電影中那種，普通人根本不敢乘坐的）。

海浪喧囂著，被快艇衝刺得水花飛濺，而海風迎面撲來，我的草帽早被吹往腦後，浪花毫不留情的濺在我身上，沒有幾分鐘，我已衣衫盡濕，長髮也飛舞起來，而且被淋濕了。最恐怖的是那種「顛動」，我想和鑫濤說話，一開口牙齒就和牙床亂咬一通。這種「驚心動魄」的旅行，生平還是第一次！

偉大的事還在後面呢！

船終於「衝鋒」般衝了半小時，我放眼看去，前面是水連天，看不到「醉臥少婦」。後面是天連水，看不到「檳城椰影」。我們的三位「導遊」，開始用馬來話大聲「喊叫」著「交談」，因馬達怒吼，海浪怒吼，海風怒吼，要「交談」當然必須用「喊叫」的。我和鑫濤不懂馬來話，兩人面面相覷，都有「後悔莫及」的感覺，而且，越來越覺得，這番「航行」，似乎漫長得像一個世紀了。

半小時後又半小時，我相信我全身都在船板上撞得又青又紫了，而且，所有骨骼都脫節了。再放眼四顧，前面仍然是海連天，後面仍然是天連海，「醉臥少婦」不知伊人何處！這時，咱們的三位導遊正式宣布：

「我們迷路了！」

天哪！在大海中迷路了！我心都涼了！而那種「顛沛」之苦，已越發難以忍受。我想起以前看讀者文摘，動不動就來上一篇「海上飄流××天」，沒料到我和鑫濤，乘了飛機，遠迢迢跑到馬來西亞的檳城，迷航於大海之中。再看同船的四人，三位導遊，都曬得又黑又壯，鑫濤已被顛得七葷八素，看來慘兮兮。至於我……別說了，如果真飄流上××天，我準被第一個「吃掉」，因為本人細皮白肉，大概很好吃。

我正想著被吃的情況，快艇進入了一個漁船區，總算看到漁船了，三位導遊又和漁人們一番「喊話」，然後，就繼續往大海中「衝」去。

不知道又「衝」了多久，我們總算看到一個小島，是不是醉臥少婦，我也不在乎了。船停在沙灘上，我和鑫濤涉水上了小島（上船前，三位導遊曾保證我們的鞋子都不會碰到水），我已經像人魚般濕淋淋，鑫濤像人魚般淋淋濕。到了島上，才發現此島沙不白、樹不大、景不美，有兩、三棟馬來木屋，一片荒涼。詢問之下，才知道此島並非「愛情島」，我們的導遊說，因為迷路的關係，我們的汽油不夠去「愛情島」了，所以到此島來「加油」。而此島唯一的「賣油」人，是馬來人，今天正好是馬來人的拜神日，所以，賣油人拜神去了。所以，我們要等馬來人拜神回來，加了油，才能去「愛情島」。

我終於忍不住，問我們的年輕導遊：

「你去過幾次愛情島？」

「從沒去過！」年輕人笑嘻嘻的說，指著壯漢。「他去過！」

「你去過幾次？」我問壯漢。

「一次！」壯漢答得瀟灑。

我看「草帽導遊」，他自動說：

「我沒去過，我是跟你們來玩的！沒想到這麼刺激！」

天哪！可真刺激！

我和鑫濤相對一看，立即決定，不去什麼「愛情島」了，直接回檳城吧！我此時渾身汗淋淋、被太陽曬得頭昏昏、眼花花……一心一意，只想回旅館洗個澡。

於是，我們宣布打道回宮！三位導遊認為未盡職責，心有不甘，我們堅持回檳城。於是，又是一番衝刺奔騰，天翻地覆的顛簸翻滾，好不容易，總算「怒海餘生」，回到了檳城。

當晚，我還參加了洪先生的宴會，席間談起此番「冒險」，全席十幾人，都在檳城住了二、三十年，大家異口同聲，都說：

「我們一生都沒去過『愛情島』！也沒坐過這種快艇！」

笨吧！旅行就是這樣的。許多時候，旅行的當時，是「痛苦」而非「快樂」。但是，事後回想，卻別有滋味在心頭。因為，這種「經驗」，也是「可遇而不可求」的！

我和鑫濤的旅行，像這種「經驗」，實在很多。有年冬天，我們到了日本東京，鑫濤說不能不去著名的富士山。於是，我們上了遊覽車，到了山頂，凍得耳朵鼻子都麻木了。鑫濤想為我拍張照片以作紀念，居然冷得手指凍僵，無法按快門。當晚我們也參加一個宴會，全桌中日嘉賓，聽說我們去了富士山，個個驚訝得眼珠都快掉出來了，有位太太立刻當眾徵問：

「在座有哪一位上過富士山？」

全座連一個人都沒有。接著，那位太太說：

「人家可上去啦！」

當時，我的感覺也是：真笨！因為，那山上除了雪就是雪，除了冷還是冷，實在「看」不出所以然！更談不上「玩」了！事實上，全車的人，到了山頂，大部分都冷得不肯下車，就回來了。一車子笨蛋！包括我和鑫濤。但是，至今，這件事仍然是我們笑談的資料，也是我們「回憶」的一部分。

旅行，往往都是這樣的。快樂不屬於當時，而屬於以後。因為，人，永遠活在現在和回憶裡。

在馬來西亞旅行了兩星期，值得一記的事實在太多，馬來西亞地廣人稀，怡保、吉隆坡都是很可愛的城市。民風淳樸，華僑熱情，給我的印象極深。只寫檳城，實在是檳城之旅太精彩。至於「圓桌面一樣大」的樹葉，兩週內我始終沒找到，後來我才恍然大悟，高凌風是屬青蛙的，蛙眼看樹葉，畢竟與人不同。哈！

寫作

從馬來西亞回來，我行裝甫卸，就一頭鑽進了我的寫作裡，開始寫一部我在春天就已構思的長篇小說。

從來弄不清楚，怎麼有人會笨到去寫作！

我每次寫作，都把自己寫得慘兮兮。我始終很佩服那種一天可以進行好幾部長篇小說的人，也佩服那種可以邊寫邊玩，輕鬆自在的人。我不行，只要我一執筆，開始了我的「長篇」，我就會固執的要「一氣呵成」。這「一氣呵成」真害慘了我。它代表的意義是不眠不休，廢寢忘餐，日以繼夜，六親不認，直寫到再也「累」不動了，倒在床上，腦子裡還不肯休息，思想裡全是我小說中的人物和他們的喜怒哀樂。

這種寫作生活實在很苦很苦。每天吃晚餐時，是我和家人唯一見面的時候，我總是在三催四請下，才「依依不捨」的離開我的書房，走下樓去吃飯。每天幾乎都一樣，我一邊下樓，就一邊扯掉手上纏的繃帶（我纏繃帶『寫字』，卻無法纏著繃帶『吃飯』）。在扯繃帶的時候，我就會驀然發現自己很可憐，有次，我嘆著氣說：

「我真寧可去田裡挑肥料，也不要寫作！」

全家哈哈大笑，笑我「矯情」。

「妳知道田裡的工作有多苦嗎？」大家問我。

「不會比寫作更苦。」我正色說：「如果你生來就屬於農人，你做了一天工，辛苦過了，心安理得，回家洗個澡，飽餐一頓，躺在床上就睡著了。但是，如果你寫作，寫完一天，你不能睡，書中人物還在繼續折磨你。等你終於寫完一本書，你依然不能睡，因為你不知道自己寫得好不好！」

真的，我對自己的小說，從來信心就不很高。每寫完一本書，我總是渴望「讚美」，渴望「鼓勵」。當讀者來信湧到我面前時，我從不掩飾自己的「喜悅」。農人在田裡工作一季之後，總會「收成」。我辛苦一季之後，也需要「收成」！我的「收成」，就是「讀者」了。所以，我從不說，我的寫作是要「文以載道」，我弄不清楚「道」的定義，從古至今，人類對「道」的定義時時刻刻在變。我的小說沒有使命感，我只渴望和讀者溝通，能引起讀者的共鳴！

可是，天知道！就有些人批評我的小說這樣那樣。有位「書評家」寫了三、四萬字評我的小說，第一句話寫的就是：

「我從來沒看過瓊瑤的小說，連根據她小說改編的電影都沒看過，我只是根據別人批評她的文章來批評她……」

豈有此理！我當時的反應就是：

「他怎麼這樣容易賺稿費啊！我寫醫院，還要去訪問醫生，我寫殘障，還要去訪問景仁，我寫煤礦，還要去訪問礦工，我寫文學，還要去看詩詞歌賦！每次寫作，參考書籍總是堆上一大堆。怎麼別人寫評論文章，如此容易啊？連原著都可以不看！」

好在，這位「書評」家，也是天下唯一僅有的人。不過，批評我的作品「不寫實」「太美」「太夢幻」的人仍然不少。總之，有些「書評」家給我的感覺是：我寫得很辛苦，他們批評得很容易。好在，我自己也不認為我的小說有多了不起，更不認為寫小說是多偉大的工作。有一天，我看了美國作家史蒂芬．金的《四季》。史蒂芬以寫科幻恐怖小說著名，既然是「科幻恐怖」，當然「不寫實」。中國的《西遊記》裡有神有怪有妖有魔，大家依然不能否認它是好書！所以，寫不寫實和是不是「好書」也沒什麼關係！我真喜歡《四季》那本書，尤其喜歡史蒂芬．金藉小說中人物所說的一段話，我「摘錄」於下：

「正如我說的，我現在是個作家，許多書評人說我寫的東西都是狗屎，我也時常覺得他們說得沒錯！我的小說看來近似神話，因此時常被視為荒誕不經。

我賣掉了那本小說，片商將其拍成電影！小說本身也大大熱門……第二本書也拍成電影，第三本也不例外。我告訴過你——簡直他媽的荒誕不經！

但也像我曾說的，寫作並不像過去那般輕易、那般有趣！可是我卻無法制止自己。我想知道我所做的一切，是否有任何意義？一個人居然能以寫杜撰、捏造的小說賺錢，這算是什麼世界？」

偉哉！史蒂芬．金！他說了我不敢說的話！他說了我想說的話！我太高興了，我真是佩服他！他說得多「瀟灑」啊！多「過癮」啊！

❖

今夏，我開始寫我的長篇小說《失火的天堂》。

我又寫得很苦，而且，很「恨」自己，既然寫得如此「苦」，為什麼還要寫下去？我覺得，所有「作家」，都有點「自虐狂」，把自己關在一間斗室裡，挖空心思，寫痛手指，然後，還懷疑「我所做的一切，是否有任何意義？」這不是患上「自虐狂」的人，才會去做的傻事嗎？

我在少女時期，母親就曾經教育我：

「記住一件事，妳每天起床以後，一定要把自己打扮得很漂亮，不要讓妳的家人，在外面看到的都是妝扮得非常美麗的女人，回家看到的卻是個黃臉婆！」

母親的話，對我影響很深。許多許多年來，我都謹遵母訓，每早一起身，就換掉睡衣，穿上一件我喜愛的衣裳，然後梳妝打扮一番，力求「完美」。我認為這是一種「必行」之事，就像刷牙漱口洗臉洗澡一般。

我的寫作生活，並不影響我遵守「母訓」。我依然化妝好了，走進書房，連續寫上十幾小時，再回到臥房，筋疲力盡之餘，卸妝、洗澡、上床。有天，我卸完妝，倒在床上，突然恍然大悟，不禁悲從中來，掩面嘆氣。鑫濤慌忙問我，發生了什麼事？我說：

「媽媽教我化妝的時候，一定不知道我會從事寫作！」

「怎麼啦？」鑫濤不解。

「我化了半天妝，只是給我的稿紙看！」我呻吟著說：「居然有傻瓜會去為一疊空白稿紙換衣服、畫眉毛、擦面霜……哎呀呀！你瞧！這不是傻得像個白癡嗎？不僅是個白癡，還有點瘋狂！」

於是，我決定第二天起，寫作時穿著睡衣，讓自己輕鬆舒服，也不再化妝。

誰知，生活習慣一旦定型，改都改不了。穿著睡衣，我自己覺得怪怪的，稿紙不認識我，而我也把稿紙看成床單，我只有在床上時才穿睡衣。結果，我仍然換掉睡衣，梳妝整齊，再關進書房去寫稿。

於是，我知道自己是什麼了。

我是傻瓜，我是白癡，我是自虐狂。瞧！「寫作」帶來的「副作用」有多大！和吃迷幻藥差不多，而且會上癮。

兒子

今年夏天，我和兒子起了一次相當大的「爭執」。

我很少和兒子「爭執」。

自從兒子來到人間，我就發誓，我要做一個最開明的母親。所謂開明，定義很難下，最後，我把它定在「尊重他的自由，尊重他的思想，尊重他的朋友」上。這樣一來，兒子一直過得很快樂。轉眼間，時光匆匆，他由小而大，走入大學，交遊廣闊。我又加上一條「尊重他的獨立人格」。我如此「尊重」兒子，使我常常對我父母都有犯罪感。因為，從小我就和父母頂頂撞撞，哪裡有對兒子這樣千依百順。

兒子的生活，像我寫的一支歌：

「我是一片雲，自在又瀟灑。」

可是，今年夏天，為了一件事，我認為兒子「有錯」，他認為他「沒錯」，爭執突然發生，一發生竟十分猛烈。我在激動中，對兒子說：

「或者你的生活太自由了！或者你過得太任性了！假設你不是出生在我家……」

我的話還沒說完，兒子漲紅了臉，氣沖沖的打斷了我，說：

「我最不喜歡妳說假設這樣，假設那樣，因為事實就是事實，不是假設！假設我不出生於這個家庭，我也不會站在這兒挨妳罵了！假設妳的假設能成立，這世界上根本沒有我，妳向誰發脾氣去？」

我一時之間，目瞪口呆，睜大眼睛看著他，被「堵」得一句話都說不出來，氣得我手心發冷，差點沒有當場暈倒。

第二天，兒子就跑來擁著我說：

「媽，別生氣，昨天我太激動，說了些莫名其妙的話，妳就當它是放屁，根本別放在心上！」

我看著兒子，看了好久好久。我想著他昨天的話，忽然間，覺得他實在對極了！本來就不該去「假設」，因為生命的存在無法「假設」！他的生命是我給的，所以他命定是我的兒子，命定生活在這個環境，命定長大於這個家庭，命定要和我發生昨天那場爭執！於是，我聯想起，在我十八、九歲的時候，我和母親起了爭執，母親在憤怒中說：

「我真不懂，我怎麼會有妳這樣不爭氣的女兒！」

當時，我也漲紅了臉，氣沖沖的說：

「我的生命不是我要求的，是妳給予的，如果妳對我不滿意，儘管把我的生命收回去！」

哈！想想看，我當年對母親說的話，和兒子如今對我說的話，居然異曲而同工！「遺傳」真是可怕的東西。我看著兒子，看著看著，我笑了起來。兒子不知道我為什麼笑，但是，卻很高興看到我笑。因為，「笑了」就表示「雨過天青」了。我笑完了，拍著兒子的肩膀，我幾乎是「得意」的說：

「沒關係，我不生氣了。因為，一代又一代，歷史會重演，生命是很奇妙的東西。你……」

我笑吟吟的看著他。「將來也會有兒子！」

孤獨

在我的小說中，我常常用「孤獨」兩個字。

前兩天，我和鑫濤談起這兩個字，我問他：

「你不會常常覺得孤獨？」

「以前會。」他回答。「現在不會。」

「為什麼？」

「太多的東西可以填滿我，例如工作，例如電影，例如書本，例如兒女，例如旅行，例如妳！」

我沉思著。他反問我：

「妳呢？妳會覺得孤獨嗎？」

「有時候會。」我坦白的說：「可是，你不要誤會孤獨這兩個字，孤獨並不代表寂寞。孤獨並不壞，它有種寧靜的境界，有種淒涼的美感。人，有的時候需要孤獨。可是，如果孤獨加上寂寞，那就很可怕，那是種無奈的悲哀。」

於是，我想起我們的一位朋友。

❖

去年夏天，我認識了一位年輕朋友F。

F的故事相當淒涼。

F剛從大學畢業兩年，學外文。他和同班一位女同學S相戀甚深，論及婚嫁。因S身體一直不好，她認為在婚前應該去做個身體檢查。S進醫院檢查身體。從此就沒出院，她患的是癌症，四個月以後去世了。

在S發現生病到去世，四個月中，F衣不解帶，服侍於病床之前，眼睜睜看著她一天一天走向死亡。每天早上，F都安慰自己說：

「妳今天看到的她，一定比明天看到的她好！所以，不要為今天的她太難過！」

S病入末期，F每天晚上，都睡在S病房的沙發上。因為太疲倦了，往往會睡著。他怕自己睡著了，S醒來不忍叫他或叫不醒他，就用一根帶子，一端綁在自己手臂上，一端綁在S手臂上。這樣，S只要一動，他就會驚醒，起床來照顧她。

這樣照顧了四個月，S仍然去世了。

這是《匆匆，太匆匆》的另一真實故事。事實上，F也是因為看了《匆匆，太匆匆》而和我聯繫、認識的。

F是個很深沉的人，他並不太誇張自己的悲劇。談起S，他總是娓娓敘述，細細說來，有時談得很瑣碎，點點滴滴的小事，絲絲縷縷的回憶。或者，因為我寫作多年，對這種生離死別的情懷特別「易感」，我很快就瞭解了他那種無可奈何的孤獨和寂寞。也明白他這種心態，除了他自己以外，別人幾乎無法幫助他。於是，我和他的談話，常常跳開S，而談到其他的東西，我們談文學、藝術、社會、人生……在這些談話中，我逐漸發現，F是個本質上就傾向於孤獨的人，S的死亡，又偷走了他的青春。

我常和F通電話，海闊天空的談一番。F念書很多，他的腦子像個儲藏窖，我常會意外的從他那儲藏窖中挖出一些東西。因而，我戲稱他為「小書呆」，有時也把他當活字典，問他一些歷史或文學上的問題，他總能給我很滿意的答案。

今年夏天，S去世一周年，F寫了一張短箋寄給我，上面只有寥寥數字：

「她來之前，
我一身子然，
除了孤獨，尚有尋覓，
原來我不甘孤獨。

她去之後，
我一身子然，
除了回憶，僅餘孤獨，
原來我只配孤獨。」

看了這張短箋，我心中感動不已，低迴不已。人生自是有情癡，此恨不關風與月！但是，F筆下的「孤獨」，包括的不僅僅是「孤獨」，還有「寂寞」、「思念」，和深刻的「無奈」。短短的數字，說盡了各種情懷，他的才華，就和他的人一樣，深沉而含蓄。

我很想幫他，無從幫他。人，必須自己走出孤獨，別人無能為力。提起筆來，我把他的短箋改動了幾個字：

「她來之前，
我一身子然，
除了孤獨，尚有尋覓，
原來我不甘孤獨。

她去之後，
我一身子然，
幸有回憶，伴我孤獨，
原來我並不孤獨。」

改完了，我打電話給他，唸給他聽。他沉默了一會兒之後，說：

「我不覺得妳改過的字對我有什麼意義。」

沒有意義？我看著短箋，廢然的掛斷了電話。是的，沒有意義，對一個沉沒在「孤獨」中的人而言，我改動的字僅僅是「文字遊戲」而已，並無助於他的脫離孤獨。如今，他已是「寧可孤獨」。

孤獨，每個人的感覺都不一樣。有人從不認識孤獨，有人生性孤獨，有人享受孤獨，有人懼怕孤獨，有人欣賞孤獨，有人排斥孤獨！至於F，他孤獨得很寂寞，孤獨得很無可奈何！這是種最可怕的孤獨。寄語F，不妨嘗試走出你的孤獨。只因為——逝者已矣，來者可追！人生，畢竟還有那麼長的一條路！寄語F，不妨嘗試走出你的孤獨！

今年夏天，我是忙碌的。

今年夏天，我工作，我娛樂，有輕鬆，有緊張。

今年夏天，我忙於耕耘，尚未收獲。但是，我希望，我的今年夏天不曾虛度！

一九八三年六月十八日寫於臺北可園

◆秋天

憂鬱

秋，靜靜的來了。

從第一陣秋風吹過，天氣忽然涼了，幾絲細雨輕敲著窗櫺，我就陷進了一份無助的憂鬱裡。

我打電話給我的好友蘭妮，這是需要朋友的時候。

「蘭妮，」我哀愁的說：「我很憂鬱。」

「老天，怎麼啦？」她驚呼著：「妳生病了？」

「沒有啊！」

「妳出事了？」

「沒有啊！」

「那麼，是誰出事了？誰生病了？」她急急的問。

「誰也沒出事，誰也沒生病啊！」我說。

「那麼，妳家男主人在外面有外遇了？」

「沒有，沒有！」

「妳破產了？」

「啊呀！」我大叫起來：「妳怎麼嘴裡吐不出一句好話來呢？我只說我很憂鬱，並不是說我家倒了楣……」

「妳家沒人生病，沒人出事，也沒人倒楣啊？」她居然還重複了一次。

「沒有！」我肯定的說，有些惱怒。「完全沒有！」

「沒有？」她對著聽筒大嚷起來，差一點震破了我的耳鼓。「妳平平安安，閒來無事，找出個『憂鬱』來當消遣品啊？妳好日子過得不耐煩啊？像妳這種人，好端端的說妳憂鬱，那麼，我們這種為三餐操勞，為兒女煩心，為丈夫做牛做馬的女人，就該結了伴，手拉手去集體跳海了！妳憂鬱！妳憑什麼憂鬱？妳有什麼資格憂鬱！妳有什麼理由憂鬱……」

啊呀！看情況蘭妮的情緒比我還壞！我慌忙摔掉話筒，坐在那兒對著電話機發了好一陣子的愣。原來，憂鬱還得有資格！原來，憂鬱還得有理由！原來，我連「憂鬱」都不配！我怔著，苦想我是否必須要有理由才能憂鬱。想還沒想清楚，電話鈴響，我拿起聽筒，蘭妮的聲音就連珠炮似的傳了過來：

「我告訴妳，我家老二月初摔斷了胳臂，老大當掉了三門功課，我擠公共汽車居然閃了腰。才三歲的老三，立下他終身大志，要當電視紅星，從早到晚跟我吵！我家那位男主人，鄭重對我宣布，如果家庭繼續像個瘋人院，他就要離家出走！至於他當年追求我的那些海誓山盟、天上人間的鬼話，早就忘到九霄雲外去了！我家婆婆和我又大吵了一場，罵我不孝，我兒子也和我大吵一場，說我不慈……」

「蘭妮，」我可憐兮兮的說：「我投降了。我承認，妳比我有權利憂鬱！」

「憂鬱！」蘭妮怪叫著：「誰告訴妳我憂鬱來著？這兩個字是妳說的，可不是我說的！即使像我這麼有資格憂鬱的人，我還不會笨到給自己找那個麻煩呢！與其去憂鬱，還不如去和老的、小的、中的吵架去！」

蘭妮掛斷了電話，我呆呆坐著，只覺得臉孔發熱，被她吼得頭暈腦脹。而且，頗懷疑自己需不需要去臺大醫院精神科掛個號。半晌，我想通了。蘭妮是被孩子折磨慘了，折磨得不大有「感覺」了。所以，她不能瞭解我這種「對酒當歌，人生幾何」的感觸，更不能瞭解我那份「乍暖還寒時候，最難將息」的情懷。

於是，我再打了個電話，給我友雨菱。

「雨菱，」我說：「我有些憂鬱。」我自動把憂鬱的程度已從「很」字降低為「有些」了。

「哦！」雨菱真是解人，她什麼原因都不問。半晌，才接了口：「第二句呢？」

「什麼第二句呢？」我有點糊塗。

「妳是在作文章呢？還是在寫詩呢？還是寫歌詞呢？」雨菱說：「既然有了第一句，當然該有第二句。我有些憂鬱，嗯，聽起來有點無病呻吟的味道！」

去妳的！我被她嘔得話都說不出來。她簡直比蘭妮還過分！我掛斷了電話，整天憂鬱極了。尤其，在發現自己沒資格憂鬱之後，就更憂鬱了。

我實在不知道，憂鬱為什麼要有理由？快樂不是也可以沒理由嗎？好些個日子，我就在「憂鬱」中度過。一天午後，鑫濤下班回來，我再也忍不住，怯怯的說了句：「我有一點點憂鬱！」

瞧！多可憐！我的「憂鬱」已被「嚇」得越來越不敢見人了！居然從「有些」降低到「一點點」了。

大概我的聲音說得太小，鑫濤根本沒聽到我在說什麼。「啪」的一聲，他把一疊紙張，重重的扔在我書桌上，興沖沖的嚷著：

「快來看！妳的新稿紙！」

我看過去，一疊印刷考究的新稿紙，玫瑰紅的格子，燙金的名字。哇！真漂亮！我撫摸稿紙，像撫摸一個新生的嬰兒，愛不忍釋，問：

「怎麼想到幫我印稿紙？」

「因為妳應該坐下來，好好寫點東西了！」

我瞪著稿紙，是嗎？坐了下來，我握起一支筆，在稿紙上胡亂的畫著，是的，我該寫點東西了。如果我不能讓別人瞭解我的「語言」，或者，可以讓別人瞭解我的「文字」。當我終於又埋首在書桌上，我才體會到一件事：我，沒有時間去憂鬱了。

原來，連憂鬱都是奢侈品！

遺忘

有一天，我和鑫濤去看電影。鑫濤愛看電影的程度，已經達到「瘋狂」的地步。有年我們同遊歐洲，他每到一地就找電影院，管它法國片、德國片、義大利片、丹麥片……他一律捧場，沒有中文字幕，我看來索然無味，他卻堅稱：

「電影有電影語言！不需要懂對白！」

到歐洲一個多月，我們居然看了五十多場電影！從此，我稱他為「電影瘋子」。

電影瘋子隨時隨地都要看電影。因此，有天，我們又坐在電影院裡。

電影開場三分鐘，我低語：

「糟糕！」

「怎麼？」他問。

「這部片子我們看過了！」我說。

「亂講！」他搖頭，斬釘斷鐵的說：「不可能！這是一九八三年新片！在臺灣首映！」

「這是七八年前的舊片！」我說：「因為我們是七年前在倫敦看的！」

「胡說八道！」他肯定極了。「這些鏡頭，這些演員，這個故事……完全是新的嘛！連音樂都是最近才流行的音樂……」

我瞪著銀幕，開始生氣了。

我最氣別人「死不認帳」。

「好，」我說：「下面一場戲，是女主角去洗澡，有個陰影遮到窗子上，一把刀，和一隻戴著黑手套的手，門柄開始旋轉……」

銀幕上，一個個鏡頭和我所敘述的吻合。鑫濤有些急了，迅速的阻止我：

「妳知道就好，不必講出來呀！」

「可是，我們看過了。」我堅持。

「唔，」他勉強的應著，兩眼仍然直勾勾的瞪著銀幕。「可能妳對。不過，我都記不得了，妳別提故事，讓我安安靜靜的看！唔……這場戲真刺激！妳坐好，別說話！」

我坐好，瞪著銀幕，咬著嘴唇。

他津津有味的欣賞了一個半小時，我氣了一個半小時。

電影散場後，他望著我說：

「真不懂妳怎麼有這樣好的記憶力，妳這樣不是減少了很多快樂嗎？妳看，同一部影片我可以欣賞兩次，妳就不行！妳應該學習學習『遺忘』！妳就可以快樂很多！」

「當然！」我氣呼呼的說：「你大概也不記得我們第一次吵架是為了什麼？」

「這種該忘的事，當然早就忘了！」

「那麼，有些不該忘的事呢？例如……」

人類的戰爭，大概都是這樣爆發的。一個人是「該忘的，不該忘的」統統忘掉了。一個人是「該忘的，不該忘的」統統忘不了！於是，你一言，我一語，越說越對不了頭。妳要算老帳，他總是滿臉疑惑著問：

「有這回事嗎？」

有這回事嗎？這句話本身就是種侮辱。它代表的是懷疑和不信任。所以，我生氣，氣極了。而他呢，困惑著去搜索他的記憶（當然絕對想不起來），最後，為了息事寧人，他只好嘆口氣說：

「如果妳說有，就算它有吧！」

瞧！這是多麼讓人氣憤的話，好像「屈打成招」似的。可是，等到戰爭狀態消失之後，他總會對我搖搖頭說：

「妳『記』那麼多，對妳好嗎？」

真的，記住那麼多事，有什麼好處？多年以來，刻在生命中點點滴滴的往事，忘不了！忘不了！艱苦的，悲淒的，坎坷的，委曲的，辛酸的……忘不了！忘不了。多麼殘忍而痛苦的忘不了！

有支老歌名叫〈不了情〉，一開始就重複著「忘不了」的句子，每當蔡琴低而富磁性的噪音唱起，我總是熱淚盈眶。是啊！「遺忘」是一件多麼美妙的東西，它會撫平妳所有的「傷口」，帶走妳所有的「過去」，每天再給妳嶄新的「快樂」。為什麼上帝那麼不公平，把這麼好的一樣東西，給了別人而不給我呢？

想通了，我就嫉妒起鑫濤的「遺忘」來。我多麼渴望我也能「遺忘」啊！那麼，〈不了情〉的歌詞大可改為：

「忘記了！忘記了！
忘記了你的錯，
也忘記了你的好，
忘記了雨中的散步，
也忘記了風中的擁抱……」

多好！不必流淚了！該忘的都忘了，又可以去「初戀」一番了，世界上，有這種「遺忘」症的人不是也很多嗎？他們不是活得比較快樂？

我決定要學習「遺忘」。偏偏又「記起」不了情的另幾句歌詞：

「它重複你的叮嚀：
一聲聲，忘了！忘了！
它低訴我的衷曲；
一聲聲，難了！難了！」

哦！要「遺忘」，真是難了，難了！

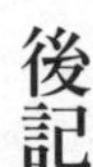

後記

今年是二〇一八年十月，鑫濤在二〇一五年患了失智症，在二〇一六年大中風，在他兒女堅持下，違背他「不插管」的遺囑，靠著插管延命，沒有意識，無法行動，喪失了全部的能力，過著「生不如死」的日子。我重新整理我的六十五本書，讓這些被刻意消失的作品「復活」。整理到這篇短文，無限唏噓！鑫濤一直很健忘，沒料到，有天竟然陷進如今的困境。他已經把什麼都「忘了，忘了」！而我，依舊是「難了！難了！」

瓊瑤

二〇一八年十月二十八日小記

面具

都是馬歇．馬叟的錯！

馬歇．馬叟是世界聞名的默劇演員，十月末梢，在臺灣表演了兩場。那晚，我和鑫濤，以及諸多好友，都去看了。

我深深感動在一場名叫《面具》的短劇裡。

面具是敘述一個面具製造者，他造了無數個面具，大笑的，憤怒的，憂愁的，哭泣的……他試戴每個面具，臉上的表情就跟著面具上的表情而轉變。一會兒笑，一會兒哭……一會兒憤怒，一會兒憂愁。然後，他戴上了一個大笑的面具，那面具笑容可掬，歡欣無比，一張大嘴，笑的闔不攏來，他戴著面具舞蹈，旋轉。可是，當他想取下面具的時候，面具居然拿不下來了，他急得跳腳，又敲又打又拉又扯的想把面具取下來，那面具就是緊貼在他臉上，怎樣都取不下來。所以，他著急得哭了，雙手擦拭著淚水，可是，臉上仍然大笑著，只因為面具取不下來了。流淚的他和歡笑的面具共存，他跳腳，撕扯，就是取不下那歡笑的面具！

這場戲使我大大震動了。我的思想和感情都深陷進馬歇．馬叟的世界裡，那戴著面具的人生！那哭泣和哀愁都隱藏在「笑容面具」底下的人生！那取不下面具的無奈，那取不下面具的悲哀！

好些天，我就一跤「跌」進了「面具」的愴惻裡，居然無力自拔。好多人都看過馬歇．馬叟的表演，但是，我想，沒有一個傻瓜會像我這樣深深陷在裡面，腦海裡一個勁兒的浮著馬歇．馬叟戴著面具的臉！

秋天，天氣涼颼颼的。在我不寫作的日子裡，家中總是來往著親朋好友，我笑著，周旋在我的親友之間。不知道人類是不是為了製造「問題」而生存著的，這個秋天，我好些親友都有「問題」。我笑著聽他們的問題，我笑著提供我的意見，我笑著付出我的關懷……

然後，有一個晚上，我筋疲力竭的獨自坐在我的小書房裡，我這小書房曾被朋友稱為是間「溫暖的小屋」。因為我經常在這小屋裡接待朋友。那晚，我累了。那晚，我特別善感。那晚，我又想起了面具。於是，忽然間，我開始流淚，眼淚滑過面頰，越流越多，我仰靠在椅子上，一個人傻瓜兮兮的哭了起來。一面哭，一面想，現在屋裡只有我一個人，我可以不戴面具了。

正哭得過癮，鑫濤無意間闖了進來，看到我滿面淚痕，嚇了一跳，他大叫著說：

「怎麼了？怎麼了？」

我一時間收不住眼淚，只含糊不清的說了句：

「馬歇．馬叟……」

「什麼？」鑫濤聽不清楚，俯身看我，八成以為我患了精神分裂症。「馬鞋、馬靴？妳想養馬已經想瘋了？馬都沒有，就想要馬鞋、馬靴？」

我含淚瞪他，眼睛睜得老大老大，眼淚還在眼眶裡轉呢，可是我卻真想大笑。什麼馬鞋馬靴啊？前一陣，我確實向他述說過，我希望養匹馬，希望有塊草原能讓我去馳騁。人，走入中年，卻反而有童年時期的幻想。反正我一直是個不很實際的人！

「不是馬鞋馬靴！」我忍著笑，抽著鼻子說明：「是馬歇·馬叟和他的面具！」一說清楚，我的淚水又排山倒海般湧來，簡直無法遏止。「他整天戴著笑的面具，結果他只能笑了，他只能笑了，因為面具取不下來了！」

我哭得那麼慘，鑫濤簡直怔住了。半晌，他才把一整盒面紙都搬到我面前來，鄭重的說：

「如果妳想哭，就哭吧！在我面前，妳永遠不需要戴面具！」

為這句話，我更加大哭起來了。

那晚，就為了馬歇·馬叟，我一直哭不停，讓小書房幾乎淹了大水。可是，整個秋天以來，我從沒有像那天晚上那樣「快樂」過。淚水為我做了一番徹底的洗禮，洗去了「憂鬱」，洗去了「忘不了」，洗去了「面具」。

哭夠了以後，我打開一瓶紅葡萄酒，生平第一次，我任性的讓自己醉了。醫生曾嚴重警告我不許喝酒，因為我過敏性的體質不宜喝酒。可是，那晚我太快樂，快樂得不想顧忌任何事情，我斟滿了我的杯子，也斟滿了鑫濤的杯子。

勸君且進一杯酒，為了這可以大哭也可以大笑的晚上！勸君再進一杯酒，為了這永遠在

學習中的人生！勸君更進一杯酒，為了我們還有能力取下面具！

歡聚

大概從我童年時期起，我就著迷在《塔裡的女人》《北極風情畫》《海豔》《金色的蛇夜》《野獸、野獸》……等小說裡。但是，我從沒想到，有一天晚上，我會和這些小說的原作者無名氏先生歡聚一堂！

是范思綺提議的。她說：

「瓊瑤，如果妳有本領，就請無名氏來和我們一起吃飯，我從九歲起看他的小說，對他筆下的愛情，嚮往得一塌糊塗。世間寫愛情的人儘管多，能像他寫得那樣深入的太少太少！我真想見見他！」

我和范思綺有同感。再經諸多好友的慫恿，我和鑫濤，打遍臺北市的電話，終於聯絡上無名氏，在一個深秋的晚上，我們聚齊了。

除無名氏以外，那晚嘉賓雲集，趙寧、范思綺、魏小蒙、林林、三哥、幼青……以及剛從國外歸來的婉孫、曉雲、功媺等，簡直是濟濟一堂，人人會說，人人會鬧，人人都敞開胸懷，無拘無束。

無名氏身材修長，面貌清癯，一副近視眼鏡，遮住了若干滄桑。他比我們都長了一輩，當他的小說，流傳於整個中國的時候，我大概還只有幾歲大。今夜一見，大家都非常興奮，全臺北會鬧會笑的人，幾乎被我一網打盡，這個晚上，實在精彩極了。

無名氏大概從未參加過如此瘋狂的宴會，起先，他有些兒拘謹，可是，當幾杯酒下肚，當他終於有一點點弄清楚與會嘉賓，都是些不拘形骸的人物，他放開了。他開始談他的過去，他的故事，他的愛情觀，還有，那在三十二年前，和他相戀八十三天的女友——趙無華。

「無華有病，臉色總是黃黃的，」無名氏娓娓細述：「因此，我那時候看到任何健康的女人，都覺得嫉妒，都覺得不美！只有黃黃的臉龐才是美。愛情，會連你的審美觀一起改變！」

我張大了眼睛，寫愛情小說，我也寫了不少，畢竟是小了一輩，我從沒有體會到如此細膩的愛情。

「那時，我什麼事都不做，只是和她『戀愛』，因此，連夢裡都在『戀愛』了！一天二十四小時，我們分分秒秒在戀愛……」

我聽得「心嚮往之」。

「你們相信嗎？有一次，她拿了一把小剪刀，幫我剪鬍子……」

「哦，拿了把什麼？」范思綺急急插嘴。范思綺剛從美國回來，只懂得刮鬍子該用「電動刮鬍刀」。

「一把小小的剪刀。」無名氏耐心的解釋。「好小好小的小剪刀。我的鬍子不用刮的，我喜歡剪鬍子。那天，她幫我剪鬍子，一面剪，一面聽我說話，她也不插嘴，只是笑，這鬍子左也剪不完，右也剪不完，居然剪了三個多小時！你們想，三個多小時裡能說多少話？」

在座女士，個個都聽呆了。在座男士，個個都露出欣羨的眼光。趙寧悄悄摸了摸自己的下巴，一股嫉妒相。我注視著無名氏，三十二年前，一段久遠又久遠以前的人生！一段久遠又久遠以前的故事！一段久遠又久遠以前的三小時！這三小時何等珍貴，它想必深刻在無名氏的腦海中、心版上。揮之不去，才能脫口即來。三十二年，當初的無名氏，一定風采翩翩。如今，雖然青春不再，那眼底眉間，仍然充滿了感情和惆悵。三十二年！誰說人生的愛情故事都是杜撰？誰說人生沒有淒美如夢的愛情？

「那時候，一言一語，一舉一動，什麼都美！」無名氏似乎在為我的「思想」作見證。「可惜沒有錄音機，把我們當時的談話錄下來，否則，可以成一本書！戀愛時的語言，往往是平時想都想不到的！」

「例如呢？」有人問。

「例如……有一次，」無名氏喝了口茶，沉思著。「那是早上，我和她要出去，她說她要先去洗臉，我拉住她說：『不要洗了！妳今天的臉上，留著昨夜的夢痕，美極了！別把昨夜的夢痕洗掉了！』於是，她整天笑得好開心，沒有洗臉！」

「哇塞！哇塞！」不知是誰冒出一句「現代文學」。

「唉！」不知是誰嘆了口氣。

「噢！」不知是誰又感慨又羨慕。

「這太美了！這太美了！要記錄下來！」趙寧嘴裡喃喃自語，從口袋裡，掏出一個小記事本，真的記錄起來了。接下來的整個晚上，他就在那兒記呀記的記個不停，畢竟是有名的「單身漢」，對「愛的故事」特別敏感。

「還有一次，」無名氏沉浸在他的回憶裡，鏡片下的眼睛閃著光彩。「是晚上，天氣突然涼了，我脫下我的外衣，披在她肩上，裹住了她。我問她還冷嗎？她說不冷了，因為有我的外衣！我說：『不是我的外衣！裹住妳的是我的友誼！』」

「哦，」范思綺終於插嘴：「這句話太含蓄了，你該說是你的愛情！」

「不不！」無名氏搖頭。「說這句話的時候，我才剛認識她，怎麼如此冒昧！」

原來剛認識就有如此詩意的對白！

我回憶起曾在報紙上讀過無名氏寫的這段戀愛。可惜，那篇文章中偏重於「事實」的經過，而忽略了這些感性的片段！我腦中浮起了趙無華的形象：瘦弱的、纖細的、苗條的、多情的、溫柔的，兼有「傾國傾城」之貌，和「多愁多病」之身。一幅黛玉葬花圖宛在眼前。

「可惜，我和她在一起，一共只有八十三天！從一九五〇年五月九日到八月二日！」無名氏把年代日期已記得滾瓜爛熟。「八月二日，她離開西湖，去上海治病，我們就像生離死別一般。當時，她說了句讓我一輩子都無法忘懷的話，她說：『有這兩個多月，我就是死了，也再沒有遺憾了。』當年十月二日，她果然與世長辭！」

室內有一陣安靜，那悲劇性的「愛情氣氛」控制了全場。我站起身，為各位賓客注滿了酒杯，我自己卻走到窗前，對窗外那黑暗的穹蒼，舉了舉杯子，遙祝著：

「趙無華，妳在嗎？妳聽到了嗎？如果死而有靈，妳應該正和我們共度今宵吧！知道嗎？今晚在座的女士，都有她們的熠熠光華，但是，妳卻是今晚的女主角，妳可以瞑目了。需知道，『人間夜夜共羅幃，只可惜姻緣易老！』」

果然，不知道是哪一位，嘆了口長氣，悠悠然的說了一句至理名言：

「世間最美的愛情，是得不到的愛情！」

「哇！」趙寧叫：「為愛情乾杯！」

大家都舉起杯子，大家開始說話，大家都要發表意見，大家都被「愛情」這偉大的題目弄得神經兮兮。然後，因為喝了酒，因為聽了這麼精彩的故事，大家都醉了。我只記得，那夜，大家笑著，叫著，鬧著，感動著，忘形著……最後，都唱起歌來了，唱〈月滿西樓〉，唱〈小放牛〉，還為我們的嘉賓無名氏，唱了首〈何日君再來〉！

當夜，我在我的日記本上，寫了這樣幾句話：

「今夕知何夕，
有客來自星雲以外，
細訴他三十年前夢魂顛倒！

莫嘆時光容易把人拋，
只為那多情小剪刀，
慢騰騰剪去青春知多少？
今朝休洗臉，
免把昨夜夢痕洗掉了！
天寒時候欠添衣，
且用溫柔把妳緊緊環繞……！」

天下的愛情故事，哪一樁不動人呢？尤其，聽一位寫愛情寫得最深入的作家，談他自己的愛情故事！這樣的歡聚，實在令人終生難忘。那晚散會時，鑫濤希望與會嘉賓，都在一張畫紙上留兩句。無名氏寫：

「今晚我度過一個極愉快的夜晚。」

趙寧寫：

「人生無處不桃源。」

曉雲寫：

「用愛情的彩筆，
塗繪生命的彩虹。」

大家都寫了很多很多，有些句子，像打啞謎似的，只有寫的人自己才看得懂。也有些是只能意會，而不能言傳的。例如范思綺、吳林林等所寫的。所以，我也不一一記錄。最後，我寫了：

「珍重今宵，
歡聚莫匆匆！」

秋，靜靜的來，又靜靜的走了。

我的日子，好像總是「有笑有淚」的。

一年容易，春來秋去，冬的腳步又近了。唔，冬天來臨的時候，我希望我能笑在風裡，笑在陽光下，笑在窗前，笑在我的小書房裡——不戴面具的。

我希望！

一九八三年十一月一日於臺北可園

◆又到冬天

人類永遠留不住的是時間。

又到冬天了，另一個冬天。

這個冬天好冷，小雨來得也不是時候，總是伴著寒流對人襲來。而我，這個冬天好忙，忙著和人接觸，忙著參加宴會，忙著和朋友們歡聚，忙著驅散那逼人的冷……於是，也忙著收集故事。

這個冬天是屬於故事的。我聽，我看，我接觸。這個冬天，到處都是故事。

第一個故事：敲三下，我愛妳！

這個故事是蘭妮告訴我的。

「妳認識胡嗎？」她問我。

「是的，去年冬天，我和她吃過飯，印象中，是個很溫柔、很靈秀、很有才華的女人。」

「喜歡她嗎？」

「是的。」

「那麼，妳應該知道她的故事。」

胡是個年輕的女作家，剛從大學畢業沒有多久，擅長寫新詩和小品，文筆流暢生動，筆底充滿了感情。從她的文筆看，她該是個細膩而多情的女孩。

胡尚未結婚，和父母定居南部。在一次臺北的文藝聚會中，她認識了住在臺北的周。周不是作家，而是某報的文教記者，能寫，能談，能欣賞，而且會畫一手極好的寫意畫。他的才氣和風采立即吸引了年輕的胡，但是，周已經使君有婦。

人類太多「相逢恨晚」的故事，但是，相知卻永不會「恨晚」。胡和周由相識而相知，由相知而相愛，這之間是一條漫長而坎坷的路。我相信他們這條路走得非常艱苦，必定充滿了矛盾、掙扎、痛楚、壓力，和犯罪感。臺灣的社會，說新不新，說舊不舊。一方面有非常聳人聽聞的新潮人物，另一方面，也有極端的保守派。胡和周就在這夾縫中生存。周是書香門第，妻子也系出名門，而且已有了一兒一女。無論在道義上，責任上，都不允許他有外遇，更遑論離婚再娶。因而，他們只有抑制著這份感情，不容許它氾濫開來。他們經常在宴會上，或人群中相遇，四目相對，靈犀一點，千言萬語，卻常苦於無法傾訴。於是，有次，當他們有機會單獨相處時，周說：

「那只是三個字，三個從有歷史，有人類，就會互相訴說的三個字：我愛妳。我不能時時刻刻親口對妳說這三個字，但是，讓我們間有點默契吧，如果我敲三下桌子，就表示我在對妳說這三個字。如果我拍妳三下肩膀，也是說這三個字，如果我打電話給妳，鈴響三下就掛斷，那是我在對妳說這三個字，甚至……如果我向妳眨三下眼睛，彈三次手指，噴三口煙……都是在說：我愛妳。」

多麼浪漫的表達方式！

然後，有好長的一段時間，他們生活在「三下」裡。敲三下，我愛妳。拍三下，我愛妳。看三下，我愛妳。鈴響三下，我愛妳。吹三下口哨，我愛妳。嘆三口長長的氣，我——愛——妳。

這種愛情，有它的淒涼，有它的美麗，有它的詩意，有它的殘忍，有它的狂歡，有它的痛苦。不論怎樣，周和胡就這樣「兩情默默」的度著日子。胡為了忠於這段「不為人知」的愛，竟摒退了所有的追求者，一直小姑獨處。

逐漸的，兩人的知己朋友，都知道了這段情。而他們在無數的刻骨相思之後，越來越覺得彼此間的愛，已濃得再也化不開。於是，周開始和妻子攤牌，開始和父母商量，開始為兩人的未來而奮鬥——這是另一條艱苦的路，幾乎是殘酷而血淋淋的。周為了胡而奮戰，胡為了周而受盡唾罵，最後，周總算獲得了妻子離婚的同意。

去年七月某日，胡和周約好在臺北某餐廳共進午餐，胡乘飛機北上。那天，她心情良好，因為這麼多年的暗戀，終於有了撥雲見日的一天，終於可以公開約會了！誰知，這頓午餐，周卻沒有出席，而且，他永遠不會出席了。

周就在那天早晨，因撞車而喪生。

就這樣，一個活生生的人走了，消失了。

而活著的人，卻必須繼續活下去。

胡不知道自己為什麼還活著，那些日子，她生不如死，對於周遭所有的事與物，都視而不見。心碎的滋味，只有心碎過的人才知道，那些日子，她沒有感覺，沒有思想，沒有意識，活著只為了活著，痛楚的底層，是再也沒有愛了，再也沒有希望了。「死亡」摧毀了一切，愛情，夢想，和希望。

然後，在周死後的第七夜，周的諸多好友們，都聚集在一起，為周開追悼會。胡也參加了這追悼會，她徬徨無據，心碎神傷，眼前都是舊相識。可是，誰再對她敲三下？拍三下？看三下？吹三聲口哨？嘆三口長氣……

那夜，臺北全市燈火輝煌。

但是，那夜，在周的追悼會上，一間大大的客廳，卻忽然間燈火全熄。

燈滅了，一片黑暗。大家在驚愕中，燈又自己亮了，然後，再滅，再亮，再滅，再亮。一連明滅了三次！

胡幾乎脫口狂呼了！

閃三下，我愛妳！

他來過了！他見到她了！他說過了！閃三下，我愛妳！閃三下，我愛妳！他表達了他的意思，他帶來了他的關懷、熱情，與安慰。死亡，不是終點。胡又活過來了，又能面對生活了，又開始寫作了。死亡，也不能阻止愛情！

這是個愛的故事。

我聽完了，說不出的感動，說不出的心酸，也有說不出的激蕩。愛，如能超越生死，多麼偉大的事！但願死而有靈，相愛的人永不被死亡分開。那麼，天長地久有時盡，此「愛」綿綿無絕期！這不也是種「美」嗎？提起筆來，我情不自禁的寫下幾行字：

「不能同死，
但能同在！
不能相聚，
但能相愛！
不能今生今世，
但能無阻無礙！」

給胡。給周。為了他們的愛。

第二個故事：臺北的夜，天空裡有星星嗎？

這個故事是F的。

去年，我在我一系列「春、夏、秋、冬」的散文中，曾經提到F。F的戀愛，F的寂寞，F的無奈，和F失去未婚妻的慘痛。人類的故事，總離不開生老病死，相遇、相愛、相守或分離。F自從未婚妻S去世後，就形單影隻的過著日子，上次我寫F，題目就叫「孤獨」。

記得我曾寄語F，逝者已矣，來者可追！

但是，F的個性很固執，有時甚至是不近人情的。我也嘗試過幫他介紹女朋友，卻不成功。他獨來獨往，表現出一種心如止水的淡漠。事實上，他並非心如止水，他只是傷痛未消，他曾出示一張S的黑白照片給我看，他把那張照片貼身放在胸前的襯衣口袋裡。他也曾一再提起S的日記，那日記裡寫滿了F的名字。他就這樣活著，活在過去的歲月裡，活在那份思念和回憶裡。有次，有個女孩想闖進他的生活裡去，想把他從他的蝸牛殼中拖出來，這位女孩給他寫了好多首小詩，他迫不得已，也回覆了一首小詩給她：

「非干病酒，
不是悲秋，

只為那張含笑的黑白照片，
天天緊貼在我的胸口，
因我的體溫熨渥著，
依然鮮活。

情非得已，
愁難自禁，
只為那本淚痕斑斑的日記，
夜夜縈迴在我的腦海，
因我的追憶扣留著，
尚未歸檔。」

這就是F！

我認為F已經無救了，他再也走不出他的孤獨了。誰知，去年秋天，他卻忽然給了我一個電話：

「如果我告訴妳我又戀愛了，妳會驚奇嗎？」

「會！」我坦白的說。

「那麼，準備驚奇吧！」他說：「我戀愛了！」

「是怎樣的女孩？」我急急的問。

「一個德國女孩！」

「什麼？」我大叫。「不騙人？不開玩笑？」

「絕對不騙人，也不開玩笑。」他認真的說。

實在太意外了！F是個很「中國」的男孩，而且不怎麼現代，他第一次給我寫信，就「之乎者也」的來了一篇文言文。每次談話，引經據典，從孔老夫子談起，歷代帝王都舉出來做例子，談到眼前之事，已繞了三百六十度大圈。我常常被他這種中國學士派作風弄得又好氣又好笑。一個小書呆！一個沉溺在過去戀痕中的小書呆！如今，來喚醒這小書呆的居然不是位中國淑女，而是個來自德國的女孩嗎？這是怎樣的故事呢？怎麼開始的呢？

原來，這女孩和一位有名的哲學家同姓，尼采。F把它譯成中文：倪采。遠在兩年前，S正臥病在床，倪采就因公而第一次來臺灣，F奉上司之命，負責招待她。據倪采後來說，她幾乎「一見鍾情」的被這個「中國男孩」「吸引」了。但，那時的F，心中只有S，完全沒有絲毫的空隙來容納倪采，倪采懷著失意的心情，返回德國。但，從此，她就開始和F通信，兩年以來，F的種種事情，包括S的病與死，F的黯然神傷，倪采都瞭如指掌，而在魚雁往返中，給了F最大的安慰。

「說真話，」F告訴我：「我當初和倪采通信，只為了練習我的英文！」

真是書呆吧！

通信通到去年秋天，倪采二度來臺，S去世已一年半。兩人此番見面，竟恍如隔世，對F而言，一切不可能發生的事，居然都發生了。倪采傾訴了她兩年來的相思，F懵懵懂懂如大夢初醒，疑幻疑真之餘，那種紅粉知己的感覺，油然而生。天涯海角，冥冥中竟有紅絲遙遙相繫，是命中注定？是前世夙緣？F迷惑了。而在那半暈眩的迷惑中，發現自己又會為一個女孩心痛、心酸、心動、心跳、心慌……於是，驀然大悟，他又能愛了，會愛了，懂愛了，能接受愛了，而且已經去愛了。

這段愛情，如海濤飛捲，來勢洶洶。F和倪采，一下子就被這海浪給吞噬了。愛情，隨時隨地會發生，有人愛得甜，有人愛得苦。F大概注定是要為愛情受苦的，因為倪采三星期後就又被公司調回德國，把無盡的相思留給F。「衣帶漸寬終不悔，為伊消得人憔悴」。兩人開始通信，打長途電話，但，思念仍然把兩人的心都攪得亂亂的。去年秋天的F，像個患得患失、忽悲忽喜的精神病患！

倪采的信像雪片般飛來，我總是和F共享他的歡樂。他經常在電話裡把倪采的來信唸給我聽：

「……每次想到像我這樣一個野蠻人，居然能贏得你這麼有深度的、一個中國人的愛，我就覺得自己太幸運了……」

「……你確實要我嗎？你不會後悔嗎？如果你後悔了，一定要早些告訴我，因為我已準備打包整理行裝，投奔你而來了……」

「……我正在努力學中文，我總不能讓我們未來的家庭裡，永遠用第三國的語言交談，看樣子你不會為我學德文，所以我只好為你學中文了……」

聽這種情書也是很過癮的，倪采對F的癡情，常使我不自禁的對F刮目相看，覺得他很「為國爭光」，把德國女孩迷得慘兮兮。但，F看來，也被倪采迷得慘兮兮呢！然後，他們開始熱心的計劃未來，談論婚嫁了。F這人，對於金錢是毫無觀念的，他一向都活得瀟灑，也窮得瀟灑，每月薪資，聊以度日，反正他除了買書之外，對生活幾乎無欲無求。現在要結婚了，才發現自己一磚一瓦都沒有！

而倪采，針對這個問題，又來了封信：

「……每個人都告訴我你很窮，嫁給你之後會不幸福！老天，怎麼有那麼多人敢對愛情發表盲目的意見！我想，我們未來的生活大概不會很富有了。我什麼都不在乎，窮一點，苦一點，都沒有關係。只是，不知道臺北的夜，天空裡有星星嗎？如果天空裡沒有星星，我就會活得比較不快樂了……」

偉哉倪采，不愧是哲人之後，居然能寫出如此動人的信來！我對這位從未謀面的德國小女子，真是又好奇又感動。終於，當冬天來臨，倪采為了F而三度來臺，我總算見到了她！出乎我的意料，這位德國女孩並非人高馬大，也不是「野蠻」的。她纖細、聰明、斯文、雅致，而且相當美麗。她有藍灰色的眼睛和金褐色的頭髮，白皙的皮膚和薄薄的嘴唇。她的眼睛閃亮，渾身都綻放著光彩。每當我和F用中文交談時，她的眼光就專注的停留在F身上，似乎想從他臉上讀出他的思想。那天，他們在我家一直談到深夜。因為倪采三番兩次想說服F去德國結婚，F卻老大的不願意，我就笑著對倪采說：

「來臺灣吧！我保證臺北的夜空，天上有星星！」

倪采的臉紅了。於是，F也振振有詞：

「是啊！臺北的夜空，有星星呀！」

那晚，他們離開我家時，天空正飄著小雨。小雨來得真不是時候！我家花園中有兩棵大樹，為迎新年而裝飾了許多閃亮的小燈，如同滿樹的星辰。倪采仰頭一看天空，就叫了起來：

「瞧！天上沒有星星呢！」

「誰說的？」鑫濤立刻接口：「我們把星星摘下來，放到樹上去了！」

於是，我們都大笑起來，臺北的冬夜，就這樣被我們的笑攪熱了。我目送他們兩個離去，怎樣也無法想像，這一中一西，完全不同種族，不同文化，不同歷史，不同習慣，不同背景……的兩個人，竟會相聚相愛又相許！愛情，到底是什麼東西？它能創造出奇蹟！

走筆至此，倪采又已離開臺灣，返回德國了。她和F，把婚期定在今年秋天，以便雙方做些準備工作。所以，F又忙著在寫信、通電話，和害相思病了。我曾感慨的說：

「你的戀愛，真累呀！」

F回答我說：

「經過和S的死別，什麼事都能忍耐了。想想看，我和倪采雖然分在兩地，我偶爾會接到她的電話，聽到她的聲音，常常接到她的信，看到她的筆跡。我還能計劃未來，抱著希望。對我這樣一個人來說，這就是幸福了！」

說的也是！我祝福他！今夜，天空星辰璀璨，讓滿天星星，共我祝福！

F終於走出了他的孤獨。

這又是個愛的故事。

第三個故事：音樂

這個故事是我友葦如告訴我的，一個不可思議的故事。

耿耿是葦如的遠親，一個音樂系的才女，彈一手好鋼琴，曾經代表臺灣出席過好幾次的國際比賽，雖然沒有拿到什麼大獎，小獎也得到了幾個。對耿耿來說，彈琴是她的興趣，比賽根本不是她的目的，她從小喜歡音樂，她的手指纖長，好像生來就是彈琴的手。她的父母，在她三歲時，就發現了她的天才，四歲就開始請老師給她上課，第一次坐在鋼琴前面，她就激動得小臉發紅，彈出那些琴音時，她兩眼發光，幾乎立刻迷上了彈琴。

總之，耿耿是個鋼琴才女，不止才女，也是個美女。從十六歲起，追求她的人如過江之鯽，但是，她一個也沒興趣，她只要她的音樂。到了她二十五歲，她已經拒絕了無數追求者，她的父母，開始為她的婚姻擔心了。在現在這時代，二十五歲還沒交過男朋友，簡直是個異數。為了音樂而失去人生正常的軌道，畢竟不是她父母期望的。

耿耿每天都在固定的時間，去學校音樂廳練習鋼琴，大概一彈就是兩個小時。因為這鋼琴是學校的名琴，排隊練習的人還真不少，學校為了耿耿特別開例，她每天可以在四點到六點這時間練琴。音樂廳是開放性的，很多學生會排隊等著下一個練，也有很多青年，會到這兒來看書或是獵艷，還有的學生，會專門為耿耿而來，聽她彈琴，然後再來搭訕她。

她喊他作「傾聽者」。不知道是什麼時候開始，這個傾聽者幾乎天天來聽她彈琴。他會坐在靠牆的椅子裡，一聲也不響，只是用非常專注的眼神，眩惑的看著她。當她的手指飛掠過琴鍵時，他會用深沉的目光，跟著她的手指飛掠過去。

他凝視她的每個動作，連她彈得激動時，習慣性的把頭髮往後一拋，他也入迷的注視。她發現，在她彈琴的時候，他幾乎沒有自我，他完全被她的琴聲「吞噬」了。好像整個世界都不存在，存在的，只有耿耿和她的琴。

奇怪的是，這位不知名的「傾聽者」，從來沒有打擾過她。當她彈完琴，起身離開音樂廳時，他會默默的起身，也離開音樂廳。她曾故意落後，但是，他沒有等她，他自顧自的走了。不知從何處來，也不知到何處去。他的身材高眺，年紀大概三十歲上下，有對深沉得見不到底的眼睛。有時，耿耿覺得這對眼睛可以透視她。每次，都是她彈到半小時左右，他會出現，坐在那兒動也不動的看著她，直到她彈完。他就像下班一樣的飄然而去。

經過大約四個月，這「傾聽者」都是這樣的。他，終於引起了耿耿的注意力，她會故意去接觸他的眼光，他很快就會把眼光閃開，逕自離去。好像並不是為她而來。有次，他們擦身而過，她走在前面，故意回頭去看他。他們的眼光接觸了，她心裡驀然像觸電般一跳，那眼光正深深的看著她，「透視」著她，然後，他轉開頭，帶點憂鬱的神情，就掠過她身邊而去。

耿耿是驕傲而矜持的，既然這人只為了聽她彈琴而來，她大可不要注意他。於是，她彈她的琴，他聽她的琴，半年就這樣過去了，兩人從來沒有說過一句話。逐漸的，耿耿想，這個怪人是在和她玩「定力」的遊戲，誰先開口，誰就輸了。可是，她開始期盼他的到來，開始習慣他的聆聽，開始等待他的搭訕。什麼都沒發生，那個「傾聽者」定力超強。這，終於讓耿耿生氣了！難道，她每天是為了他在演奏嗎？不錯！她發現自己居然每天換著曲譜，每天拚命想超越前一天的成績，而且，越彈越賣力了！她確實在為他演奏！

終於，這天耿耿忍耐不住了，當她彈完琴起身，他也起身時，她一步上前，攔住了他，很快的問：

「你是為我而來的嗎？」

他凝視著她的眼睛她的唇，喉中咕嚕了一句聽不清楚的話，轉身想走。

她再度攔住他，很快的說：

「如果你為了聽我彈琴而來，最起碼，你欠我一句點評，我彈得好嗎？你最喜歡誰的作品？莫札特？蕭邦？貝多芬？還是我杜耿耿？」

他深沉的眼光，注視著她蠕動的嘴唇，再抬起眼光，用一種近乎崇拜的眼神看著她，然後，吐出兩個含糊的字：

「音樂！」

說完，他轉身就走。耿耿豁出去了，什麼驕傲矜持都顧不得，她追著他走了出去，在他身後喊著：

「喂喂！傾聽者！」喊完，才漲紅了臉，這是她給他取的外號，怎麼用來稱呼他呢？可是，那人頭也不回的往前走，根本沒有理她的呼喚。這使她非常懊惱，她快步的衝上前去，一下子就攔在他的面前，擋住了他的去路。他被迫的站住了，用憂鬱的眼神看著她，眼裡，盛滿了抱歉和無奈。

「你是怎麼回事？總可以開口說說話吧！我是杜耿耿，你呢？」

他似乎無法逃避了。他用手指了指嘴巴，再指了指耳朵。然後，他開始比起手語來，耿耿不懂手語，卻在那一瞬間，明白了一件事，**他是個聽障，他根本聽不到聲音，更別說「音樂」了！什麼叫音樂，他都不懂！他根本聽不見！**

「你……你……」她愕然的說：「聽不見？」

他誠摯的點點頭。突然從口袋裡掏出一個小本子，那本子上掛著一支短短的鉛筆。他就站在人行道的騎樓下，飛快的寫了好幾張紙，遞給她，她接來一看，上面寫著：

「我是聽障，從來不知道什麼叫音樂？有人告訴我，妳彈琴就是『音樂』，我只能用眼睛看，去試著體會『音樂』，我沒想到『音樂』是這麼美麗的，妳的手，妳的動作，妳的表情，妳發亮的眼睛……原來，這就是『音樂』！對不起，我就迷上『音樂』了，身不由己，每天來『聽』音樂！我會看唇語，但是，只會說很少的話！例如『音樂』兩個字！」

耿耿愣住了，再抬起眼睛時，看到他的眼光坦率明亮，充滿了深不可測的感情。她，太意外了，太震驚了，太震撼了，心裡茫然的想著，她居然為一個聽障，演奏了快一年的鋼琴！

葦如的故事，說到這兒就停止了。我急急追問：

「後來呢？」

「後來……」葦如笑著說：「耿耿嫁給了他！」

「什麼？」我喊：「一個鋼琴家，嫁給了一個聾子？」

「是聽障！」葦如瞪著我。「妳寫小說，居然不懂要尊重妳的用詞嗎？」

「這段感情怎麼會發生？一位音樂家和一位聽障！他們能幸福嗎？耿耿怎麼破除她的成見？我不相信，一位鋼琴家，會愛上一個聽不見的人！」我嚷著。

「耿耿說，音樂是她的快樂，但是鋼琴不是活的！有個人聽不見鋼琴，卻知道什麼是最美麗的『音樂』！她願意作那個人的『音樂』！以後，用手語，用唇語，用眼光，用彈琴……讓那個人更愛『音樂』！更懂『音樂』！」

我愣了好一會兒。這又是一個愛的故事。好美的故事！

這個冬天，真聽了不少愛的故事，看了不少愛的故事。瞧！有愛就有故事！

我喜歡這個冬天，我也喜歡這個冬天接觸的故事。儘管這些故事，經過轉述，再經我的美化，或多或少與事實有點出入。好在，我只寫我見我聞，並不為任何人寫傳記。

人活著，總有些無奈，總有些困惑，總有時對生命懷疑，總有時必須戴面具，總有時憂鬱……但是，每每想到，這人間畢竟充滿了愛，也充滿了愛的故事，就覺得，人活著，自有他的意義了！

我真的喜歡這個冬天！

後記

一九八四年一月十八日，我寫完了〈五季〉這部分的散文，最後一篇〈愛的故事〉並不是「音樂」，而是另外一篇聽來的故事。今年，我收集散亂在外的作品，重新編輯在這本《握三下，我愛你》中，重讀當初那個故事，覺得沒有〈音樂〉這篇感人，所以，我重新寫了〈音樂〉取代那一篇。

寫於二〇一八年十一月十日

握三下，我愛你

二〇一〇年十月十四日，我接到好友王玫的電話，她第一句話就說：

「瓊瑤姊，我們今天早上，為劉姊做了氣切的手術！」

我的心怦的一跳，驚呼著喊：

「氣切！」

劉姊，在影劇圈中，大家都這樣稱呼她，就像稱呼我「瓊瑤姊」一樣。但是她直呼我瓊瑤，因為她堅稱我比她小。實際上我比她大半個月，但是，她如果堅持，我就拿她沒辦法，所以，她是劉姊。也是我的老友、工作夥伴、我的導演，在我的人生和她的人生中，我們彼此都占據著相當大的位置，她的名字是「劉立立」。

第一次見到劉姊，是一九七六年，我拍電影《我是一片雲》，她是那部電影的副導。我從沒見過嗓門這麼大、活力這麼旺盛、工作能力如此強的「女人」，她給我的印象太深了。到一九七八年，我跟她說：「妳來幫我當導演，妳行！」她對自己完全沒把握，我堅持說她行！於是，她導了我的《一顆紅豆》，從此開始了她的導演生涯。所以，她常對我說：「妳是我的貴人，妳改變了我的命運！」

我和劉姊就這樣成為工作夥伴，我用「喬野」為筆名，編了許多電影劇本，都是她執導的。我們交換著彼此的感情生活，交換著彼此的心靈祕密，也分享著共同為一部戲催生的喜悅。在電影的極盛時期，我們每次票房破紀錄，就要在我家開香檳，那時工作人員、演員和她的另一半──董哥全到齊，笑聲鬧聲驚天動地。當我把電影公司結束，她進了電視圈，把我也拉下水，我們又拍了《幾度夕陽紅》《煙雨濛濛》《庭院深深》《在水一方》……等一連串的電視劇。我和她，就這樣成為一生的知己。

劉姊的感情生活是不可思議的，她年輕時，是風頭人物，是「校花」。董哥是她的學長，都是政工幹校（今國防大學政戰學院）戲劇系的學生。劉姊風頭太健，很多學長追求，大家比賽寫情書給她，打賭誰能追到手。董哥也是其中之一。但是，直到董哥畢業，這些學長誰也沒追到她。

沒多久，董哥結婚了，娶了在藝工總隊表演的王玫。當劉姊畢業，進了影劇圈，董哥也進了影劇圈，他們都從「場記」幹起，兩人經過許多曲折，居然電光石火，陷進一場驚天動地的戀愛裡。但是，此時的董哥已「使君有婦」，兩人只能在外面租了一間房子同居。董哥有才華有能力，是各方爭取的「名副導」，跟劉姊這場戀愛，風風火火，充滿了戲劇性。劉姊性情激烈，曾經為了和董哥爭吵，一刀砍在自己的胳膊上，頓時血流如注，差點沒把手給砍斷（那是一本巨大的書，無法細述）。

當時，王玫已經生了一個女兒，卻仍然在藝工總隊表演。當王玫知道董哥有了外遇，她沒有吵鬧，默默忍受著心裡的不滿。有一次，董哥到南部去工作，王玫也到外地去表演，才一歲多的女兒雅莊，交給祖父母照顧。不料女兒半夜發高燒，持續不退。祖父母找不到王玫和董哥，卻找到了劉姊。劉姊一聽董哥的女兒生病了，急得二話不說，直奔祖父母家，抱起雅莊，就飛奔到當時臺北最好的「兒童醫院」。那時可沒健保，兒童醫院收費極高，診斷後要住院。劉姊沒錢，把家裡的電鍋、熱水瓶……各種可當的東西全部典當，再抱著自己的棉被去醫院照顧雅莊。當王玫回到臺北，驚知女兒病到住院，急忙趕到醫院裡，卻看到一幅畫面：雅莊蓋著劉姊的棉被睡著了，劉姊搬了一張小板凳，坐在病床前，手摟著雅莊，累得趴在床沿上，也睡著了。王玫驚愕的看著，眼淚忍不住滾滾落下。一顆母親的心，和一個妻子的心，還有一個善良的女性之心……在剎那間融成一顆「大愛之心」。

等到董哥從南部回到臺北，才大吃一驚的發現，王玫不但和劉姊成了最好的朋友，還把劉姊接到家裡，兩個女人說，願意分享一個丈夫！董哥不敢相信，卻喜出望外的接受了這個事實。

從此他們過著三人行的生活。王玫陸續又生了兩個孩子，都把劉姊當成親媽一樣，稱呼劉姊為「好媽」。劉姊對這三個孩子，更是寵愛異常。尤其是小兒子「四海」，幾乎是劉姊抱大的，劉姊愛這兒子到無以復加，連我這旁觀的人，也嘆為觀止。劉姊為了這段愛情，為了尊重王玫，終身不要生孩子，免得孩子們之間會產生問題。

問世間情為何物？我實在不明白。年輕時，沒有人看好他們這種關係，總認為隨時會鬧翻，會弄得不可收拾。但是，他們就這樣恩恩愛愛的生活著，數十年如一日。當年，我也曾私下問劉姊：「妳終身認定董哥了嗎？未來是妳不知道的，會不會再遇到別人？」她斬釘截鐵的回答我：「絕不可能！我認定他了！」

劉姊當導演，收入比當副導演時，當然好很多。董哥也當導演了，卻沒有劉姊勤快，接戲比較接得少。劉姊把賺的導演費，除了少數寄給父母，少數自用，其他都用在董家。董哥才氣縱橫，每次劉姊接到劇本，都是董哥先幫忙看劇本，然後和劉姊討論，再幫劉姊分鏡頭。因此，兩人的工作是密不可分的。王玫就專心持家帶小孩，三人一心，把孩子一個個拉拔長大。他們這一家人，成了很奇妙的一種「生命共同體」。最讓我感動的，是王玫數十年不變的那顆無私、寬宏、包容的心。她不止包容，還深愛著劉姊，有次甚至對我很真心的說：

「我沒什麼學問，也不太懂電影，看到他們兩個一起工作分鏡頭，總覺得他們才應該是一對夫妻，我好像妨礙了他們！」言下之意，還很歉然似的。

一年年過去，當劉姊年紀老了，不再能風吹日曬幫我拍戲了。我和她的友誼不變。每年過年前，一定要見一面，談談彼此的生活。二〇〇七年，劉姊和董哥來我家，我發現劉姊講話有些口齒不清，走路也歪歪倒倒。董哥才告訴我，劉姊患了遺傳性的一種罕見病「小腦萎縮症」。我頓時目瞪口呆，我看過一部日本電影，名字叫《一公升的眼淚》，內容就是記錄一個患了這種病的女孩，如何一步步走向死亡。當我嚇住時，反而劉姊安慰我，她說：

「我母親有這種病，它會讓人逐漸失去行動能力，逐漸癱瘓，無法說話。但是，它不會影響智慧和生命，我母親發病後，還活了二十年！」

董哥在一邊接口：「二十年夠了，這二十年，我和王玫會照顧她！」

那天，看著董哥扶持著劉姊離開我家，我的眼淚在眼眶裡打轉。我立刻衝到電腦前，去搜尋「小腦萎縮症」的資料，發現確實像劉姊說的，如果是老年人發作這病，不會影響智力，但是，會逐漸失去所有生活能力。我想到，劉姊是這麼有活力的一個人，怎能忍受逐漸癱瘓的事實？如果失智還好，反正自己都不知道了！假若思想一直清晰，卻連表達能力都沒有，那不是禁錮在自己的軀殼裡了嗎？到那時候，董哥和王玫還有耐心和能力來照顧她嗎？畢竟，董哥和王玫也老了，董哥自己身體也不好。

從那時起，我和王玫就經常通電話，談劉姊的病情。劉姊沒有她說的那麼樂觀，她的病惡化得很快，從發病到不能行走，到說話完全不清，在三年中全部來臨。王玫每天要把她抱上輪椅，抱上床，幫她洗澡，餵她吃飯，推她去外面散步……家裡還有新添的小孫子，可以想像生活多麼艱難。我力勸她請外籍看護來分擔辛苦，如果王玫也倒了，誰來撐持這個家？她聽了我，請到一個很好的印尼看護。

然後有一天，王玫告訴我，劉姊因為肺部感染，進了加護病房，現在插管治療，說不定會捱不過去。我難過極了，談到傷心處，不禁哽咽。我當時就要求王玫，如果到了最後時刻，千萬不要給劉姊「氣切」，因為「氣切」會延長生命，卻無法治療這個病，還不如讓她走得乾脆一點。我自己，早就寫好放棄急救的文字，並且交待我的兒子，絕對不可插管氣切和電擊，時候到了，就讓我平安的走。

因此，當我聽到王玫說，幫劉姊氣切了，我才震懾住。我問為什麼還要氣切？王玫哽咽著說：

「不捨得啊！插管已經把她的喉嚨都插破了，醫生說，有人八十歲氣切後還救了回來，何況，劉姊還有意識，會用眨眼表示意見，當我們問她要不要氣切時，她皺眉表示不要。但是，我問她，妳不想回家嗎？妳不想看兩個孫子嗎？劉姊又連連眨眼了！她還有生存的意志，她還能愛啊！我們捨不得放棄她呀！」談到這兒，王玫忽然對我說：「我和董哥離婚了！」

「什麼？」我驚問。「這個節骨眼，妳還跟董哥鬧離婚？」

「沒敢跟妳講，」王玫歉然的說：「我們離婚後，十月三日那天，董哥在醫院裡，和劉姊結婚了！總得讓她名正言順當董太太呀！萬一她走了，我兒子才能幫她當孝子，捧她的靈位呀！」

我握著電話筒，久久無法說一語，眼淚在眼眶轉，聲音全部哽在喉嚨口。王玫在電話那頭也沙啞難言，董哥接過了電話，繼續跟我說。告訴我整個離婚結婚的提議，是兒子四海提出的。因為他要當劉姊名正言順的兒子，為劉姊當「孝子」。

結婚以前，他們去病床前，把離婚證書亮給劉姊看，董哥說：

「我可以娶妳了！妳要不要嫁我？」

劉姊眼睛濕了，眨了眨眼，表示願意。所以，十月三日那天，醫生和護士們，把病房布置成新房，貼了囍字，還有一束氣球。區公所的職員被請來，到場見證（因為要辦理結婚戶籍）。大家圍繞著病床，一起唱著〈庭院深深〉，和其他的電視主題曲。劉姊笑了，她已經很久沒有笑過，但是，她笑了……董哥就這樣娶了和他相愛了四十幾年，現在躺在病床上不能動的新娘！

我聽著，哭了。我說：

「董哥，你生命裡，有這麼偉大的兩個女人，你也沒有白活了！劉姊病危，你離婚又結婚，我該不該說恭喜你呢……」我說不出話來，心裡是滿滿的感動和激動。王玫又接過電話，跟我說：

「雖然沒照妳的意思做，我們幫她氣切了，醫生說，氣切之後可以活很多年。劉姊還有多久，我們還不知道。如果狀況穩定，兩星期就可以出院，我會把她接回家，有孩子孫子包圍著，她一定比較快樂！今天，我去醫院看了她，我握住她的手，妳知道嗎？她居然回握了我幾下！好像在跟我說什麼！」

我心裡一震，想到曾經告訴劉姊，《敲三下，我愛你》的故事，當時還想拍成電影，我跟劉姊設計了好多「三下」，來表示「我愛你」。我頓時知道了，劉姊在對王玫說：「**握三下，我愛妳！**」

❖

這是我身邊的故事，最真實的故事，聽了這故事，我一直激動著，想到大家在醫院裡唱〈庭院深深〉的婚禮，想著我的好友劉姊和她的一家，我什麼事都做不下去。我的眼睛不曾乾過，好想哭。但是，想到劉姊在生命的尾聲，迎來這樣一個婚禮，她一定得到莫大的安慰！她一生付出這麼深的愛，並不曾要求回報，董哥和王玫，卻用這麼深的愛來回報她！他們三個，沒有妨礙任何人，只是默默愛著彼此！**愛的本身沒有罪，發生了就是發生了！能把「外遇」處理成這樣，是三個人間，彼此無私的至愛！**如果，我們這個社會，不用批判的眼光，來看待各種愛情，也能欣賞容納這樣的愛，那有多好！

人類的愛是很神祕的。我有一個朋友研究科學，他告訴我，宇宙中有龐大的星系，每個星系可能都大於我們的太陽星系，當兩個中子星合併時，會發生巨大的力量，叫作「重力波」。「重力波」會產生一種時空漣漪，轉變時間和空間，影響巨大。他說：「人與人不可思議的相遇和感情，可能就是重力波造成的，沒有對錯，因為重力波強大、注定，而無從逃避。說不定今天的你我，早就在幾億年前某個星球裡相遇過，所以才有『似曾相識』和『一見鍾情』的事發生。」

我不懂科學，在寫這篇文章的今天，「重力波」已經在二〇一六年二月十一日，首度被測驗到而證實。今年二〇一七年十月十六日，第四次被人類直接探測到。但是，愛因斯坦早在一百年前就預言過，當時無人相信。這和劉姊、王玫、董哥的故事有關嗎？我那相信科學又相信愛情的朋友說：

「如果你相信重力波，你就知道什麼叫『命運』？為什麼世間有這麼多的『巧合』？也會相信所有不可思議的愛情！」

知道劉姊和董哥結婚那天，我的心情無法平復，我要把這個故事即刻寫下來，這故事裡不止有愛情，還有你我都無法瞭解的大愛！為什麼還有人不相信「人間有愛」呢？我祈望劉姊能夠早日出院，回到她新婚的家，再享受一段親人的愛！因為她還有知覺，還有意識，還能愛！

六年後，劉姊還躺著，足足躺了六年了。在這六年間，我發生了很多事情，鑫濤失智，我心力交瘁的照顧，在他又大中風後，我遷就鑫濤的兒女，違背他的意志，幫他插了鼻胃管。當初，我請求董哥夫婦，不要幫劉姊氣切，結果還是氣切了，過程幾乎一樣。這六年裡，王玫依舊照顧著劉姊，在一次次反覆肺炎之後，劉姊終於長住於醫院。王玫開始奔波於醫院和家裡，幫劉姊逐漸變形的身子，親自擦拭，一面擦拭，一面告訴劉姊家裡的種種大事小事，不管劉姊能懂還是不能懂。劉姊再也無從表達，成了標準的「臥床老人」。王玫這些向劉姊細訴的事件裡，還包括董哥的去世。

二〇一五年八月，董哥因肺氣腫病危住院，對王玫說：

「如果我的時間到了，什麼管子都不要幫我插，立立的悲劇不能在我們家發生兩次，我不要像她那樣活著！」

王玫點頭答應，董哥住院後，把氧氣罩拿掉，對王玫說：

「我想唱歌！」

他對王玫唱了兩首歌，一首是〈一簾幽夢〉，一首是〈感恩的心〉，握住王玫的手，在王玫對他表示，會繼續照顧劉姊之後，他帶著淡淡的微笑，離開了人世。後來，董哥出殯時，王玫和兒女們，都放棄了傳統的喪樂，他們循環播放著〈一簾幽夢〉和〈感恩的心〉，送他到墓地。參加的人，個個落淚。

照顧者比被照顧者先走，是常常有的事。我前兩天才去看鑫濤，我檢查他的手，檢查他的腳，告訴他我來了！他完全沒有反應，我看著那已經變形的手腳和傴僂的身子，知道即使如此，他還是可以在管線和醫藥下「活」很久。我忍不住對他低低說：「可能我無法送你走，看樣子，我會像董哥一樣，比劉姊還先走！」

回家的我很悲哀，想著劉姊的故事，想著我自己的故事。劉姊還活著，七年了！鑫濤也還活著，整整住院六百零八天了。我想起，在我出版《雪花飄落之前》時，辦了一個「新書座談會」，在座談會上，和幾位醫生談論「臥床老人」和「插管問題」。座談會結束後，我走下臺和來賓們擁抱，不料王玫也來了，她抱住了我，哭著在我耳邊說：

「瓊瑤姊，看了妳的書，更加明白了！當初沒聽妳的話，我們錯了！不該幫劉姊氣切的！讓她多受了好多年的苦！」

我忍著淚，緊緊的擁抱了她一下，偉大的女人，常常隱藏在社會的小角落，還要被這個社會用「道德的眼光」批判。我知道，她仍然在幫劉姊擦澡，仍然每隔一天去照顧她丈夫的女人！哦，錯了，她已經離婚了。是去照顧她那已逝的「前夫」的「妻子」！

真實的故事，一直在我身邊演出。**我決定，第二天要去醫院，只為了去握三下鑫濤的手！**

二〇一八年四月二十三日，我得到消息，劉姊終於走了！我在臉書，寫下了一段話給劉姊，我不知道有沒有靈魂，我不知道劉姊能不能看見？我寫著：

劉姊，握三下，我愛妳！

妳終於走了，昨晚，我就知道妳的情況不好，我要去醫院看妳，王玫在電話裡說：「保持她在你心目中最後的形象吧！妳無法想像，她現在成了什麼樣子，骨瘦如柴，身子完全傴僂著，如果妳來，看到她的情形，妳一定會哭的！」我太明白了，經過這麼漫長歲月的臥床，妳的形態會變成怎樣，我完全可以想像。我身邊就有一個臥床兩年的人，已經讓我不忍卒睹了！今晨，猝不及防，我聽到妳昨夜去世的消息。我沒有哭，但是，我眼前閃過無數個妳！拍戲時像暴君的妳，收工後像慈母的妳！永遠樂觀的妳，照顧每個工作人員的妳！為了我不肯編劇，打電話揚言要衝到我家跟我下跪的妳！和我像閨蜜一樣無話不談的妳！在承德拍戲時，堅持要去零下三十度的東北出外景，氣得我當眾落淚的妳……那麼多的歲月，我們一起走過，那麼熱情而活躍的妳，最後卻被囚禁在自己的身體裡，長達十年（氣切前就不能行動了）。現在，妳走了，我怎能不想妳？想妳的霸道，想妳的溫柔，想妳的堅持，想妳的努力……如今，這一切的一切，都跟隨妳而去了！

《我是一片雲》的時候，妳被推薦來當我們的副導演，後來，我擢升妳當導演，連續拍了我十部電影，和好多連續劇。那時的我們，幾乎是密不可分的。現在，妳走了，我腦子裡想的，卻是我們第一次合作的《我是一片雲》，還記得我們都很喜歡的那首歌嗎？

我是一片雲，天空是我家
朝迎旭日昇，暮送夕陽下
我是一片雲，自在又瀟灑
身隨魂夢飛，來去無牽掛

劉姊，妳解脫了！那個會讓妳身子變形，會讓妳痛苦的軀殼不再能囚禁妳了！妳就像那片雲一樣，以天空為家，來去無牽掛吧！我，還在人世中浮沉，還在堅信著全人類的「真愛」。妳以一生證明了愛，什麼是「愛」？只有時間和蒼天，才能為證吧！多少夫妻走不到盡頭，不會檢討自己，只會責備別人！妳、王玫、董哥，攜手半世紀，值得了！至於那些悠悠之口，在「真愛」之下，顯得多麼蒼白！

劉姊，握三下，我愛妳！

二〇一〇年十月十五日劉姊氣切初稿發表於新浪博客
二〇一七年十月三十日夜董哥去世再寫發表於臉書
二〇一八年四月二十三日劉姊逝世整合全文

失落的心

我的心早已失落，
暮色裡不知飄向何方？
在座諸君有誰能尋覓？
覓著了（別碰碎它）請妥為收藏！

一九六四年的一個黃昏，我坐在我那小小的書房裡，寫著我的小說《幾度夕陽紅》。那部小說裡有個「畫心遊戲」，書裡的男主角何慕天沒有畫心，他的那張紙箋上，寫的是上面幾句話。我寫到那個段落，停下來思考。住在我家斜對面的鑫濤，正好來我家「催稿」。他那時，是「一人雜誌社」的社長，什麼事都一個人包辦，當然，催稿也是他的工作，何況，我們幾乎是鄰居。看到我在長思，他坐下來就拿起我的稿子，仔細翻看，驚呼著說：

「畫心？居然有人在小說裡畫心？這個……太出人意料了！」

「好不好呢？」我沒把握的問：「我媽告訴我，當年他們都玩這個遊戲！」

「好不好？」鑫濤正色的接口：「實在……太好太妙了！」

他接著翻閱，又驚呼起來：

「這個何慕天居然沒畫心，什麼叫『我的心早已失落……』失落到哪兒去了？」他抬頭看我：「這是妳『神來之筆』！明明是『畫心』遊戲，這個何慕天，居然讓他的心『失落』！」鑫濤等不及的對我說：「快告訴我，這顆『失落的心』，到哪兒去了？妳後面會有呼應嗎？這是吊胃口，我想知道後面的情節！」

後面的情節怎能告訴他？他知道了還會追看我的小說嗎？何況，在我的計畫中，何慕天這顆失落的心，在二十年後，**他才知道有人「收藏」著。不但收藏著，還保有著，從以前，到現在，到永恆！**這個點子是不能洩漏的，我搖頭不語，鑫濤也不再追問，只是非常欣賞的看著我，又很珍惜的看著他手裡的稿子。

在我寫《幾度夕陽紅》時，因為兩家住得近，他無論多忙，都會到我這兒來探視一下。有時只停留五分鐘就走了，我忙於寫作，也從不招待他。他對這本書情有獨鍾，特別喜歡。幾乎是我寫一天，他看一天。這樣，直到我把整本書寫完，他才看到那顆心的去處，放下我的稿紙，他長嘆一聲說：

「好一顆『失落的心』！居然呼應到最後一章，如果我是何慕天，可能不會這麼瀟灑，隱居在深山裡，擁有這張紙條上『失落的心』，就滿足了！我會繼續努力，讓『失落的心』實至名歸！」

我看著他，笑了。我說：

「所以，你不是何慕天，你只能當平鑫濤！何慕天生活在『境界』裡，你生活在『現實』裡！」

他看著我，也笑了，說：

「妳這句話，很有一點挖苦和輕視我的味道！我跟妳說，『現實』是真實的人生，『境界』是虛幻的人生！每個人生，都是現實重於虛幻，如果妳真正住在深山裡，整天拿著這張『失落的心』生活，絕對不會快樂！只有把心愛的夢竹，擁抱在懷裡，才會快樂！」

「你這是嫌我的結尾不夠好？」我問，有點不服氣：「真正的愛，包括犧牲，包括成全，包括責任，包括感恩……」

「對！」他打斷我，匆匆收集我那最後一段的稿紙。「所以，妳寫了一個最完美的結局，一個我完全沒有想到的結局！妳照顧了書中每一個人的心，也照顧了讀者的心！這，就是我最佩服妳的地方！現在，我沒有時間跟妳辯論『境界』和『現實』的問題，我要趕快把這稿子送去排字房……要不然，皇冠就要開天窗了！這可是最現實的問題！」他拿著稿子就走。

「等等！」我喊：「如果你覺得不夠好，我還可以改……」我追在後面喊。

「我覺得這結尾好極了！不可能寫得更好了！」他邊走邊說：「妳寫出兩個完美的人物，何慕天和李夢竹！我只是想說，真實的人生裡，紙條不能代表一個活生生的人！儘管她收藏著，保有著，仍然是收藏保有著一個回憶而已！這對夢竹是很殘忍的，不如把什麼都忘了，不要收藏，也不要保有，就不會痛苦！」

他說完，抱著我那一疊熱騰騰的稿紙，就飛快的走了。留下我呆呆的站在書房裡，苦思他的哲學。我想，或者他對，這樣的情況，對何慕天和李夢竹，依然是殘忍的。那顆「失落的心」，只是「紙上遊戲」而已。

不管怎樣，《幾度夕陽紅》就這樣匆匆完稿，是皇冠那期的「完結篇」。那期皇冠賣得大好，讀者來信，對《幾度夕陽紅》讚不絕口，沒有任何一個人，提出什麼「境界」和「現實」的問題。一九六四年八月完稿的《幾度夕陽紅》，十一月就出版了，到一九六五年一月，居然再刷了十二版！平均一個月再刷三次！這本書轟動一時，讀者們對我苦心安排的結局，都沒有異議。所以，我對鑫濤有點得意的說：

「那顆『失落的心』，人間已有安排處！」

他對著我笑，很欣賞的笑。這人，以成敗論英雄，看樣子，對我「心服口服」了。笑著笑著，他說：

「那顆『失落的心』，書中自有安排處，人間，還是沒有安排處！」

我瞪他，這人好勝，儘管心裡很服我，嘴裡還是不肯服輸！

❖

「日月忽其不淹兮，春與秋其代序」。

時光匆匆，逝水流年，轉眼間，到了今年。二〇一八年的十月！距離我寫《幾度夕陽紅》已經整整五十四年，半個多世紀過去了！今年的我，已經八十歲，鑫濤比我大十一歲，九十一歲了，雖然他身上有四個絕症，醫生早就建議讓他「好走」。卻在他兒女堅持下，依賴插管，躺在醫院裡苟延殘喘，過著生不如死的日子，這段生不如死的日子，已經快要一千天。而我，和他結成夫婦，已經快四十年！

婚後漫長的歲月裡，我和鑫濤，曾經走遍天涯，曾經拍攝電影，曾經捧出許多知名演員，曾經拍攝電視劇，我也寫出了六十七本著作！我們的生活裡，充滿了忙碌、工作、工作、工作！連偶然的娛樂和旅行，也是來也匆匆，去也匆匆……這期間，有過豔陽高照的日子，也有過狂風暴雨的日子。生活像是一個滾輪，不停的向前滾動，好像永遠停不下來。儘管如此，歲月中，依舊充滿溫柔和美好，直到他這個生命的滾輪，再也滾不動了，病魔一個個找上了他！癌症、巴金森氏症，失智症、加上致命的大中風！他倒了，寫過不許插管維生的遺言，我卻沒有盡到賢妻的責任，我敗給了他的兒女，讓他插管延命，這是我這一生，面對任何挫折，都不曾有過的椎心之痛！

在鑫濤插管後，我過得很不好，思念是無止境的。痛楚，是隨時從心底冒出來的。尤其，因為我呼籲善終權而寫《雪花飄落之前》，引起鑫濤兒女對我數度攻擊，編造出許多謊言，甚至說他們的父親還能說話還能笑，讓社會對我公審……種種以前怎麼也想不到的事，都一一發生，加上鑫濤悲慘的處境，再再撕碎了我的心。這些事，歸根結底，都是鑫濤帶給我的。我常常失眠，自己檢討這一生，覺得沒有比我更天真更單純的人。為鑫濤和他的兒女奉獻，我都認為是我理所當然該做的！從來沒有計較過。鑫濤病中的痛苦，只有貼身照顧的我，才能深深體會。尊重他的叮嚀，不為他插管延命，是我對他最深的愛。這樣一片心，竟然被扭曲和誤導，鬧成軒然大波，我惶然而迷惑。對整個人生和社會，都陷在失望的波瀾裡。唯有對他的愛，依舊浮沉在虛無飄渺中。

還好，我有六十五本書需要重新出版，這，占據了我的思想和時間，我整天忙忙碌碌，去增訂《我的故事》，去寫以前沒有寫的《鬼丈夫》。今年三月，我先完成了增訂的《我的故事》。八月底，終於寫完了《鬼丈夫》。還有一本《握三下，我愛你》需要重新整理，取代以前絕版的《不曾失落的日子》，沒有開始。我這才知道，兩年來，我簡直沒有休息，變成我一生最忙碌的時期，因為，我還要抽時間去醫院看鑫濤，情不自禁去檢查他的手腳，看到他一天比一天變形，雙頰瘦削，嘴巴永遠張成O形……我心依舊撕裂般的痛楚！我應該恨他的，他把我這一生，弄得亂七八糟。我真該恨他的，我一生如果有弱點，就是接受了他的愛！害我受盡冤枉，有苦難言。可是我卻依舊心痛著他，每次從醫院回來，看著用手機拍下的照片，我都會忍不住淒然淚下。

這樣，有一天，我從醫院回到家裡，他那天特別不好，形容枯槁，四肢傴僂。我心中沉甸甸的積壓著悲哀。這些悲哀無處發洩，越積越多，我覺得，總有一天，我會被這種無助的感覺，輾壓成碎片！一面想著，我習慣性的坐到電腦椅上，看著我的書桌發呆。然後，我看到我書桌上有許多散亂的，鑫濤以前寫給我的各種情書，是我找出來增補在《我的故事》和《雪花飄落之前》的。這些信件，有的用了，有的沒用，我隨手拿起一個信封，看到鑫濤那瀟灑的筆跡，因為沒有日期，我不知道他寫這封信的時間，可能是他七十幾歲的時候吧！因為那字跡還很有力，在他患了「巴金森氏症」之後，他的右手就開始發抖，再也不能寫信給我了。鑫濤每次給我寫信，都會寫錯字、漏字，或是張冠李戴。我看著那信封，忽然渾身通過一陣顫慄，眼睛頓時張大了！因為，那信封上面，是這樣寫的：

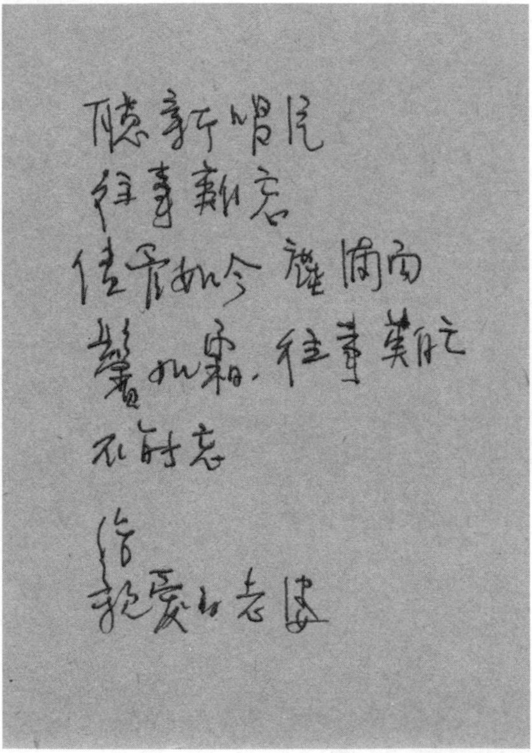
聽新唱片
往事難忘
佳人如今雖兩
鬢如霜，往事難忘
不能忘
給
親愛的老婆

很簡單的幾句話！「聽新唱片，往事難忘！儘管如今，塵滿面，鬢如霜，往事難忘，不能忘！給親愛的老婆。」信封裡，沒有信，只有一張Andrea Bocelli（安德烈．波伽利）的CD，安德烈是我們兩個都很喜歡的歌手。可是，這麼簡單的幾個字，卻有一個錯字！**他，丟掉了一顆心！把「往事難忘」寫成了「往事難亡」！他把忘字下面的心，丟掉了！**

我心中怦的一跳。**失落的心！**

中國的文字，實在設計得太巧妙，我以前完全沒有發現，「忘」這個字，沒有了心，就是「亡」字！「心」這個字，代表了愛，現在的手機或電腦裡，有各種各樣心形的表情符號，閃亮的，會動的，像花束般綻放的，冒泡的，五顏六色的。其實，愛這種情緒，應該是頭腦來支配吧！就算是頭腦來支配，鑫濤的頭腦也罷工不知道多少天了！自古以來，「心」就是愛！鑫濤，他早就忘了我，是我，一直忘不了他！我把往事難忘那四個字，用手遮掉前面的兩個字，發現是「難亡」兩個字！我的心臟怦怦的跳著，「難忘」已經變成「難亡」，他在告訴我，他「求生不得，求死不能」嗎？他在告訴我，他的心，早就失落了嗎？

「鑫濤，你把你的心，弄到哪兒去了？」我低低的問，然後又唸了一遍他的文字：「塵滿面，鬢如霜！」我重複的唸著這六個字，想著他現在的樣子，豈止是「塵滿面，鬢如霜！」還加上「眼發呆，嘴張開！手如爪，腿如柴！」

這應該是他給我的最後一封信，老年多病的他，還陷在和我「往事難忘，不能忘！」的情懷裡嗎？為什麼這信封突然出現在我面前？不知道是誰說的，太多的「偶然」就不是「巧合」！難道，躺在病床上動也不能動的他，還要提醒我什麼嗎？我想著，下意識的看著這信封，看著他寫錯的字。**那顆失落的心！那個「亡」字！**

我忽然想起一九六四年，在我那小書房裡，我寫的《幾度夕陽紅》！遠在那麼久以前，我寫過一顆「失落的心」：

我的心早已失落，
暮色裡不知飄向何方？
在座諸君有誰能尋覓？
覓著了（別碰碎它）請妥為收藏！

一顆失落的心！這兒，也有一顆失落的心！兩顆失落的心，相差了整整五十四年！半個世紀。一顆是我寫的，一顆是他寫的！鑫濤在重度失智時，就忘了他生存的這個世界，忘了圍繞著他的我們，也忘了他自己！

「忘掉沒關係，能夠笑就好！」

這是我常常對他說的話！笑，人為什麼笑？因為快樂！人為什麼快樂？因為能夠愛！愛老婆也好，愛子女也好，愛書畫藝術也好，愛花花草草也好！有愛，才有快樂！當你連心都沒有了的時候，還有什麼？亡！他寫了：「亡」！我也想起，我們討論《幾度夕陽紅》時，他說的話：

「我跟妳說，『現實』是真實的人生，『境界』是虛幻的人生！每個人生，都是現實重於虛幻，如果妳真正住在深山裡，整天拿著這張『失落的心』生活，絕對不會快樂！只有把心愛的夢竹，擁抱在懷裡，才會快樂！」

我開始發呆，坐在那兒，我好久好久，都一動也不動。然後，我拿起桌上的一支筆，在一張紙上塗抹，這是我寫作時的習慣，有時，來不及開電腦，我會把我臨時想到的東西，抓張紙記下來，我幾乎沒有用什麼思想，寫出一首小詩：

你的心早已失落，
混沌間不知去向何方？
我曾經是你的織女，
文字裡織出多少滄桑？
我曾經有廣大的天空可以飛翔，

是你的心絆住了我的方向！
我曾經渴望飛向自由，
是你的心占據了我的夢想！

你的心雖然失落，
我依舊為你一再悲傷！
親愛的親愛的親愛，
你是否要我把你遺忘？
我曾經有廣大的天空可以飛翔，
我曾想翩然起舞變回鳳凰，
你是否要我把你遺忘？
讓雪花火花伴我飛向穹蒼？

我塗塗抹抹的寫完了，然後，我唸著我筆下的句子，一首小詩！我想著紀伯侖給我的啟示，我想著我曾有的憂鬱，我想著我爭自由的日子，我想著我不想寫作，卻為了電影電視劇而寫作的日子，我想著我跟他相聚相愛到如今的五十幾年，想著我們曾經擁有的美好時光，想著他病後我的一步一扶持，想著他倒下後我受到的各種無情攻擊……忽然，一滴眼淚落在我的紙上，我仆在那首小詩上，開始低聲的啜泣，這樣一哭就不可收拾，淚水瘋狂的湧出，濡濕了我手臂下的小詩。房裡只有我一個人，我放任了自己，哭吧！此時此刻，我不需要面具，哭吧！我開始哭，盡情的哭，哭盡我的委曲傷心和孤獨。我終於知道，何慕天不會幸福，沒有夢竹在他懷裡，他不會幸福！夢竹也不會幸福，沒有何慕天伴著她，她不會幸福！我為慕天哭，我為夢竹哭，我為鑫濤哭，我為自己哭……我不知道我這樣哭了多久，只知道，當我抬起頭來，發現這首小詩的字跡都浸在淚水裡。

半晌，我機械化的起身，用面紙拭乾了我的淚，也吸乾了寫著小詩的紙張。雖然小詩的字跡被淚水模糊了，依舊看得出來。再拿起他的信封，和我的小詩對比。忽然，我心中一陣絞痛，我不相信靈魂的，可是，他插管以後，為何常常像幽靈般出現？這「失落的心」，有他的筆跡，有實際的信封，在我情緒如此低落的時候，就這樣出現在我眼前！怎麼這樣巧？幾十年前我寫了「失落的心」，幾十年後他呼應了「失落的心」！怎麼這樣巧？為什麼？難道他有話要說？他九百多天沒說話了！他想告訴我什麼？「忘」字沒有心，就是亡字！還有呢？我看著我的小詩，眼淚再度滑下面頰，情不自禁的，我唸著我的句子：

你的心雖然失落，
我依舊為你一再悲傷！

親愛的親愛的親愛，
你是否要我把你遺忘？
我曾經有廣大的天空可以飛翔，
我曾想翩然起舞變回鳳凰，
你是否要我把你遺忘？
讓雪花火花伴我飛向穹蒼！

我還能飛嗎？我還能起舞嗎？我還有我的天空嗎？我還擁有我自由的心嗎？我充滿了迷惑。然後，我回憶起來，有次，我們討論著去什麼地方旅行？我們已經走遍了世界各地，好像沒有地方可去了。我想著，忽然說了一個名字：

「夢島！」

「夢島？」他驚愕的看著我：「在哪一洲？我怎麼從來沒有聽說過？」

「在鳳凰洲！」我笑著說：「那是個非常美麗的地方！有四季的花，有五色的鳥，有小小的茅屋，有不冷不熱的氣候，有我可以狂奔的草原！」

「嗯，」他點頭，瞅著我。「有我嗎？」

「沒有，可是有一隻北極熊，總是跟著我！」

「好的！」他點頭，笑著說：「等妳找到了妳這座夢島，我們再來考慮怎樣買機票？怎樣辦入境證？」

夢島怎會需要入境證？那天的談話就這樣結束了。

夢島！我靜靜佇立，良久良久，拿著那信封，我說：

「謝謝你！鑫濤，我要翩然起舞了！我知道你的心已經失落，我也知道那島上沒有北極熊。我還是不會忘記你的，你那顆失落的心，我還是會收藏著，從以前，到現在，到永恆！但是，我會帶著我的雪花火花，一起飛去找我的夢島！」

我抬頭去看窗外，看到滿院的陽光。我知道，我該飛出這個桎梏了！我知道，在這世界上，我那詩情畫意的「夢島」正等著我！在那兒，我有自由的心，我可以忘掉這世俗的一切，我可以翩然起舞！像枯葉蝶，像小燕子，像展翅的鳳凰，像一片美麗的雪花！

寫於可園

二〇一八年十月二十五日黃昏初稿

二〇一八年十月二十六日黃昏修正

後記

一九八四年，我曾經陸續寫過我當年生活的散文和心情，因為跨越五個季節，這些散文和生活紀實，我給了它們一個題目，名叫〈五季〉。當時，鑫濤急需出版我的書，但是，〈五季〉的字數不夠出書，就把我另一篇〈童年〉加進去。分成兩部分，上一部是〈童年〉，下一部是〈五季〉。整本書的總名稱是《不曾失落的日子》。這部書出版到一九八九年，《我的故事》問世。因為我左思右想，我的童年，實在應該收錄在《我的故事》裡，而不是《不曾失落的日子》裡，於是，我把我的童年，搬到《我的故事》裡，讓《我的故事》有完整性。這樣一搬家，《不曾失落的日子》就太單薄，字數也不夠成書，我一直想繼續寫些散文，來補足它。可是，我的生活實在太忙碌了，投入電視劇工作以後，我又要編劇、又要選演員、又要和導演研究劇情、還要和劇組同甘共苦，我真的沒時間去寫散文和心聲了。想改版的那本《不曾失落的日子》，就再也沒有發行，成為我一部有名無實，失落的日子了。

人生，隨著時間，永遠在不停的變幻當中，我的生活也隨著時間，不停不停的向前進行。忙碌從來沒有放過我，生活一直在水深火熱裡。在這種節奏下，《不曾失落的日子》幾乎被我遺忘了。歲月匆匆，斗換星移，轉眼到了今天，我自己都不能相信，已經八十歲了！我還在這兒面對電腦，一個字一個字打出我的書，打出我的小說，打出我的人生，打出我的喜怒哀樂……

這本《握三下，我愛你》會集結成書，是我以前怎樣都想像不到的。它是一個「意外」。如果我的讀者們，看過我另外兩本書，一本是去年出版的《雪花飄落之前》，一本是今年才增修完成的《我的故事》，就會知道前因後果，在這兒，我就不再贅述。如果完全不知道的朋友們，請務必看看那兩本書，那樣，才是我真正的讀者和知音。我是在鑫濤插管以後，才驚知我在皇冠一生出版的六十五本書，已經在我全心照顧鑫濤健康的十幾年中，陸續被一本本的「絕版」了。如此殘忍的事實，對我有如五雷轟頂，我卻必須接受！我和鑫濤，從出版《窗外》，就沒有簽過約，當年我對出版不懂，鑫濤為何沒跟我簽約，現在已經是個謎。我的本性，就是一個「愛」字。為了愛，我從來沒和鑫濤計較過金錢，連我的電影收入，都是交給鑫濤，他給我多少，我就拿多少。因為我全權信任他，也最恨為了金錢而戰爭的婚姻。只要我不爭什麼，歲月靜好。可是，我的書和金錢不一樣。唐詩有一首〈憫農詩〉：

鋤禾日當午，汗滴禾下土

誰知盤中飧，粒粒皆辛苦

我把它改成〈惘文詩〉：

握筆每當午，汗滴如雨舞
誰知書中句，字字皆辛苦

寫作的辛勞，不是作者不會明白。我的寫作生涯，只有鑫濤最清楚。他知道我是完美主義者，他知道我不寫到一個段落不會睡覺，他知道我會寫得忘了吃飯忘了喝水。他知道我一旦寫作，會一改再改。他知道我愛我的書，因為那是「字字皆辛苦」，才能完成的。現在他一無所知的躺在哪兒，儘管我有無數的疑問，也沒辦法問他了！經過一段日子的沉澱，我挺直了我的背脊，告訴自己不能倒下。不管內幕是怎麼回事？我要讓我的每本書都復活！

所以，「城邦文化集團春光出版」接手了我的六十五本書，重新出版！我們達成一個共識，我們要超越以前那毫無組織的版本，出版一套精緻完美的《瓊瑤經典作品全集》，我也趁這次的出版，重新整理我的作品。這次的整理非常徹底。全集應該是六十七本的，《雪花飄落之前》給了「天下文化」，「春光出版」正好是六十五本。重新出版全集的消息，立刻震動了海峽兩岸。頓時間，我收到無數訊息，我的粉絲們，強烈要求不能失去我任何遺失散落的作品。對我這些死忠的粉絲而言，也是「字字如珍珠」！即使我認為不好的作品，他們依舊認為珍貴！還跟我爭辯，這是歷史資料，這是考據資料，這是原始資料……

我就這樣開始收集散落在外，從來沒有結集出版過的作品，取代《不曾失落的日子》。可是，如何收集呢？我幾乎從小就在寫作，這些不曾出書的作品，散落在海內外各種雜誌報紙上，寫作年代都不可考。我正在為難，我的粉絲聯合起來，由牧人、曾波、許德成、咪咪、韓廣大等人，從海峽兩岸分頭著手，劉建梁整理我所有的歌曲（有兩百多首），還有很多其他朋友的幫忙，竟然把我散落在外的作品，幾乎全部找回！其中，還包括我九歲那年的「啟蒙之作」：〈可憐的小青〉！

我的這些粉絲，深深的感動了我，我很認真的開始整理這些各個時代的作品，包括以前的〈五季〉，有的重寫，有的改寫，成為一本大家可能都沒看過的書。這又是一個大工程，因為以前的作品太多，我必須選擇和淘汰。斟酌又斟酌，考慮又考慮，選出了二十一篇作品。然後，我公開徵求書名，最後由劉建梁建議的《握三下，我愛你》勝出。我又徵求了一個副書名「翩然起舞的歲月」。因為我從小愛寫作，如果說，寫作是我的舞蹈，我從九歲就開始「翩然起舞」了！這個名字還有更深的一個意義，我在八十歲整理這本書，真是不勝感慨！如果鑫濤不是百病纏身，到插管風波，逼使我寫《雪花飄落之前》，我可能完全不知道我的書被絕版，那麼，這本《握三下，我愛你》也不會出版。我覺得，我晚年的遭遇，是不可思議的故事。我迎著風雨，在八十歲這年，再度「翩然起舞」！所以，這是一本「翩然起舞」的書。九歲的初試啼聲，到八十歲的再度展翅。

這本書，我分成了四輯，第一輯是我的童年故事，大部分都是真的。第二輯是我這些年散落的短篇小說。第三輯是我拍電影時的一些紀錄和感想。第四輯是我生活中的紀實，包括〈五季〉，在〈五季〉中，有很多我真正的心聲，我渴望的生活。像是〈自由〉，像是〈面具〉等。我常說，在婚姻中要有妥協，才有美滿的婚姻。在這篇〈五季〉中，大家可以看到那個妥協的我。〈握三下，我愛你〉是劉姊的真實故事。〈失落的心〉是我真實的故事。這本書除去短篇小說外，幾乎包括了我的一生。從去年十一月開始，我整理這套由「春光」出版的六十五本新全集，到今天，我為最後這本《握三下，我愛你》，寫下後記，我忙了整整一年。以前我的生命中，就是忙、忙、忙！恐怕那些忙，都趕不上今年！

感激「城邦春光出版」，也用了整整一年，來出版我這套書，到今天為止，已經完成了五十一本！預計明年二月，六十五本就出齊了！如此魄力，讓我感佩於心。我還要特別感謝為我這套經典作品全集的設計封面和書盒的黃聖文先生，讓這套書每本封面公布時，都引起我粉絲們的驚艷！當然，我更要謝謝何飛鵬發行人，完成了我的心願！讓這六十五本書復活了！至於主編雪莉，千言萬語一句話：「辛苦了！」

今天是二〇一八年十二月二十九日，歲末年終的時候，窗外是陰天，氣溫很低。我終於寫完了這篇後記，完成我全集中最後的一本！我心裡蕩漾著溫暖，感到有小小的陽光罩著我，我在一年之間，完成了這麼巨大的工作，我不再哀愁。對於人世間那些紛紛擾擾，我問心無愧，活得坦蕩！這本《握三下，我愛你》的書中，有很多鑫濤的名字。鑫濤曾說他是牛，我是他的織女。我和他因為是二度婚姻，我被許多只看表面的人，罵了幾十年。其實，所有二度婚姻而能走到底的人都一樣，總有一度婚姻是錯誤的，而且，一定是第一度！現在，我已經不在乎任何閒言閒語，我的心裡，只有淡淡的感慨和溫柔。寫完整本書，想到我這一生，應該可以畫上一個句點了。於是，我寫了一首七言律詩，為我這一生，為了這六十五本書的復活，作為最後的總結。

情深處處怨無尤，忍辱為君幾度秋
織女有情渡劫難，牛郎無奈陷楚囚
一生寫盡人間愛，此刻揮別萬古愁
勘破天涯多少夢，翩然舞向百花洲

我辛苦了一生，終於可以把一切都「放下」了。我要「翩然起舞」，舞向我渴望的心靈境界、我渴望的自由境界、我渴望的真愛境界、我渴望的自然境界……儘管，我已經八十歲，那又如何？能飛舞一天，我就飛舞一天！我確信，有個開滿了花，充滿詩情畫意的「百花洲」，在前面等著我！

瓊瑤
寫於可園
二〇一八年十二月二十九日

春光出版・全書系目錄

✪瓊瑤經典作品全集

書號	書名	作者	定價
OR1001	窗外	瓊瑤	380
OR1002	六個夢	瓊瑤	320
OR1003	煙雨濛濛	瓊瑤	350
OR1004	幾度夕陽紅	瓊瑤	520
OR1005	彩雲飛	瓊瑤	380
OR1006	庭院深深	瓊瑤	380
OR1007	海鷗飛處	瓊瑤	320
OR1008	一簾幽夢	瓊瑤	320
OR1009	在水一方	瓊瑤	350
OR1010	我是一片雲	瓊瑤	320
OR1011	雁兒在林梢	瓊瑤	320
OR1012	一顆紅豆	瓊瑤	320
OR1012G	瓊瑤經典作品全集 I · 故宮聯名花鳥工筆燙金限量典藏書盒 【作者嚴選影視原著小說】(12冊)	瓊瑤	特價 3999
OR1013	還珠格格．第一部(1)陰錯陽差	瓊瑤	320
OR1014	還珠格格．第一部(2)水深火熱	瓊瑤	320
OR1015	還珠格格．第一部(3)真相大白	瓊瑤	320
OR1016	還珠格格．第二部(1)風雲再起	瓊瑤	350
OR1017	還珠格格．第二部(2)生死相許	瓊瑤	350
OR1018	還珠格格．第二部(3)悲喜重重	瓊瑤	350
OR1019	還珠格格．第二部(4)浪跡天涯	瓊瑤	350
OR1020	還珠格格．第二部(5)紅塵作伴	瓊瑤	350
OR1021	還珠格格．第三部：天上人間(1)	瓊瑤	450
OR1022	還珠格格．第三部：天上人間(2)	瓊瑤	450
OR1023	還珠格格．第三部：天上人間(3)	瓊瑤	450
OR1024	我的故事(全新增修精裝版)	瓊瑤	480
OR1024G	瓊瑤經典作品全集 II · 故宮聯名花鳥工筆燙金限量典藏書盒 【還珠格格系列及作者唯一自傳】(12冊)	瓊瑤	特價 3999
OR1025	人在天涯	瓊瑤	320
OR1026	心有千千結	瓊瑤	320
OR1027	卻上心頭	瓊瑤	320
OR1028	菟絲花	瓊瑤	350
OR1029	月滿西樓	瓊瑤	380
OR1030	聚散兩依依	瓊瑤	320
OR1031	問斜陽	瓊瑤	320
OR1032	燃燒吧！火鳥	瓊瑤	320

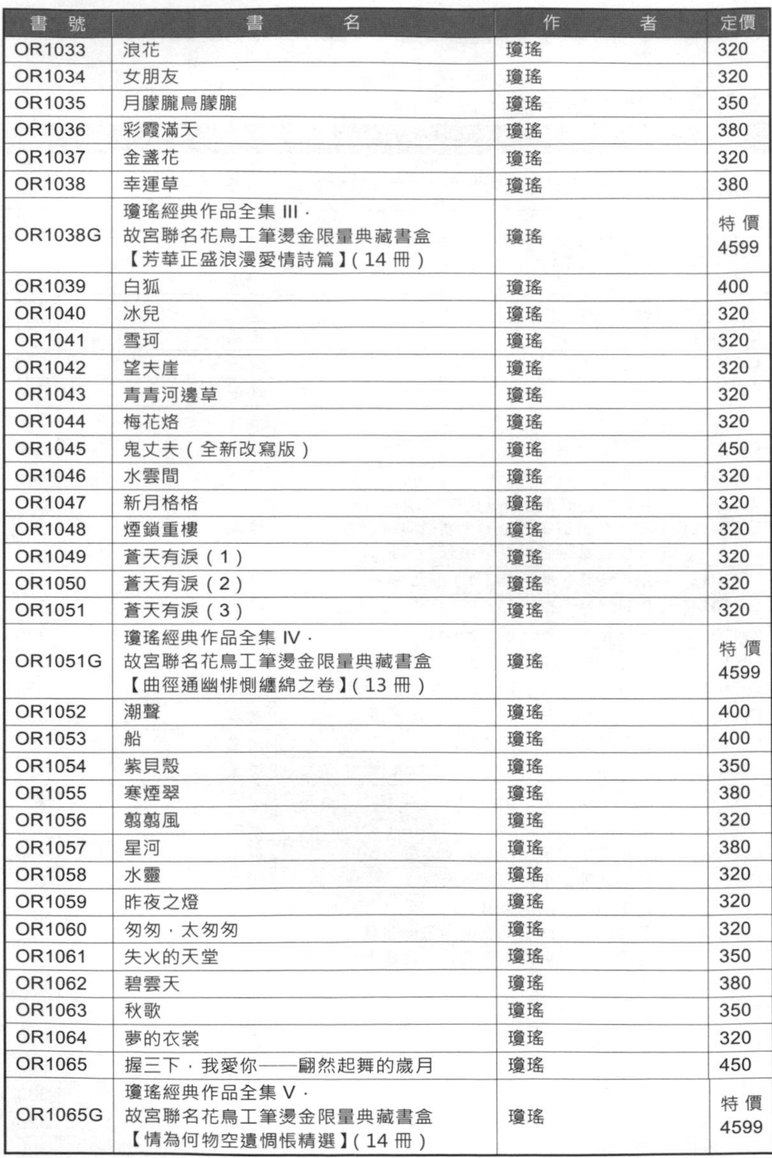

書號	書名	作者	定價
OR1033	浪花	瓊瑤	320
OR1034	女朋友	瓊瑤	320
OR1035	月朦朧鳥朦朧	瓊瑤	350
OR1036	彩霞滿天	瓊瑤	380
OR1037	金盞花	瓊瑤	320
OR1038	幸運草	瓊瑤	380
OR1038G	瓊瑤經典作品全集 III． 故宮聯名花鳥工筆燙金限量典藏書盒 【芳華正盛浪漫愛情詩篇】（14 冊）	瓊瑤	特價 4599
OR1039	白狐	瓊瑤	400
OR1040	冰兒	瓊瑤	320
OR1041	雪珂	瓊瑤	320
OR1042	望夫崖	瓊瑤	320
OR1043	青青河邊草	瓊瑤	320
OR1044	梅花烙	瓊瑤	320
OR1045	鬼丈夫（全新改寫版）	瓊瑤	450
OR1046	水雲間	瓊瑤	320
OR1047	新月格格	瓊瑤	320
OR1048	煙鎖重樓	瓊瑤	320
OR1049	蒼天有淚（1）	瓊瑤	320
OR1050	蒼天有淚（2）	瓊瑤	320
OR1051	蒼天有淚（3）	瓊瑤	320
OR1051G	瓊瑤經典作品全集 IV． 故宮聯名花鳥工筆燙金限量典藏書盒 【曲徑通幽悱惻纏綿之卷】（13 冊）	瓊瑤	特價 4599
OR1052	潮聲	瓊瑤	400
OR1053	船	瓊瑤	400
OR1054	紫貝殼	瓊瑤	350
OR1055	寒煙翠	瓊瑤	380
OR1056	翦翦風	瓊瑤	320
OR1057	星河	瓊瑤	380
OR1058	水靈	瓊瑤	320
OR1059	昨夜之燈	瓊瑤	320
OR1060	匆匆．太匆匆	瓊瑤	320
OR1061	失火的天堂	瓊瑤	350
OR1062	碧雲天	瓊瑤	380
OR1063	秋歌	瓊瑤	350
OR1064	夢的衣裳	瓊瑤	320
OR1065	握三下．我愛你——翩然起舞的歲月	瓊瑤	450
OR1065G	瓊瑤經典作品全集 V． 故宮聯名花鳥工筆燙金限量典藏書盒 【情為何物空遺惆悵精選】（14 冊）	瓊瑤	特價 4599

✪暢銷小說

書　號	書　　名	作　　者	定價
OG0009	新娘（全新中譯本）	茱麗．嘉伍德	320
OG0010	國王的獎賞	茱麗．嘉伍德	320
OG0011	格雷的五十道陰影 I：調教	E L 詹姆絲	380
OG0011X	格雷的五十道陰影 I：調教(電影封面版)	E L 詹姆絲	380
OG0012	格雷的五十道陰影 II：束縛	E L 詹姆絲	380
OG0012X	格雷的五十道陰影 II：束縛(電影封面版)	E L 詹姆絲	380
OG0013	格雷的五十道陰影 III：自由	E L 詹姆絲	380
OG0013	格雷的五十道陰影 III：自由(電影封面版)	E L 詹姆絲	380
OG0013S	格雷的五十道陰影三部曲	E L 詹姆絲	1140
OG0013T	格雷的五十道陰影三部曲(電影封面版)	E L 詹姆絲	1140
OG0014	天使	茱麗．嘉伍德	320
OG0015	禮物	茱麗．嘉伍德	320
OG0017	危險情人	諾拉．羅伯特	360
OG0019	守護天使	茱麗．嘉伍德	360
OG0020	祕密的承諾	茱麗．嘉伍德	360
OG0021	夜戲	雪洛琳．肯揚	350
OG0022	贖金	茱麗．嘉伍德	390
OG0023	暗夜奪情	雪洛琳．肯揚	350
OG0024	格雷的五十道陰影．克里斯欽篇：格雷	E L 詹姆絲	420
OG0025	冷情浪子	莉莎·克萊佩	360
OG0026	危險紳士	莉莎·克萊佩	360
OG0027	春天的惡魔	莉莎·克萊佩	360
OG0028	愛上謊言的女人	岡部悅	360

✪奇幻愛情

書　號	書　　名	作　　者	定價
OF0001X	初相遇(新封面)	蝴蝶	180
OF0002X	幻影都城 II－再相逢(新封面)	蝴蝶	180
OF0002Y	再相逢	蝴蝶	220
OF0004	歸隱	蝴蝶	220
OF0004X	幻影都城 III－歸隱(新封面)	蝴蝶	220
OF0004Y	歸隱	蝴蝶	220
OF0006	幻影都城 4：千年微塵	蝴蝶	220
OF0006X	幻影都城 IV－千年微塵(新封面)	蝴蝶	220
OF0006Y	千年微塵	蝴蝶	220
OF0008X	初萌	蝴蝶	220

書號	書名	作者	定價
OF0009	降臨	蝴蝶	180
OF0010	妖花	蝴蝶	180
OF0011X	追尋	蝴蝶	220
OF0012	曙光女神	蝴蝶	180
OF0013	亞馬遜女王	蝴蝶	180
OF0014	幻影都城：歿日	蝴蝶	220
OF0014X	歿日	蝴蝶	220
OF0015	櫻花樹下的約定	蝴蝶	200
OF0016	親愛的女王陛下	蝴蝶	200
OF0017	我愛路西法（封面改版）	蝴蝶	200
OF0018	有熊出沒（封面改版）	蝴蝶	200
OF0019	食在戀愛味（封面改版）	蝴蝶	200
OF0020	灰姑娘向後跑	蝴蝶	200
OF0021	我們戀愛吧（封面改版）	蝴蝶	200
OF0022	小情人	蝴蝶	200
OF0023	天生戀人（封面改版）	蝴蝶	200
OF0024	竹馬愛青梅（封面改版）	蝴蝶	200
OF0025	翻翠袖	蝴蝶	200
OF0026	羽仙歌（封面改版）	蝴蝶	200
OF0027	沁園春（封面改版）	蝴蝶	200
OF0028	雲鬢亂（封面改版）	蝴蝶	200
OF0029	愛情總是擦身而過	那子(雷恩那)	200
OF0030	那年我們傻傻愛（封面改版）	那子(雷恩那)	200
OF0031	雲畫的月光〔卷一〕：初月	尹梨修	350
OF0032	雲畫的月光〔卷二〕：月暈	尹梨修	350
OF0033	雲畫的月光〔卷三〕：月戀	尹梨修	350
OF0034	雲畫的月光〔卷四〕：月夢	尹梨修	350
OF0035	雲畫的月光〔卷五．完〕：烘雲托月	尹梨修	350
OF0036	遺落之子：〔輯一〕荒蕪烈焰	凌淑芬	350
OF0037	遺落之子：〔輯二〕末世餘暉	凌淑芬	350
OF0038	遺落之子：〔輯三〕曙光再現（完）	凌淑芬	350
OF0039	霸官：〔卷一〕紅衣青衫．大王膽	清楓聆心	350
OF0040	霸官：〔卷二〕青杏黃梅．馬蹄漸	清楓聆心	350
OF0041	霸官：〔卷三〕雁翎寒袖．西風笑	清楓聆心	350
OF0042	霸官：〔卷四〕霽山有色．水無聲（完）	清楓聆心	350
OF0043	亥時蜃樓：〔卷一〕星光乍現	尹梨修	399
OF0044	亥時蜃樓：〔卷二〕銀暈藏情	尹梨修	420
OF0045	亥時蜃樓：〔卷三〕明月入懷（完）	尹梨修	430
OF0046	韶光慢〔卷一〕	冬天的柳葉	320
OF0047	韶光慢〔卷二〕	冬天的柳葉	320
OF0048	韶光慢〔卷三〕	冬天的柳葉	320
OF0049	韶光慢〔卷四〕	冬天的柳葉	320

書號	書名	作者	定價
OF0050	韶光慢〔卷五〕	冬天的柳葉	320
OF0051	韶光慢〔卷六〕	冬天的柳葉	320
OF0052	韶光慢〔卷七〕	冬天的柳葉	320
OF0053	韶光慢〔卷八〕（完結篇）	冬天的柳葉	320
OF0054	烽火再起［輯一］墨血風暴	凌淑芬	380

✪TOUCH

書號	書名	作者	定價
OT1002	最後的禮物	西西莉雅・艾亨	280
OT1005	我一直都在	西西莉雅・艾亨	320
OT1011	在我離開之前	強納生・崔普爾	280
OT1013	一百個名字	西西莉雅・艾亨	320
OT1015	最好的妳	克莉絲汀・漢娜	380
OT1016	再見，最好的妳	克莉絲汀・漢娜	380
OT1017	14 天的約定	西西莉雅・艾亨	320
OT1018	丈夫的祕密	黎安・莫瑞亞蒂	380
OT1019	小謊言（HBO 影集《美麗心計》原著小說書衣版）	黎安・莫瑞亞蒂	380
OT1020	畫星星的女孩	依萊莎・瓦思	320
OT1021	如果愛重來	克萊兒・史瓦曼	320
OT1022	若能再次遇見妳	凱特・艾柏林	380
OT1024	不能沒有妳	克莉絲汀・漢娜	399

✪心理勵志

書號	書名	作者	定價
OK0012X	早上 3 小時完成一天工作（暢銷改版封面）	箱田忠昭	240
OK0013X	別再為做不了決定抓狂（全新封面）	齋藤茂太	200
OK0017X	機會命運請選擇：謝震武寫給年輕人的簡明成功學（全新封面）	謝震武	300
OK0033X	零誤解說話法：圖解 100%成功表達技巧（全新封面）	平木典子	220
OK0039	看見 59 分的機會：孩子一生中最重要的信心教育	吳順火	260
OK0040	用堅持，把信念變鑽石：總機小姐變身千萬 sales 的 27 個鑽石心法	陳玉婷	250

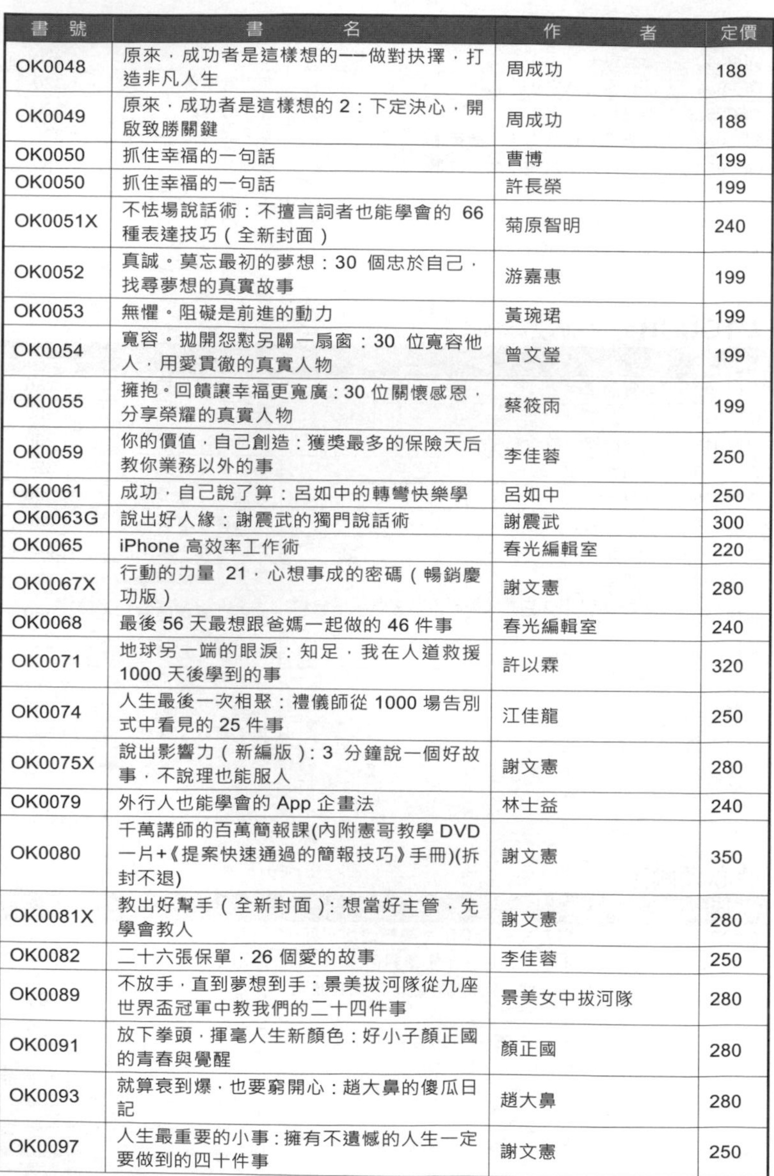

書號	書名	作者	定價
OK0048	原來，成功者是這樣想的──做對抉擇，打造非凡人生	周成功	188
OK0049	原來，成功者是這樣想的 2：下定決心，開啟致勝關鍵	周成功	188
OK0050	抓住幸福的一句話	曹博	199
OK0050	抓住幸福的一句話	許長榮	199
OK0051X	不怯場說話術：不擅言詞者也能學會的 66 種表達技巧（全新封面）	菊原智明	240
OK0052	真誠。莫忘最初的夢想：30 個忠於自己，找尋夢想的真實故事	游嘉惠	199
OK0053	無懼。阻礙是前進的動力	黃琬珺	199
OK0054	寬容。拋開怨懟另闢一扇窗：30 位寬容他人，用愛貫徹的真實人物	曾文瑩	199
OK0055	擁抱。回饋讓幸福更寬廣：30 位關懷感恩，分享榮耀的真實人物	蔡筱雨	199
OK0059	你的價值，自己創造：獲獎最多的保險天后教你業務以外的事	李佳蓉	250
OK0061	成功，自己說了算：呂如中的轉彎快樂學	呂如中	250
OK0063G	說出好人緣：謝震武的獨門說話術	謝震武	300
OK0065	iPhone 高效率工作術	春光編輯室	220
OK0067X	行動的力量 21，心想事成的密碼（暢銷慶功版）	謝文憲	280
OK0068	最後 56 天最想跟爸媽一起做的 46 件事	春光編輯室	240
OK0071	地球另一端的眼淚：知足，我在人道救援 1000 天後學到的事	許以霖	320
OK0074	人生最後一次相聚：禮儀師從 1000 場告別式中看見的 25 件事	江佳龍	250
OK0075X	說出影響力（新編版）：3 分鐘說一個好故事，不說理也能服人	謝文憲	280
OK0079	外行人也能學會的 App 企畫法	林士益	240
OK0080	千萬講師的百萬簡報課(內附憲哥教學 DVD 一片+《提案快速通過的簡報技巧》手冊)(拆封不退)	謝文憲	350
OK0081X	教出好幫手（全新封面）：想當好主管，先學會教人	謝文憲	280
OK0082	二十六張保單，26 個愛的故事	李佳蓉	250
OK0089	不放手，直到夢想到手：景美拔河隊從九座世界盃冠軍中教我們的二十四件事	景美女中拔河隊	280
OK0091	放下拳頭，揮毫人生新顏色：好小子顏正國的青春與覺醒	顏正國	280
OK0093	就算衰到爆，也要窮開心：趙大鼻的傻瓜日記	趙大鼻	280
OK0097	人生最重要的小事：擁有不遺憾的人生一定要做到的四十件事	謝文憲	250

書 號	書 名	作 者	定價
OK0098	不要像機器人一樣的工作：半澤直樹教你除了「百倍奉還」之外的 30 件事	楊煦琳	220
OK0099	媽媽的一句話	春光編輯室	250
OK0100	別仰賴前輩教你，這些事要自己偷學！	千田琢哉	250
OK0101	這些事你沒有教，別指望部屬自己會懂	內海正人	250
OK0105	再見，拖延病！：戒掉等一下，讓你立刻動起來的 55 種方法	佐佐木正悟	250
OK0106	seeing，dating，我們要不要在一起？：當台客大鼻遇到美式小貓的幸福記事	趙大鼻	300
OK0107	不健忘的靈活工作術：溝通、開會、企劃不再轉身就忘的 10 種工作技巧	石谷慎吾	250
OK0108	傾聽力：溝通不是「說」出來的，是「聽」出來的	齋藤孝	250
OK0109	職場最重要的小事	謝文憲	280
OK0109S	謝文憲觀點：最具影響力的職場大師套書	謝文憲	1370
OK0110	工作減肥術：化繁為簡不瞎忙，讓工作速效輕盈的 34 個實用技巧	山崎將志	250
OK0111	交辦的技術〔入門篇〕：戒除「自己做比較快」的壞習慣，56 堂當主管前要懂的必修課	小倉廣	250
OK0112	經營之神的初心 1：松下幸之助的互利哲學	松下幸之助	250
OK0113	經營之神的初心 2：松下幸之助的經營原點	松下幸之助	250
OK0114	經營之神的初心 3：松下幸之助的職人精神	松下幸之助	250
OK0115	經營之神的初心 4：松下幸之助的幸福之道	松下幸之助	250
OK0115S	經營之神的初心〔典藏不朽精美套書〕	松下幸之助	1000
OK0116	即使如此，這一天也不錯	具鏡善	320
OK0117	小事的力量 ：將職場習以為常的「基本小事」做好做滿，你不只值得信賴，也將不可取代	今藏由香里	260
OK0118	今天也是快樂的一天：Benny 的心情圖繪筆記書	具鏡善	320
OK0119	丹妮婊姐：人生哪來那麼多可是	丹妮婊姐	280
OK0120	50 公分的世界：進入我生命的腦麻小貓，未來	金赫	350
OK0122	於是，我們仍相信愛情(夕落+星夜雙面書衣版)	小生	350
OK0122X	於是，我們仍相信愛情(小生仍相信愛情親簽版)	小生	350
OK0123	巫醫、動物與我：菜鳥獸醫又怪異又美好的非洲另類行醫之旅	瑞博醫師	320
OK0124	歡迎加入「策略思考研究社」：高中生必讀的第一堂思考邏輯課	鈴木貴博	299
OK0125	你不必討好這個世界界，只需做更好的自己	采薇	280
OK0126	謝謝妳，成為我的媽媽	具鏡善	360

✪其他生活風格

書號	書名	作者	定價
OK0121	不讀名校．人生更好：求學態度、選擇專業．對孩子的未來人生真正重要的事	法蘭克．布魯尼	320
OO0001C	豐和日麗 攝影詩集	田定豐	450
OO0002	22K 夢想高飛電視原創小說	李炎澄	330
OO0003G	豐和日麗攝影詩集 2：愛情的私密對話 耳語．限定版（拆封不退）	田定豐	1,250
OO0003X	豐和日麗攝影詩集 2：愛情的私密對話	田定豐	520
OO0004	TO 麻吉：ㄇㄚˊ幾手繪明信片微型書（首刷限量紙膠帶版）	YUKIJI	299
OO0005	歡迎光臨丹妮婊姐星球：專屬於二百五 Loser 的心靈雞湯	丹妮婊姐	380
OO0013	上班族山崎茂	田中光	320
OO0014	兔丸的慵懶日常	sakumaru	300
OO0014G	兔丸的慵懶日常（全球獨家授權限量紙膠帶）	sakumaru	300
OO0018	萌萌噠！麻吉貓的呆萌小日子（隨書附贈全球獨家麻吉貓快樂萌生活設計款貼紙）	喵媽	300
OO0019	ㄇㄚˊ幾 machiko 沁涼夏季限定環保餐墊組（附餐具）	YUKIJI	680
OO0020	2019 占星手帳	Amanda、魯道夫	650

春光出版
Stareast Press Publications
https://www.facebook.com/stareastpress
TEL：02-25007008．FAX：02-25027676
104 台北市民生東路二段 141 號 8 樓

國家圖書館出版品預行編目資料

握三下，我愛你 / 瓊瑤著. -- 初版. -- 臺北市：春光出版：家庭傳媒城邦分公司發行, 民108.02
面； 公分. --（瓊瑤經典作品全集）
ISBN 978-957-9439-34-3（平裝）

857.7 107003599

瓊瑤經典作品全集65 握三下，我愛你——翩然起舞的歲月（限量精裝典藏版）

作　　者／瓊瑤
企劃選書人／王雪莉
責 任 編 輯／王雪莉

版權行政暨數位業務專員／陳玉鈴
資深版權專員／許儀盈
資深行銷企劃／周丹蘋
業 務 主 任／范光杰
行銷業務經理／李振東
副 總 編 輯／王雪莉
發 行 人／何飛鵬
法 律 顧 問／元禾法律事務所　王子文律師
出　　版／春光出版
台北市 104 中山區民生東路二段 141 號 8 樓
電話：(02) 2500-7008　傳真：(02) 2502-7676
部落格：http://stareast.pixnet.net/blog　E-mail：stareast_service@cite.com.tw
發　　行／英屬蓋曼群島商家庭傳媒股份有限公司城邦分公司
台北市中山區民生東路二段 141 號 11 樓
書虫客服服務專線：(02) 2500-7718 / (02) 2500-7719
24小時傳真服務：(02) 2500-1990 / (02) 2500-1991
服務時間：週一至週五上午9:30～12:00，下午13:30～17:00
郵撥帳號：19863813　戶名：書虫股份有限公司
讀者服務信箱E-mail: service@readingclub.com.tw
歡迎光臨城邦讀書花園　網址：www.cite.com.tw
香港發行所／城邦（香港）出版集團有限公司
香港灣仔駱克道 193 號東超商業中心 1 樓
電話：(852) 2508-6231　　傳真：(852) 2578-9337
E-mail : hkcite@biznetvigator.com
馬新發行所／城邦（馬新）出版集團　Cite(M)Sdn. Bhd
41, Jalan Radin Anum, Bandar Baru Sri Petaling,
57000 Kuala Lumpur, Malaysia.
Tel: (603) 90578822　Fax:(603) 90576622　E-mail:cite@cite.com.my

版 型 設 計／小題大作
封 面 設 計／黃聖文、蔡佩紋
內 頁 排 版／極翔企業有限公司
印　　刷／高典印刷有限公司

■ 2019 年（民 108）3 月 26 日初版
Printed in Taiwan

售價／450元

城邦讀書花園
www.cite.com.tw

ISBN　978-957-9439-34-3　EAN　471-770-290-594-1

104 台北市民生東路二段 141 號 11 樓

英屬蓋曼群島商家庭傳媒股份有限公司

城邦分公司

請沿虛線對折，謝謝！

愛情・生活・心靈

閱讀春光，生命從此神采飛揚

春光出版

書號：OR1065C 書名：瓊瑤經典作品全集㊅⑤ 握三下，我愛你——翩然起舞的歲月

（限量精裝典藏版）

請於此處用膠水黏貼

讀者回函卡

謝謝您購買我們出版的書籍！請費心填寫此回函卡，我們將不定期寄上城邦集團最新的出版訊息。

姓名：________________

性別：□男　□女

生日：西元________年________月________日

地址：________________

聯絡電話：________________ 傳真：________________

E-mail：________________

職業：□ 1. 學生 □ 2. 軍公教 □ 3. 服務 □ 4. 金融 □ 5. 製造 □ 6. 資訊

□ 7. 傳播 □ 8. 自由業 □ 9. 農漁牧 □ 10. 家管 □ 11. 退休

□ 12. 其他 ________________

您從何種方式得知本書消息？

□ 1. 書店 □ 2. 網路 □ 3. 報紙 □ 4. 雜誌 □ 5. 廣播 □ 6. 電視

□ 7. 親友推薦 □ 8. 其他 ________________

您通常以何種方式購書？

□ 1. 書店 □ 2. 網路 □ 3. 傳真訂購 □ 4. 郵局劃撥 □ 5. 其他 ______

您喜歡閱讀哪些類別的書籍？

□ 1. 財經商業 □ 2. 自然科學 □ 3. 歷史 □ 4. 法律 □ 5. 文學

□ 6. 休閒旅遊 □ 7. 小說 □ 8. 人物傳記 □ 9. 生活、勵志

□ 10. 其他 ________________

為提供訂購、行銷、客戶管理或其他合於營業登記項目或章程所定業務之目的，英屬蓋曼群島商家庭傳媒（股）公司城邦分公司，於本集團之營運期間及地區內，將以電郵、傳真、電話、簡訊、郵寄或其他公告方式利用您提供之資料（資料類別：C001、C002、C003、C011等）。利用對象除本集團外，亦可能包括相關服務的協力機構。如您有依個資法第三條或其他需服務之處，得致電本公司客服中心電話 (02)25007718請求協助。相關資料如為非必要項目，不提供亦不影響您的權益。

1. C001辨識個人者：如消費者之姓名、地址、電話、電子郵件等資訊。
2. C002辨識財務者：如信用卡或轉帳帳戶資訊。
3. C003政府資料中之辨識者：如身分證字號或護照號碼（外國人）。
4. C011個人描述：如性別、國籍、出生年月日。

請於此處用膠水黏貼